万葉をヨム

方法論の今とこれから

上野誠
大浦誠士
村田右富実
編

笠間書院

目次

万葉をヨム――「方法論」のために――大浦誠士◆1

I 東アジア世界の中でヨム――比較文学

引用書名に見る漢籍の利用――比較文学の研究史を踏まえて――仲谷健太郎◆12
比較文学の手法と目的／上代文献における漢籍受容の記述／万葉集の比較文学的研究史／上代文献にみえる漢籍名の引用――『文選』を問う／『養老令』と『唐令』の所引漢籍名一覧

中国故事受容と和歌表現――廣川晶輝◆31
問題の所在／「古に恋ふ」の訓釈をめぐって／中国故事の受容／中国故事の受容と和歌表現の変容

Ⅱ 文字・ことばが作る世界をヨム——作品論・テキスト論

「作品論」という方法——作品分析の試み——小田芳寿◆48
「作品論」という方法の検証／従来の「作品論」／「作品論」という概念／作品分析の試みと作品の規定／作品を相対化する視座

万葉集の作品論的研究——影山尚之◆68
歌人論の潮流／画期としての身﨑論文／歌人論と、作品論・テキスト論／歌びとの「生」と詠歌／作品としての鏡王女作歌

Ⅲ 重層する文化の深みからヨム——民俗学

フィールドから読む『万葉集』——太田真理◆82
なぜ文学研究者がフィールドにでるのか／民俗学的文学研究のあゆみ——近代以降／方法論としての民俗学／「ひね」をめぐることば世界／民俗学的アプローチの有効性

民俗学的研究が残したもの——文化の連続・非連続、あるいは等質・異質——上野　誠◆98

伝統のなかにいる私／民俗学的知見の応用、その是非／巻頭歌をどう読むか／文化の連続性のなかで

Ⅳ　歌表現の基盤からヨム――様式論・表現論

様式論ということ――山崎健太◆112
様式を考えるということ／様式を問題とした時に／様式論を含めて作品を見て／課題

コトと「言霊」――大浦誠士◆122
「言霊信仰」――「言霊」信仰／「言霊」の用例／コト〈事・言〉／歌の表現として

Ⅴ　研究の立ち位置からヨム――享受史論

古葉略類聚鈔の本文と訓――廣瀬本との比較を通して――新沢典子◆136
廣瀬本万葉集と享受研究の進展／廣瀬本の何が問題か――定家との関わり／春日本と廣瀬本／古葉略類聚鈔について／古葉略類聚鈔と廣瀬本（巻十一以降）／古葉略類聚鈔と廣瀬本（巻十以前）／古葉略類聚鈔の本文と訓

「萬葉精神」をめぐって——戦争下の久松潜一・武田祐吉の萬葉論〈戦争と萬葉集〉——小松（小川）靖彦◆156
敗戦後の日本文学研究の出発点／
「萬葉集＝日本精神」論・「萬葉精神」論の概況と研究状況／
久松潜一の〈まこと〉の思想／武田祐吉の「国民精神」という装置

Ⅵ 文字使用の分析からヨム——文字論・表記論

万葉集の文字——井上　幸◆178
漢字だけで記された万葉集／万葉集の文字・表記についての先行研究と対象資料／
万葉集の所用文字／万葉集の文字と古代の実例／万葉集とその周辺の文字生活の解明へ

文字論のこれから——個別論から全体論へ——村田右富実・川野秀一◆193
全体論と個別論／多変量解析について／音仮名の様相／
『日本書紀』（ウタ）のα群とβ群についての目視による判断／
『日本書紀』のウタについてのクラスター分析の結果／
『日本書紀』の訓注についてのクラスター分析の結果／
『日本書紀』におけるα群とβ群のまとめ／
『古事記』、『万葉集』、『日本書紀』の書記者について／学際研究へ

Ⅷ ことばと文字のはざまでヨム——書記論・音韻論

日本語の音韻と書記に関わる諸問題——鈴木　喬◆212
上代特殊仮名遣／字余り／上代日本語の音韻と書記

字余り研究の課題と表記研究——乾　善彦◆230
字余り研究の射程／唱詠と音節構造／母音脱落想定表記と字余り
字余り句の縮約表記と非縮約表記／まとめにかえて

あとがき——上野　誠◆243

執筆者一覧◆左開

万葉をヨム——「方法論」のために

大学院生だった頃、ゼミや研究会での発表の折に、大学院の先輩から「そろそろスタンスを決めろよ」とよく言われた。その頃の私はきわめて未熟で、スタンスを決めるというのがどういうことを意味するのかよくわからなかった。今になって振り返ってみれば、それは「どういう方法論によって研究を進めてゆくのかを定めなければ、研究は拓けず、よい論文は書けない」という意味だったのだろうと推察できる。文学研究における「方法論」と言うと、いかにも難しいことのように思われるかもしれないが、次のように捉えてみるとよいのではないかと考える。

上代という時代においても、木簡等、新たな文字資料の発見が相次いでおり、いわゆる「歌木簡」をめぐる議論などにおいては、新しい研究分野の開拓が見込まれるが、上代の文学作品という括り——「文学作品」という括り自体、問題を孕んでいるのだが——において見渡すとき、それは他の時代に比べても非常に限られたものである。もはや新史料の発見などは見込めない。院生などと話していると、それぞれ対象とする作品に向かいながら、「何かないかと思っているんです」という言葉を聞くことがある。これまでの研究史が見落としてきた何かを発見しようと躍起になっているのであるが、研究史の分厚さを思うと、そうそう「新発見」などできるものではない。重要なのは、「何かないか」という目で読むことではなく、これまでも実は露出していた現象を、「どのように考えるか」、「どのように把握し直すか」である。

異なる問題意識において見た時、それまでも見えてはいたものが、新たな意味を帯びて見えてくる。その問題意識が方法論であると捉えておくことができるだろう。

■方法論の必要性

文学研究は往々にして、「緻密化」と「総合化」の間で揺れ動きながら進んでゆくものであるが、近年の上代文学研究においては、どちらかというと精緻な読みの追究が重視される傾向がある。そのような考究はもちろん重要な作業であり、どこまでも追究してゆくことが求められる。それはインターネットの検索サイトやCD‐ROM版テキストなどの充実・普及によるところも大きいのであるが、その一方で、万葉歌の用例や漢籍等の用例を羅列して調査を行っただけの研究発表や論文が多く見受けられるようになったのも事実である。それはある意味、情報化社会の弊害であるとも言える。インターネット検索やCD‐ROM版テキストの普及により、歌・漢籍・仏典等の用例検索が非常に簡便に行えるようになってきているがゆえに、用例の調査のみで、大きな問題意識に欠ける論文が量産される研究状況がもたらされているのかも知れない。しかし、たとえ一つ一つの調査や考察がどれほど有意義なものであっても、その一方で、それらの全体を見渡し、総合化する理論的視点を確立しようとする研究の指向性がなければ、いかなる有意義な調査・考察もバラバラの宝石の山であり、それらが合わされて荘厳な装飾品となることはない。個々の分析・考察を根元において統合し、総合化するもの、個々の分析や考察による結論が持つ指向性——その先にあるものに対しての認識——が重要な時期に来ているように見受けられる。

しかし、近年、上代文学研究において「方法論」という用語をあまり聞かなくなった。もはや方法論ということが意識されない状況となったのか、あるいは逆に方法論ということが当たり前のこととなったのであろうか。

そのような現在の研究状況の中にあって、古橋信孝・居駒永幸編『古代歌謡とはなにか　読むための方法論』（笠間書院、二〇一五）は、あらためて「方法論」の意義を世に問うことを目的として出版された書である。その書が提示する方法論に対する賛否はさまざまであろうが、古橋信孝による「研究史――方法について」の冒頭において古橋は、

読むには方法が必要である。特に古典文学にはそうだ。

と断言する。その断言に異論はなかろう。いかなる文学作品であっても、読むためには方法が必要なのであろうが、一二五〇～一三〇〇年ほどの時を隔てた作品である万葉集を読むためには、やはり何らかの方法が必要であることは間違いない。遠くの星を見るために望遠鏡が、微細な世界を見るために顕微鏡が必要であるように。

■方法論の時代

一九八〇～九〇年代は、方法論の時代であったと言ってもよいであろう。特に一九八二年から一九八五年頃にかけては、身崎壽、神野志隆光、古橋信孝ら、方法論による研究を推し進めてゆく研究者が、その体系を示す論文・著書を次々と発表した時期であり、新しい方法論の時代の幕開けであったと言えよう。

身崎壽の「吉備津妥女挽歌試論――人麻呂挽歌と話者――」（『国語と国文学』五九巻一一号、一九八二・一一）など一連の論においては、「話者〈われ〉」という用語で歌の主体を捉え、作者と直接させる読みから歌を解き放った。「話者〈われ〉」は言うならば、平安朝物語作品における「語り手」の概念を、歌の読みに導入するものであり、その「話者〈われ〉」はそれぞれの歌ごとに設定されるものとしてある。この概念の導

入は、歌を生身の作者・作者の心から切り離して、あくまでも構えられた「作品」として読むという方法へとつながってゆく。

一九八三年に刊行された神野志隆光『古事記の達成』（東京大学出版会）は、古事記成立以前し存在した氏族伝承や口承の神話から、どのように古事記が生み出されてきたかを見ようとする従来の成立論的な見方に異論を唱え、あくまで「古事記」というテキストが何を語ろうとしているのかを読み解く立場に立つべきことを主張する書であった。直接には分析不能な古事記以前を見ようとするのではなく、テキストとして成り立っている古事記を分析・考察の対象として、その描き出す世界を読み解いてゆこうとする立場が表明されたのである。それはまた、古事記と日本書紀の神話を合わせ見て、古事記・日本書紀以前の本来の神話を探ろうとする「日本神話」研究の手法を否定し、古事記の神話と日本書紀の神話とを、異なるテキストとして、それぞれにおいて把握するという、現在では当たり前となっている研究方法を導くものでもあった。そのような神野志のテキスト論的読みが、万葉集に対して徹底した姿勢をもって導入されたのが、『万葉集をどう読むか——歌の「発見」と漢字世界』（東京大学出版会、二〇一三）であった。ただ、一つのテキストとして成立している古事記を扱う方法論を、歌集である万葉集にそのまま適用することの是非については、十分に議論が必要である（→Ⅱ「作品論・テキスト論」）。

一方、様式論・発生論と呼ばれるようになる方法論においては、一九八五年に古橋信孝『万葉集を読みなおす』（日本放送出版協会）が刊行されている。南島歌謡から抽出した神謡の様式——〈巡行叙事〉〈生産叙事〉はその典型である——を、古代和歌の基底に見出し、歌はその都度、神謡の様式を装うことによって非日常の言葉となるという表現理論である。古橋の言う「発生」とは、通時的な意味でのそれではなく、歌が実現されるその時々において、歌は発生を抱え込むのだという意味での「発生」である。つまりは

「歌」という表現のかたちが、どのように成り立つのか、という問題意識に基づくものである。その理論は『古代和歌の発生』（東京大学出版会、一九八八）において研究書としてもまとめられた。古橋の様式論・発生論については、賛否がかなり明確に分かれる傾向にあったが、古橋論の出発点は、古代の歌は古代の論理の中で読むべきである、というところにあり、その提言そのものは正当なものである。また、歌という表現が、日常の言葉とは異なる論理によって生み出されてくる、その非日常の論理については、常に追究されなければならないであろう（→Ⅳ「**様式論・表現論**」）。

二〇〇〇年代に入ろうとする頃、上代文学研究は韻文においても散文においても、享受史を中心とするものとなっていった。一見すると万葉集研究の行き詰まりとも見えた享受史研究は、その深まりによって、単なる先行研究の認識ではなく、現代の私たちがどのような基盤、あるいは呪縛の中で研究を行っているのかという、根本的な問いかけへと進んでいった。中でも万葉集に関する享受史的著述で注目すべきは、品田悦一『万葉集の発明　国民国家と文化装置としての古典』（新曜社、二〇〇一）と小川靖彦『萬葉学史の研究』（おうふう、二〇〇七）であろう。品田書は、明治期の国民国家形成の中で、国民の文学として「発見」されたものとして万葉集を把握すべきことを主張する。われわれはややもすると、万葉集はそれ自体において価値を持つものと考えがちであるが、万葉集は無前提に価値のある歌集なのではなく、享受史の中で価値を与えられたものなのである。一方、小川書は、平安から中世を経て近世まで、どのように万葉学が展開してきたかを詳細にたどる。過去の万葉集享受史を扱っているように見えて、その実は私たちが現在行っている本文校訂や注釈の作業も、過去のそれと異なる特権的なものではなく、やはり万葉学史の流れの中にあるものであることを意識すべきことを教えてくれる。現在の研究状況も、数百年経てば、「萬葉学史」の一齣として捉えられるものとなるのである（→Ⅴ「**享受史論**」）。

■方法論の相対性

かつての方法論をめぐる状況においては、それぞれの方法論が自らの正当さを確信し、他の方法論を否定する傾向があったように見受けられるのだが、そのような中で、ある学会・研究会で高く評価された研究発表が、別の学会・研究会では必ずしも評価されないという経験によって、方法論というものの相対性や功罪に気づいていった研究者も少なくなかったものと思われる。

しかし、方法論は文字どおり方法なのであって、それが目的化されてはならない。目的はあくまでも万葉集という歌集や万葉集の歌の理解を一歩でも半歩でも進めることにあるのであり、それを追究するための手段が方法論なのである。一つの方法論のみがすべてを解き明かしてくれるわけではないことを認識しておくことは重要であろう。

近年は、万葉集という歌集を、テキストとして精緻に読み込むという方法が重要視され、テキスト外の情報によって読むことを排除しようとする傾向にあるのだが、その姿勢を徹底させた場合、たとえば万葉集の冒頭歌は、「泊瀬朝倉宮御宇天皇（大泊瀬稚武天皇）」の「御製歌」でしかなくなってしまう。「天皇」の意味は万葉集内からどうにか推察できるとしても、古事記や日本書紀の記述を参看することなしに、その冒頭歌としての意義を明かすことは不可能である。万葉集という歌集も、真空状態の中に浮遊して存在するわけではない。たしかに、われわれが分析対象とできるのは、現にある万葉集という二十巻の歌集でしかないのであり、そこからしか研究は始まらないのであるが、それがどのような歴史的状況の産物であるのか、外部のテキストとどのように結びあっているのかという視点を抜きにして、万葉集という歌集を正当に把握することはできないであろう。また、直接分析することのできないものは考究の対象とはならないのであれば、奈良時代の万葉集も古事記も考究の対象とはなり得ないのであり、理科系の学を例にとるなら、地球の内部構造の研究も、何億年も昔の地球環境の歴史も考究の対象とはできないということになりはしないか。直接見ることができないゆえに掻き立てられる探求の心を否定することはできないであろう。方法論は問題意識の一つであり、異なる問題意識もあり得ることは十分に認識しておく必要がある。

もちろん一つの論をなすにあたっては一つの方法的スタンスを堅持することが重要であり、そうでなければ何を論じているのかわからない論となってしまうであろうが、万葉集という歌集を少しでも深く理解しようとする上においては、さまざまな方法論の問題意識を理解し、さまざまな角度から捉えてみる——その際、どのような方法によって見ようとしているのかに自覚的であることが求められることは言うまでもない——ことこそが大切な時期にきているのではなかろうか。

■本書の構成とねらい

以上のような問題意識から、本書では次のような七つのアプローチを設定してみた。

Ⅰ　東アジア世界の中でヨム——比較文学
Ⅱ　文字・ことばが作る世界をヨム——作品論・テキスト論
Ⅲ　重層する文化の深みからヨム——民俗学
Ⅳ　歌表現の基盤からヨム——様式論・表現論
Ⅴ　研究の立ち位置からヨム——享受史論
Ⅵ　文字使用の分析からヨム——文字論・表記論
Ⅶ　ことばと文字のはざまでヨム——書記論・音韻論

中には「方法論」と呼ぶ必要もないものも含まれているのは確かであるが、いずれも万葉集へのアプローチにおいて重要な意味合いを持つ方法であると考えている。

圧倒的な中国文学の洗礼の中で成立した上代文学の研究において、比較文学的方法の持つ重要性は自明のことですらある（→Ⅰ「**比較文学**」）。また、いかなる文学的考察も、国語学的な成果をないがしろにするものであってはならないし、万葉集の原文書記をどのように訓むかが研究の基礎となることは、いまさら言うまでもないことである（→Ⅶ「**書記論・音韻論**」）。

今現在において、民俗学的手法を研究の中心に据える国文学研究者は希少となっているが、民俗学的な視点が国文学研究にもたらしたものは多い。たとえば地名の持つ指標性や文学発生の問題など、折口信夫をはじめとする民俗学による提言が正しいかどうかは別として、そのような視点や問題意識が存することに気づかせてくれた功績は、やはり大きいであろう（→Ⅲ「**民俗学**」）。

そうしたさまざまな方法による研究が横断的に結び合うところに、これからの研究の可能性が拓けてゆくのではないかと考えるのであるが、さらに、それぞれの方法論自体も進化を続けなければならない状況にあると言えるだろう。特に、右において言えば、文字論・表記論、書記論・音韻論、比較文学などは、コンピュータによる検索やデータ処理が確立されてくるにつれて、必然的に方法論における重点が移り変わってきている。

比較文学を例にとるなら、万葉歌の表現の典拠と見られる漢籍・仏典を探すことが大きな困難を伴っていた時代の研究――その研究には大いなる敬意を表すべきである――と、それがきわめて容易となった現在の研究とでは、必然的に重点が異なってくる。関わりが予想される漢籍なり仏典なりの内容と、万葉集の歌とがいかなる関係にあるのか、典拠か影響か参照か……等々の関係把握が重要となろうし、そもそも漢籍・仏典との関係が明かであっても、万葉集においては「歌」として顕現しているのであるから、両者がどのような関係にあるのか、また「歌」の表現の問題としてどのように捉えられるのかについての考察を抜きにしては、正当な「比較」文学的方法とはなり得ない段階にまで至っていると言えるだろう。となれば、比較文学的方法は、歌表現の本質を捉えようとする他の方法とも交差するほかない。

また、文字論・表記論においても、人麻呂歌集、山上憶良、大伴旅人、大伴家持といった個別の対象を相手取って行われていた研究状況は、コンピュータの導入によって、万葉集全体、さらには上代文献――木簡等も含めて――全体の考察の中で捉えられるようになりつつあり、またそうしなければ意義を持ち得ない研究状況がもたらされようとしている（→Ⅵ「文字論・表記論」）。

さまざまな方法論が横断的に結び合い、また、それぞれの方法論自体が進化してゆくことで、これからの万葉集研究が拓けてゆくものと考える。

■万葉をヨム

本書の書名「万葉をヨム」には、さまざまな意味合いが込められている。「万葉」には、万葉集の文字列、万葉集の歌作品、万葉集というテキスト、万葉集を成り立たせた時代状況、万葉集が伝わってきた経歴等々の意味合いが、「ヨム」にはさまざまな意味での考察・分析・把握・理解の意味が込められている。さまざまな方法論によって押し進められてきた研究の成果を受け継ぎ、見直し、正当に乗り越えて、多角的に万葉集を読み解く手立てを獲得してゆくことこそが、今後の万葉集研究を拓くものと信じての書名である。

大浦誠士

I

東アジア世界の中でヨム
比較文学

ここ「比較文学」においては、中国文学を大きく視野に入れよう。日本上代の人々は中国文学のどのような作品を読んだのか。そしてそれらの作品の表現をどのように受容したのか。さらにはその受容を和歌表現のいっそうの醸成へとどのように繋げたのか。これらの問題に対しての真摯なる態度に基づく追究は、今後の中国と日本との間の文化交流のあり方への良き指針をも与えてくれることであろう。

引用書名に見る漢籍の利用
——比較文学の研究史を踏まえて

仲谷健太郎

1 比較文学の手法と目的

ここでは、これまでの万葉集における比較文学的研究の様相と、その方法論について論じることを目的とする。それにあたり、まず「比較文学とは何か」ということを理解しておく必要があろう。大塚幸男[1]は、比較文学的研究の目的について、

比較文学とは、ひとくちにいえば、任意の二人の文人の対比ではなく、外国の作家や思潮を学んだことの多少とも明らかな作家について、その外国的財源（sauces）と影響（influences）とを解明することを主な任務とする学問である。

と述べる。そして日本文学における比較文学的研究の課題の一つに、「日本の古典文学および近代文学に対して及ぼされた中国文学および欧米文学の影響の解明」を挙げる。この影響関係のある文学同士を比較することは十九世紀後半から行われており、フランス派比較文学と呼ばれ、今なおその学統は続く。このフランス派比較文学を代表

する人物の一人が、ポール・ヴァン＝ティーゲムである。ティーゲムは著書で[2]、比較文学の目的が文学のある要素が言語的国境を通行したことの記録にあり、その研究対象となるものに、「文学的様式」「文体」「主題」「思想」「感情」を挙げ、その具体を、

> もしも発動者の観点に立つならば、外国におけるある作品、ある作家、ある様式、ある文学全体の成功、それらが及ぼした影響とそれらが対象となった模倣が研究されるかもしれないだろう。～中略～もしも受容者の観点に立つならば、ある作家あるいはある作品の源泉が探索されるだろう。それらの源泉は、望み通りに変化に富んだものとなるかもしれない。

と述べる。ティーゲムはこうした言辞を通じて、フランス派比較文学が文学史研究の一手段であると位置づけた。大曽根章介[3]が、過去日本においては中国の制度文物の摂取咀嚼に心を砕き、そのために大量の漢籍類が輸入されてきたことを指摘するように、近代以前の日本では特に中国文学の摂取について多大な注意が払われてきた。したがって、いわゆる和漢比較の研究は、関係のある国同士の文学を研究する、つまりフランス派比較文学の手法に基づいていると認められる。そしてそれは、上代文学、引いては万葉集の研究においても例外ではない。

2 上代文献における漢籍受容の記述

では、大曽根が指摘する日本における中国文学の受容の様相はどのようなものなのだろうか。よく知られるものは『古事記』応神条の『論語』と『千字文』の渡来の記事であろう。『千字文』の成立時期と記事の年代に齟齬が生じるために事実とは見做せないものの、日本へ漢籍が到達したことを明記する記事には変わりない。また『旧唐

書』倭国日本伝にも遣唐使が大量の書籍を持ち帰ったことが記され、当時日本に漢籍が如何にして持ち込まれていたかを知りうる。後世、『日本国見在書目録』には約一万七千冊弱の漢籍が列挙されており、上代当時も多くの漢籍を移入していたことは想像に難くあるまい。このようにして日本へと到来した漢籍類であるが、それらが実際に受容されていたであろうことは、文献以上に現存する木簡などの資料から克明に観察することができる。

例えば、正倉院宝物の光明皇后による『杜家立成雑書要略』（以下、『杜家立成』）の冒頭部分には、

　杜家立成雑書要略一巻

　　雪寒喚知故酒飲書

と記される。この『杜家立成』は隋末から唐初にかけて成立した書簡文例集であり、中国においてはすでに散逸してしまったとされる。この冒頭部分が記された木簡[4]が一九九九年一月に宮城県の市川橋遺跡より出土しており、その文字列は光明皇后直筆のものとは僅かな違い[5]はあるものの、おおむね一致している。この市川橋遺跡は多賀城に関係の深い人々の居住地であったことが推測されており、正倉院宝物やこの木簡は、『杜家立成』という漢籍が都のみならず地方都市においても受容されていたことを裏付けるものであろう[6]。また、前掲『古事記』応神条に記述のあった『千字文』も、木簡[7]や『写疏所充紙張案[8]』の楽書にその名や内文を見ることができ、広く知られていたことがうかがえよう。

このような現存する資料から見える中国文学受容の諸相について、東野治之[9]は、役人に期待されたのが中国的教養であったこと、資料に見える漢籍名が当時の役人社会で必要とされた教養に関わるものが多いことを指摘する。なお東野『正倉院文書と木簡の研究[10]』には、上代の資料における中国文学の受容の様相についての極めて詳細な論[11]が収められており、中国文学摂取の実相を知るにおいて参観すべき文献である。

このように、現存する資料からも上代において中国文学は広い範囲で受容されていたことが推測できる。上代日

本において、文字を書く、文章を作るという行為と、中国文学の摂取とは不可分の関係にあったといえ、記紀などの漢文様の文体で書かれた上代文献に対しても中国文学の交渉が及んだことは想像に難くない。

では、同時代の歌についてはどうだろうか。歌集である万葉集が、中国文学とどのような接触を持ったのか、そしてそれがこれまでどのように追究されてきたのか、続いてその研究史について触れていきたい。

3 万葉集の比較文学的研究史

■近世以前

万葉集と中国文学との関連に着目した研究は、「比較文学」の概念や論理が日本にもたらされるはるか以前より存在した。例えば仙覚『万葉集註釈』は、

~大君の　敷きます国に　うちひさす　都しみみに　里家は　さはにあれども　いかさまに　思ひけめかも~

（3・四六〇）

の「うちひさす」の理解に、

文選十一、宮殿魯霊光殿（景福殿）賦、晨光内照流景外乍。晨光日景也。日光照於室中與流景外発而延起也。西都賦曰、激日而納光乍起ト云へリ。

と、李善注を伴う『文選』を利用し、その語義を解釈しようとした。しかし、仙覚の漢籍引用の態度はあくまで語義や歌意を理解する資料のひとつとしてであり、今日の比較文学的研究における、影響や原典を探求しようとするものではない。また、漢籍の引用による注釈をさほど重要視しているわけでもないだろう。その態度は、江戸期の

契沖も同様である。契沖『万葉代匠記（初稿本）』は、

春過ぎて　夏来るらし　白たへの　衣干したり　天の香具山（1・二八）

の注釈において次のように述べる。

春過てとは、時節のかはりくる次第なり。～中略～（※筆者注：『文選』所収の）宋玉か登徒子好色賦には、向春之末迎夏之陽といへり。左太沖か呉都賦に、露往《あき》霜来《ふゆ》といひ、周興嗣か千字文に、寒来暑往といひ、此第十に、ふゆ過て、春はきぬらしといへる、皆同意なり。

引用箇所をはじめ、契沖はこのような漢籍引用による注釈を頻繁に行う。この注釈態度について、井野口孝[12]は、契沖は語句の出典を示すことにあまり関心を示さず、万葉集と同じ発想を持つ漢籍の用例から、文学・人間の普遍性を追究すると指摘する。とはいうものの、頻繁に引用される多数の漢籍を見る限り、万葉集研究における和漢比較の手法は契沖がその嚆矢であるといっても過言ではあるまい。また、少し遅れて現れた岸本由豆流『万葉集攷證』においても、

難波潟　潮干なありそね　沈みにし　妹が姿を（妹之光儀乎）　見まく苦しも（2・二二九）

に対し、「文選禰衡鸚鵡賦に、背蠻夷之下国、侍君子之光儀云々と見えたり。」と注するなど、漢籍の引用によりそこから歌の理解を深めようとする研究は続けられた。

これらに共通するのは、あくまで漢籍を上代当時における漢字文献の一つと把握し、万葉集の解釈材料を求めるための外部資料として扱っている点である。影響・被影響関係に着目する、現在のフランス派比較文学とはその発想が異なるものの、国文学研究に海外文献との対照を用いる点では、比較文学的研究の萌芽があったことは認めるべきであろう。

■明治〜戦前

明治から戦前期においては、和漢比較による研究はそれほど進展を見せない。例えば井上通泰『万葉集新考』は、

恥を忍び〔辱尾忍〕 恥を黙して〔辱尾黙〕 事もなく 物言はぬさきに 我は寄りなむ二（16・三七九五）

に対し、

契沖の説に初二は班姫（曹大家）の女誡に忍辱含垢常若畏懼とあるによれるなりといへり。〜中略〜又彼女誡の含垢はいにしへハヂヲモダシテと訓読せしなるべし

と注する。契沖からの孫引きを行い、それに付言するのに留まるように、和漢の比較からの解釈は行われるものの、積極的であるとはいえまい。それは金子元臣『万葉集評釈』（以下『金子評釈』）も同様である。『金子評釈』では、

ほととぎす なかる国にも 行きてしか その鳴く声を 聞けば苦しも（8・一四六七）

の「ほととぎす」に対して、

わが邦では時鳥に注意を払ふやうになつたのは、無論支那文化の影響で、奈良の中葉から、その賦詠が一遍に盛になつた。

との注釈を附する点、和漢の比較による理解を排したわけではないことはうかがえる。しかし、「ほととぎす」について典籍の例が示されるわけでもなく、あくまで一般論として述べる。この時代、万葉集研究において、和漢比較の研究は停滞していたといわざるを得ない。そのような時期においてある種異質ともいえるのが、林竹次郎（古渓）の存在である。『万葉集外来文学考』(13)において林は、「支那の文明を取入れ、これを左右し、支配し、わが薬籠中のものとして、自由に駆使し役立たしめんとした」と述べ、典籍の受容と利用、日本文学と中国文学の影響関係について触れる。万葉集と中国文学の関係についての包括的な論としては、初のものといえよう。また驚くべきはその注釈態度である。林による注釈は概ね歌の詩句の出典や影響を中国文学に求めるものであり、また、それまで

引用される漢籍が『文選』や四書五経が中心であったのに対し、林はそれに加え『玉台新詠』などの詩文集にも着目し、広範な典籍の利用を前提としている。現在の学術的水準からいえば、論の稚拙さが否めない部分も当然見受けられるものの、現行の比較文学的態度に則った、当時としては先進的な論であったと評価できるのではないだろうか。

■戦後〜一九六〇年代

明治から戦前にかけては停滞を見せた比較文学的研究であるが、戦後、その状況は一変し、確立と興隆の時代を迎える。その一つの要因は、冒頭にあげたティーゲムに代表されるような、フランス派比較文学研究の本格的な流入であろう。そして、最大の転機となるのが、そのフランス派比較文学の影響を色濃く受けた、小島憲之と、それに続く中西進の登場である。

まず、確立の契機として見るべきは、小島の「上代文献解釈への小さき径」[14]であろう。終戦翌年に発表されたこの論は、漢語と上代語の比較が必要であることと論じるように、日本と中国それぞれの文学を「比較」することに重点を置いた、「比較文学」的研究をうたう初のものであった。小島の研究の目的は著書『上代日本文学と中国文学　上』[15]の序説に、中国文学と上代文学との比較を以て、上代文学解明の一助にしようとすること、上代文学での表現に中国的要素を求め、その由来を究明し、上代においてどのように享受されていたかを解明するということが示される。「上代文献解釈への小さき径」の発表を皮切りに、小島は、「出典論」（源泉論）の立場による論考を多く生み出した。「万葉集と中国文学との交流」[16]もその一つであるが、そこに小島の方法論が端的にあらわれる。それは万葉集中の語句や表現の「典拠（出典）」を中国文学に見出すものである。小島は戦後の万葉集研究において、「比較文学」の手法をまず確立し、体系化の礎を築いた人物といえるだろう。

小島にやや遅れ、比較文学的研究の確立をもたらしたもう一人の人物に、中西進の存在がある。中西の比較文学的研究の態度・目的は『万葉集の比較文学的研究[17]』の序に示される。中西は、

比較文学を両国間の文学交流の研究とは考えず、万葉集の研究の一方法と考える。従って目的とするところは まず、万葉集の文学的形象を明らかにするにある。

と提言した上で、ティーゲムの手法をより万葉集に適したかたちに改めた方法論を用いる。中西の手法の特徴は、小島のように出典、源泉を追うのではなく、中国文学の記述を総合化、体系化したうえでの、万葉集への「影響」を追究する点であろう。

小島、中西の両名は、今日まで続く比較文学的研究の代表であり、また両者ともフランス派比較文学に出発点を持つ。しかし、小島は「源泉」を、中西は「影響」をそれぞれ論究した点でその立場を異にする。しかしこれは換言すれば、同じく比較文学的研究においても、手法上の異相をもたらすきっかけであったといえよう。ここに万葉集研究の比較文学的手法の確立と体系化がなされたといっても過言ではなく、また、それが以降の研究にもたらした影響は計り知れず、今日の多種多様な比較文学研究へと繋がったことはいうまでもない。

同時代に比較文学的研究による論が盛んになりつつあったことの証左が、『万葉集大成　第7巻[18]』の発刊である。「様式研究・比較文学篇」と題して、前掲小島論文「万葉集と中国文学との交流」を含む比較文学観点からの論を多数掲載する本書は、比較文学に着目した論集としては、戦後初であった。

また、歌表現や形式のみならず、序文などの漢文部分にも論考の目は向けられた。その代表例が、古沢未知男の論である。著書『漢詩文引用より見た万葉集の研究[19]』は、「淡等謹状（万葉）と琴賦（文選）[20]」、「万葉集の代作と其の源流──特に玉台新詠との関係について──[21]」など、『万葉集』の漢文部分の表現と、その漢籍における典拠の精細な分析を中心にする著作であり、万葉集の漢文の典拠に注目するまとまった論としては初ではないかと思われる。

また、基礎研究で知られる久松潜一も、「万葉集の比較文学的研究[22]」において、万葉集と『毛詩』の比較を試みている。現在の学術的水準においては比較対照のみに留まる点、比較文学的な見地からの評価は難しいが、久松論文は当時それだけ比較文学的手法による研究が隆盛していたことを反映しているといえよう。

■一九七〇年代〜近年

この戦後の比較文学的手法の確立以降、近年に至るまでそうした研究は増加の一途を辿る。

まず、新井栄蔵「万葉集季節観攷――漢語〈立春〉と和語〈ハルタツ〉――[23]」や、井村哲夫「蘭亭叙と梅花歌序――注釈、そして比較文学的考察――[24]」、大谷雅夫「鎮懐石と石占――萬葉集の漢語――[25]」についてはいわゆる典拠を漢籍に求める論であるが、その研究対象が特定の語であったり、また、比較対象の中国文学作品を限定したりと、研究の潮流が細分化、深化し、より洗練されていることが分かる。また、漢文学者である白川静による中国の習俗や文化といった面からの論考[26]もあらわれてきた。

さらに、和漢比較文学会より、『和漢比較文学叢書』の上代文学関連論集である『上代文学と漢文学（和漢比較文学叢書2）[27]』や『万葉集と漢文学（和漢比較文学叢書9）[28]』が発刊されている。これは近年の万葉集研究において、比較文学的研究がある一つの主流となったことのあらわれといえるだろう。

一方、小島以来の典拠論については、芳賀紀雄『万葉集における中国文学の受容[29]』に代表される一連の論が発表されている。特に本書にも収録される「万葉集比較文学事典[30]」は、広範な先行研究や参考文献を系統付けて挙げるなど、比較文学的研究の初学者には必読ともいうべき有用な文献となっている。

対して、影響論については、辰巳正明の著書『万葉集と中国文学[31]』、及びその続編『万葉集と中国文学　第二[32]』が発表されており、影響の追究は、各歌人毎にまで及ぶ。戦後体系化のきっかけとなった小島・中西の両者の方法論は今なお洗練された形で続けられているのである。

近年の比較文学研究の特色としては、まず内田賢徳の論稿を挙げるべきだろう。著書『上代日本語表現と訓詁』(33)や、「西風の見たもの——上代日本における中国詩文——」(34)といった論考は、訓詁に漢籍の記述を参照し歌の理解にまで反映させるという、比較文学的研究の方法論の拡張に貢献するものであった。また、奥村和美の一連の論考は(35)、これまで重視されなかった『千字文』及び正倉院文書と、万葉集との比較を行うものであり、比較対象資料への新たな視野を拓いた点で注目すべきであろう。さらに、憶良の詩句の出典について論じる、高松寿夫「山上憶良の語彙をめぐる諸問題」(36)も忘れてはなるまい。

このように、戦後以降、現在にいたるまで比較文学的研究は隆盛を続け、現在では作品や語彙などの幅広い論が生まれるに至った。いまや万葉集研究において、比較文学的研究は、新興的手法ではなく、一つの方法論としての地位を獲得したといえるだろう。

近年、国文学、中国文学双方のデータベース(37)の充実や、『新釈漢文大系』など様々な注釈書の発刊もあり、これまで以上に広範な資料を簡便に、かつ深く扱えるようになった。このような動向が比較文学研究のさらなる発展をもたらすことは想像に難くない。しかし、それゆえに安易な論が増えることも一方では懸念される。今後の比較文学的研究においては、これまで以上に日中双方の資料について理解を深め、扱ってゆくべきであろう。

4 上代文献にみえる漢籍名の引用——『文選』を問う

ここまで万葉集の比較文学的研究の歩みについて述べてきた。ここからは実例を通して上代における漢籍の利用について考えていきたい。上代文献には、例えば『日本書紀』には『魏志』や『晋起居注』といった書名が見えるほか、『百済記』、『百済新撰』、『百済本記』といった百済で編纂されたと思しき史書の名までもが引用される。これは万葉集でも例外ではなく、憶良の「沈痾自哀文」に引用される漢籍には『志恠記』『寿延経』『抱朴子』『帛公略説』『遊仙窟』『鬼谷先生相人書』の書名の他、「魏文惜時賢詩」「古詩」の作品名も挙げられる。[38] このような書名引用から、当時の漢籍受容様相の一端を考察できないだろうか。

『養老令』には、次の記述が見える。

> 凡そ経は、周易、尚書、周礼、儀礼、礼記、毛詩、春秋左氏伝をば、各一経と為よ。孝経、論語は、学者兼ねて習へ。（「学令」経周易尚書条）

ここでは学生の必学書として様々な経書が挙げられるが、同資料には加えて次のような事柄も記されている。

> 凡そ正業教へ授けむことは、周易には鄭玄、王弼が注。尚書には孔安国、鄭玄が注。三礼、毛詩には鄭玄が注。左伝には服虔、杜預が注。孝経には孔安国、鄭玄が注。論語には鄭玄、何晏が注。（「学令」教授正業条）

このように、必修の漢籍や使用するべき注までもが細かに指定されており、当時の官人は、漢籍の利用に対して極めて敏感であったことがうかがえよう。それを示すかのように、平城京からは『論語』「学而篇」[39]を記した木簡[40]が出土している。さらに、「何晏集解　子曰□」と、教授正業条に定められた「何晏注」を指すと思しき記述が見える木簡[41]もある。このように「学令」に定められたテキストは、実際に規定通りに運用されていたことがうかがえよう。

これら経書のみならず、『養老令』には多くの漢籍の名が見える。この『養老令』が『唐令』を模して定められたことは度々論じられ、また、散逸した『唐令』の復元に日本の令が参照されることもしばしばである。当然先ほど挙げた「学令」なども『唐令』を模したことが想定できるのであるが、『唐令』に提示される書物は、『養老令』

と異なりを見せるのであろうか。次頁に挙げるのは、『養老令』と復元『唐令』に引用される漢籍名の一覧である。

この表から、『養老令』のみに取り入れられた書物がいくつかあることが理解できるが、その一つに『文選』を挙げることができる。さらにこの『文選』は、後述するように、木簡や正倉院文書にもその名を見出すことができる。表に挙げた諸資料中、『唐令』だけに記述が見られない書物は、ここでは『文選』のみである。

『養老令』において『文選』が引かれるのは、先ほども触れたとおり「選叙令」や「考課令」であり、いずれも進士の採用要件に関わってのことである。まず、『養老令』「選叙令」（秀才進士条）においては、「進士には、明らかに時務を閑ひ、并せて文選爾雅読む者を取れ」とある。「時務」と呼ばれる論文の作製能力に加え、『文選』と『爾雅』を読めることが条件となっている。一方、『唐令』「選挙令・十九」（開元七年令）[42]においては、「明らかに時務を閑ひ、一経に精熟せし者、進士と為よ」と、「時務」の作成能力は共通するものの、その他の要件が一つの経書に精通していることとなっており、『文選』については触れられない。

「考課令」の進士登用試験の内容においても、その状況は変わらない。『養老令』「考課令」（進士条）には「凡そ進士は、試みむこと、時務の策二条。帖して読まむ所は、文選上袟に七帖、爾雅に三帖」とあり、『文選』と『爾雅』の暗唱が課せられる。対して『唐令』「考課令・五二」（開元七・二五年令）で課せられるものは、「諸れ進士は、試みむこと、時務の策五條。帖して大経四通せよ」とあるように、経書の暗唱である。

『文選』は『唐令』に基づきこれら『養老令』の条文が制定された際、日本独自の何らかの基準により取り入れられたと考えられよう。いわば文集に過ぎない『文選』ではあるものの、上代日本においては、公的な法制度の上でも倫理や道徳を醸成するための経書と匹敵すると認められるほどに、重要な位置を占める書物だと捉えられていたようである。

また、その普及を示すかのような記述が、先に触れたとおり、現存する資料、木簡や正倉院文書において見られ

『養老令』と『唐令』の所引漢籍名一覧

本表は『養老令』と『唐令』に引用される漢籍書名、及び木簡、正倉院文書、『令集解』、『日本国見在書目録』におけるそれら書名の分布状況を一覧にしたものである。漢籍書名は分布状況ごとに整理し掲出した。

なお、木簡及び正倉院文書には、書名は見られずとも本文等が認められる場合がある。しかし本表はあくまで書名の分布状況を示すものであるため、それらの例については含めない。

書名	選叙令 養老令	選叙令 唐令	考課令 養老令	考課令 唐令	学令 養老令	学令 唐令	医疾令 養老令	医疾令 唐令	木簡	正倉院文書	令集解	見在書目録
文選	○		○						○	○	○	○
爾雅	○		○								○	○
詩経（毛詩）			○		○	○				○	○	○
孝経			○	○	○	○			○	○	○	○
周礼			○	○	○	○				○	○	○
春秋左氏伝			○	○	○	○					○	○
礼記			○	○	○	○			○		○	○
論語			○	○	○	○			○	○	○	○
易経（周易）					○	○				○	○	○
海島算経					○	○					○	○
儀礼					○	○					○	○
九章算術					○	○					○	○
五曹算経					○	○					○	○
周髀算経					○	○					○	○
書経（尚書）					○	○			○		○	○
孫子算経					○	○					○	○
九司					○						○	○
三開重差					○						○	○
綴術					○						○	○

	1	2	3	4	5	6	7	8	9	10	11	12
六章					○						○	○
夏侯陽算経						○					○	○
五経算術						○					○	○
国語						○						○
三倉						○					○	○
三体石経						○					○	
三等数						○					○	○
字林						○					○	○
春秋公羊伝						○					○	○
春秋穀梁伝						○					○	○
数術記遺						○					○	○
説文解字						○					○	○
張邱建算経						○					○	○
老子						○					○	○
緝古算経						○						
黄帝針経							○	○		○	○	○
黄帝素問経							○	○			○	○
黄帝明堂経							○	○			○	○
甲乙経							○	○			○	○
新修本草							○	○		○	○	○
赤烏神針経							○	○			○	
脈経							○	○			○	○
脈決							○	○			○	○
流注経							○	○			○	
偃側図							○	○			○	
集験方							○				○	○
小品方							○				○	○

る。正倉院文書『皇后宮職移』においては「文選上帙九巻　紙□□」[43]や、「文選下帙五巻　紙一百廿」[44]と、『文選』の書写記録が残されており、平城京出土木簡[45]においては「文選五十六巻」の文字列が見える。『文選』は元来、蕭統（昭明太子）の手により三十巻で編まれたが、李善により、注を含め六十巻のいわゆる『李善注文選』へと再編された。よって、この木簡に見える『文選』も李善注本であると考えられる。それを裏付けるかの如く、李善注本の序にあたる、「李善上文選註表」[46]の冒頭部分を記載した平城宮出土木簡[47]も存在する。また李善注に先駆けて成立した注釈も存在するが、李善の師、曹憲の手による『文選音義』の書写記録も、『皇后宮職移』に「文選音義七巻」[48]とあり確認することができる。

先に触れた「学令」においては各経書の注についての詳細な規定があったが、これは無論、これら経書の学習と咀嚼のためであることはいうまでもない。それらと同じく『文選』においても、木簡や正倉院文書に見える注釈類が受け入れられていたことは、進士登用をはじめとして、『文選』自身を理解し、習得する必要があったからに他なるまい。『造東大寺司牒案』[49]には、『文選』所収、崔子玉「座右銘」[50]の一節が見えることも、『文選』自体が単に日本国内に流入していただけではなく、その内部の受容と解釈にまで及んでいたことを裏付けるものではないだろうか。そしてそこから得た知識が創作へと反映されていったのだろう。

万葉集研究においては、古くは仙覚より歌の解釈に『文選』の利用が行われており、そこから約七百年を経た現在でもそれは続けられている。しかし、それは『文選』が当時人口に膾炙した詩文集であったから、官人登用に必要であったからという程度の文化的背景に裏打ちされているのではない。日本の公的な規格において独自にその必要性が認められ、少なくとも二種の注により内部の理解にまで及び、その詩文は写経所の楽書に現れる、つまり下級官人にも浸透していた点が、上代日本における『文選』の特異性なのである。上代の中国文献受容において極めて重要な位置を占め、かつ広範に普及していたであろう『文選』であるが故に、万葉人に大いなる影響を与えたのであろう。

このように、『文選』が重要な書物である、という知識は、上代文学の研究者は当然の如く持ち合わせている。しかし、その重要性が何に起因するのか、いかほどのものであるかについては現在あまり語られることはない。本論を通して、上代文学ひいては万葉集研究における『文選』の重要性について改めて確認すべきであると提言したい。

【注】

1 大塚幸男『比較文学―理論・方法・展望―』（朝日出版社、一九七二）

2 ポール・ヴァン゠ティーゲム『比較文学』（富田仁訳、清水弘文堂、一九七三／原著"La littérature comparée"、一九三一）

3 大曽根章介「和漢比較文学の諸問題」（和漢比較文学会編『和漢比較文学研究の構想（和漢比較文学叢書1）』汲古書院、一九八六）

4 出典：木研21-137頁-(1)。以下本稿における木簡の出典、及び凡例は「奈良文化財研究所　木簡データベース」（https://www.nabunken.go.jp/Open/mokkan/mokkan.html）に従う。

5 光明皇后直筆での「喚」字が、木簡では「呼」字となっている。

6 なお『杜家立成』の受容と性質については、西一夫「『杜家立成雑書要略』の基礎的性格―敦煌書儀の形式・表現・配列の分析を通して―」（『国語と国文学』九三巻一一号、二〇一六・一一）に詳しい。

7 出典：日本古代木簡選（城12-19上(160)）。上の他、多数の出土例が存する。直近のものとしては、二〇一五年四月に山口大学構内で出土した音義木簡が、『千字文』の書写であったとの発表があった。（二〇一六年一〇月二九日、毎日新聞〔山口版〕）

8 天平十五年十月八日／『大日本古文書』二十四、p.230

9 東野治之「典籍・経典の受容」（国立民俗学博物館編『古代日本　文字のある風景―金印から正倉院文書まで―』（朝日新聞社、二〇〇二・三）掲載の解説）

10　塙書房、一九七七

11　「『論語』『千字文』と藤原宮木簡」（『万葉集研究』第五集、塙書房、一九七六）、「黄葉片々　平城宮出土木簡所見の文選李善注」（『万葉』第七六号、一九七一・六）、「奈良時代における『文選』の普及」（大阪歴史学会編『古代国家の形成と展開』吉川弘文館、一九七六）を収載。

12　「『万葉代匠記』所引の漢籍をめぐって」（『万葉』一一三号、一九八三・三）

13　丙午出版社、一九三二

14　『国語・国文』第一五巻一〇号（一九四六・一一）

15　塙書房、一九六二

16　『万葉集大成　第7巻』（平凡社、一九五四）

17　桜楓社、一九六三、『中西進万葉論集』（講談社、一九九五）所収

18　平凡社、一九五四

19　南雲堂桜楓社、一九六四

20　『国語と国文学』三六巻五号（一九五九・五）

21　『熊本女子大学学術紀要』一二巻一号（一九六〇・三）

22　『国文学　解釈と教材の研究』九巻九号（一九六四・六）、『久松潜一著作集7　万葉集の研究（一）』（至文堂、一九六九）所収

23　『万葉集研究　第五集』（塙書房、一九七六）

24　『万葉の風土・文学（犬養孝博士米寿記念論集）』（塙書房、一九九五）

25　『国語国文』六一巻六号（一九九二・六）

26　「万葉集と中国思想」（『万葉集講座　第二巻〔思想と背景〕』有精堂出版、一九七三）、「中国文学と万葉集」（『国文学　解釈と鑑賞』四六巻九号、一九八一・九）、いずれも『白川静著作集　十一　万葉集』（平凡社、二〇〇〇）所収。

27　汲古書院、一九八六、伊藤博「初期万葉と漢文学―訓読の問題をめぐって―」、稲岡耕二「万葉集と漢文学―人麻呂における

受容と変容―」、渡瀬昌忠「人麻呂と漢文学―石見相聞歌の場合―」、小野寛「大伴家持の漢詩文」など所収。

28　汲古書院、一九九三、上野理・高松寿夫「人麻呂と漢文学」、北野達「憶良の挽歌意識と『文選』」など十五篇を所収。

29　塙書房、二〇〇三

30　『別冊国文学　万葉集事典』（學燈社、一九九三・八）

31　笠間書院、一九八七

32　笠間書院、一九九三

33　塙書房、二〇〇五

34　『万葉』二一〇号（二〇一一・一二）

35　「『万葉集』における『千字文』の利用」（『藝』一号、二〇〇三・三）、「万葉後期の翻訳語―正倉院文書を通して―」（『叙説』四〇号、二〇一三・三）、「『千字文』の受容―『万葉集』を中心として―」（『美夫君志』八六号、二〇一三・三）、「出典としての『千字文』」（『万葉』二一七号、二〇一四・五）

36　『美夫君志』第九〇号（二〇一五・三）

37　特に、「中央研究院漢籍電子文献」（http://hanji.sinica.edu.tw/）や「中国哲学書電子化計画」（http://ctext.org/zh）などが注目されよう。

38　これらの漢籍については、神田喜一郎「万葉集の骨格となつた漢籍」（『万葉集大成　第20巻』平凡社、一九五五）が、「皆本格的な典籍といふことの出来ない、いはば俗書ばかりである」と述べる。

39　『論語』「学而篇」（原文、読下文は『新釈漢文大系』による）。〔原文〕子曰、学而時習レ之、不二亦説一乎。〔読下文〕子曰く、学びて時に之を習ふ、亦説ばしからずや。

40　出典：木研 20-36 頁 -1(92)（城 34-29 上 (356)）

41　出典：城 29-40 下 (523)

42　本稿に引用する復元『唐令』の本文、及び条番号は、ともに仁井田陞『唐令拾遺』（東方文化学院東京研究所、一九三三）に拠った。

43　天平三年八月十日／『大日本古文書』一、p.443

44　天平三年八月十日／『大日本古文書』一、p.444

45　出典：平城宮 5-7846（城 4-16 上 (297)）

46　臣善言、窃以道光九野、縟景緯以照臨。

47　五片接合。出典：『奈良時代における「文選」の普及』（木研 2-63 頁・平城宮 1-745・平城宮 1-696・平城宮 1-703・平城宮 1-706・平城宮 1-764・日本古代木簡）

48　天平三年八月十日／『大日本古文書』一、p.444

49　天平勝宝二年三月三日／『大日本古文書』十一、p.177

50　崔子玉「座右銘」（『文選』銘、原文、読下文は『新釈漢文大系』による）。〔原文〕無レ道二人之短一、無レ説二己之長一。施レ人慎勿レ念、受レ施慎勿レ忘。世誉不レ足レ慕、唯仁為二紀綱一。〔読下文〕人の短を道ふこと無かれ、己の長を説くこと無かれ。人に施しては慎んで念ふこと勿かれ、施しを受けては慎んで忘るること勿かれ。世誉は慕ふに足らず、唯だ仁のみを紀綱と為せ。

中国故事受容と和歌表現

廣川晶輝

1 問題の所在

日本は中国からたくさんの文物を摂取したが、さまざまな故事をも受容した。中国故事の受容によって和歌表現にもたらされた影響の相を見定めるのが本稿の目的である。

分析の対象とする『万葉集』巻二に載る作品を掲げよう。

　幸二于吉野宮一時弓削皇子贈二与額田王一歌一首

古《いにしへ》に　恋ふる鳥かも　ゆづるはの　御井《みゐ》のうへより　鳴き渡り行く（2・一一一）

　額田王奉レ和歌一首　従二倭京一進入

古に　恋ふらむ鳥は　ほととぎす　けだしや鳴きし　吾《あ》が思へるごと（一一二）

（「蘿生松柯」をめぐっての二人の間の一一三番歌は省略）

右の二首は「藤原宮御宇天皇代（天皇謚曰二持統天皇一元年丁亥十一年譲二位軽太子一尊号曰二太上天皇一也）」（（ ）内は小字割注）という標題のもとにあり、持統朝の歌である。そして、一一一番歌題詞に「幸二吉野宮一時」とあり、この歌が、天武天皇ゆかりの吉野の地に建てられた離宮にその皇后持統天皇が行幸した際の歌であることがわかる。この点から言って、初句の「古」に天武朝を詠み込むことが基盤となっていよう。そしてこのために、当該二首には「回顧」や「懐古・懐旧」という把握が当て嵌められるのが一般である。

当該二首について、閲覧できる写本は複製を閲覧し閲覧できないものは『校本万葉集』を参照して本文校訂作業を施すと、両歌ともに異同は少なく一一一番歌の初・第二句は「古尓　戀流鳥鴨」、一一二番歌の初・第二句は「古尓　戀良武鳥者」と定めることができる。訓もきわめて安定しており、一一一番歌は「いにしへに　こふるとりかも」、一一二番歌は「いにしへに　こふらむとりは」と訓むことは動かない。問題は、二首に当て嵌められる「回顧」や「懐古・懐旧」というタームがあまりにも熟しているために、「古に恋ふ」という表現自体の特殊性への意識が十全ではなかったことであろう。また、その表現の特殊性が導き出す意義に対しての意識化が十分ではなかったということであろう。一一一番歌そして一一二番歌にある「恋ふ」は、恋しい人に逢えない時に生じる感情を表す語である。「君」「妹」が不在の時にその人を恋い慕うのが本来である。当該歌のように「古」という過ぎ去った時間、いわば抽象的なものを「恋ふ」ことは有り得るのか。そして有り得るならば、そこにはどのような契機が介在しているのか。本稿はこの問題に迫ってみたい。

2 「古に恋ふ」の訓釈をめぐって

■「〜に恋ふ」

「恋ふ」について『岩波 古語辞典 補訂版』(1) の記述も参照してみよう。同書ではまず、

《ある、ひとりの異性に気持も身もひかれる意。「君に恋ひ」のように助詞ニをうけるのが奈良時代の普通の語法。これは古代人が「恋」を、「異性ヲ求める」ことでなく、「異性ニひかれる」受身のことと見ていたことを示す。……》

と、総じての説明がある。続いて、「①ひとりの異性に気持ちも身もひかれる。」「②《比喩的に》慕う。なつかしむ。」と項が立てられ、当該一一番歌が②の用例として挙げられている。②の把握は、どのような経路を経て成されるのか。同書に説明は無い。ここは、「恋ふ」の用例を地道に追ってみよう。

当該歌二首以外の『万葉集』中の「～に恋ふ」の用例を見よう。(2) なお、紙数の都合上、すべての用例を挙げることはできない。分類して示した。「～」にあたる部分に四角囲みを施した。

○「君」

君に恋ひ　いたもすべなみ　葦鶴の　音のみし泣かゆ　朝夕にして　(3・四五六)

他に、4・五九三、4・五九七、8・一四三〇、10・一八二三、10・二一四三、10・二一八二、10・二一九八、10・二三一〇、11・二四〇九、11・二四七〇、11・二六五四、11・二七四一、11・二七四三、11・二七四三或本歌、12・二九五三、12・三〇二五、13・三二七一、13・三三二九、13・三三四四、15・三六〇三、15・三七五〇、15・三七五二、17・三九七二、20・四四七六。

○「我が背子」

我が背子に　恋ふれば苦し　暇あらば　拾ひて行かむ　恋忘れ貝　(6・九六四)

他に、10・一九一五、12・二九四二、17・三九七五。

○「妹」

見渡せば　明石の浦に　燭す火の　ほにそ出でぬる　妹に恋ふらく　（3・三二六）

他に、4・四九七、6・九六一、6・一〇三〇、7・一二〇八、10・二三三五、11・二四九一、11・二五四九、11・二七五八、11・二八二二、12・二八五八、12・二九〇九、12・二九二八、12・二九七四、12・三〇九二、12・三一七六、13・三二九七、15・三六六〇、15・三七四三、15・三七八三。

○「我妹子」

我妹子に　恋ひつつあらずは　秋萩の　咲きて散りぬる　花にあらましを　（2・一二〇）

他に、4・五〇九、4・六四二、10・一九三三、11・二三七七、11・二四一二、11・二四九九、11・二七六五、11・二八〇六、11・二八一二、12・三〇三四、13・三三四三、15・三七四四。

○「妻」

宇陀の野の　秋萩しのぎ　鳴く鹿も　妻に恋ふらく　我にはまさじ　（8・一六〇九）

○「児（児ら）」

あしひきの　山鳥の尾の　一峰越え　一目見し児に　恋ふべきものか　（11・二六九四）

他に、13・三三九四、19・四二四四。

○「家人」

家人に　恋ひ過ぎめやも　かはづ鳴く　泉の里に　年の経ぬれば　（4・六九六）

○「人」

伊勢の海の　磯もとどろに　寄する波　恐き人に　恋ひ渡るかも　（4・六〇〇）

他に、10・一九八九、10・二三四〇、12・二九六六。

○「我（われ・わぬ）」

偽りも　似付きてそする　現しくも　まこと我妹子　我に恋ひめや　（4・七七一）

他に、14・三四七六。

○「人目」

島の宮　勾の池の　放ち鳥　人目に恋ひて　池に潜かず　（2・一七〇）

○「君が目」

……若草の　思ひ付きにし　君が目に　恋ひや明かさむ　長きこの夜を　（13・三三四八）

○「家」

韓亭　能許の浦波　立たぬ日は　あれども家に　恋ひぬ日はなし　（15・三六七〇）

最後の三項目は説明を要しよう。「人目」の2・一七〇は「日並皇子挽歌」の反歌の或本歌であり、この「人目」が亡き日並皇子を指していることは明瞭である。同様に「君が目」の13・三三四八も恋の相手「君」を指していよう。「家」の15・三六七〇については、早くに『萬葉集略解』が「妹に恋ひと言ふに同じ」と指摘していたことが妥当であろう。

つまり、「〜に恋ふ」というように、「恋ふ」対象が示される場合は、人間が対象となるわけである。当該歌のように、「古」という時間いわば抽象的なものが対象となることは無い。この点、伊藤博「『恋ふ』の世界」[3]が「人間以外のものは」当該の「贈答歌二首にすぎない」と述べていたこと、『萬葉集注釈』が「結局人間以外に『に恋ふ』と用ゐられた例は、これと次の作のと二つの『古』があるだけである」と述べていたことが首肯される。ところで、『新編全集』は「このイニシへはイニシへ人の意。→四五」と述べる。これは、当該一一一・一一二番歌も人間とすることで一貫させようとしたものである。しかし、柿本人麻呂「安騎野歌」の長歌四五番歌の最終句「古思へば」

をそのように捉えるのには無理がある。現に『新全集』四五番歌の該当箇所は「日並皇子がここに来られた時のことを偲んで」と訳されており、右の一一一番歌における記述との対応を見ない。「イニシヘ人の意」とする『新全集』の説は認められない。

■「いにしへにおいて」の可能性

ところで、注2に見た「玉の緒を　片緒に搓りて　緒を弱み　乱るる時に　恋ひざらめやも」（12・三〇八一）の「に」は、「恋ふ」行為の対象を表すのではなく「恋ふ」時間を表す用例であった。これを敷衍させれば、「『古』という過去の時間において鳥が恋うた」という把握ができるのであろうか。たとえば早くに『万葉拾穂抄』は、「古恋する鳥と云也。」と解釈していた。少々不明瞭であるがこれは、「古において」と捉えている一例と言えよう。そこで、一一一番歌の「古に　恋ふる鳥」を、そのように捉えらえるかどうかを検討せねばならない。

『万葉集』中の「古に」の用例は、当該歌の二例以外には、次のとおりである。

古に　梁打つ人の　なかりせ（世）ば　ここにもあらまし　柘の枝はも　（3・三八七）

古に　ありけむ（家武）人の　倭文機の　帯解き交へて　廬屋立て　妻問ひしけむ　葛飾の　真間の手児名が
奥つ城を　こことは聞けど　……　（3・四三一）

古に　ありけむ（兼）人も　我がごとか　妹に恋ひつつ　寝ねかてずけむ　（4・四九七）

古に　ありけむ（険）人も　我がごとか　三輪の檜原に　かざし折りけむ　（7・一一一八）

古に　ありけむ（監）人の　求めつつ　衣に摺りけむ　真野の榛原　（7・一一六六）

古に　妹と我が見し　ぬばたまの　黒牛潟を　見ればさぶしも　（9・一七九八）

……古に　ありける（家留）ことと　今までに　絶えず言ひける……　（9・一八〇七）

古に　織りててし（義之）服を　この夕　衣に縫ひて　君待つ我を　（10・二〇六四）

古に　ありける（家流）わざの　くすばしき　事と言ひ継ぐ……　（19・四二一一）

古に　君の三代経て　仕へけり（家利）　我が大主は　七代申さね　（19・四二五六）

右のように、『万葉集』中の「古に」の用例には四角囲みのようにすべて過去の助動詞・過去推量の助動詞がある。[4]一方の当該歌には無い。この状況を考え合わせれば、当該歌を「『古』という過去の時間において鳥が恋うた」と把握することはできないことになろう。

■「いにしへ」をめぐって

『万葉集』中の「いにしへ」はどのような動詞によって〈思われる〉のか。これを把握したい。次の用例を見よう。

……み雪降る　安騎の大野に　はたすすき　小竹を押しなべ　草枕　旅宿りせす　古思ひて　（1・四五）

安騎の野に　宿る旅人　うちなびき　眠も寝らめやも　古思ふに　（1・四六）

岩代の　野中に立てる　結び松　心も解けず　古思ほゆ……　（2・一四四）

近江の海　夕波千鳥　汝が鳴けば　心もしのに　古思ほゆ　（3・二六六）

み吉野の　滝の白波　知らねども　語りし継げば　古思ほゆ　（3・三一三）

……朝雲に　鶴は乱れ　夕霧に　かはづは騒く　見るごとに　音のみし泣かゆ　古思へば　（3・三二四）

玉くしげ　三諸戸山を　行きしかば　おもしろくして　古思ほゆ　（7・一二四〇）

春の日の　霞める時に　住吉の　岸に出で居て　釣舟の　とをらふ見れば　古の　ことそ思ほゆる……　（9・一七四〇）

……処女らが　奥つ城所　我さへに　見れば悲しも　古思へば　（9・一八〇一）

……石橋の　神奈備山に　朝宮に　仕へ奉りて　吉野へと　入ります見れば　古思ほゆ　（13・三二三〇）

渋谿の　崎の荒磯に　寄する波　いやしくしくに　古思ほゆ　（17・三九八六）

古を　思ほすらしも　わご大君　吉野の宮を　あり通ひ見す　（18・四〇九九）

二重傍線部のように、「古」は「思ふ」「思ほゆ」「思ほす」対象であることがわかる。この点から言っても、「古に恋ふ」と歌う当該一一一・一一二番歌の特殊性を指摘することができよう。

■小結

さて、このように地道に用例を追って見て来た時、次のことがらを指摘できる。つまり、我々は、当該歌に向けられた「回顧」や「懐古・懐旧」という把握に意識を向けるあまりに、当該歌のこの「古に恋ふ」という表現自体に対してあまりにもなおざりであったのではなかろうか。「回顧」や「懐古・懐旧」と言い表すことで、この「古に恋ふ」という表現の特殊性に対して意識化できなかったのではなかったか。ということである。我々は、この意識化の先に、さらに、「和歌表現の変容」という様相を把握しておくべきであろう。では、このような表現の特殊性および和歌表現の変容は、何を契機としてもたらされたのであろうか。その考察を次の章において行おう。

3　中国故事の受容

そこで考慮されるのが、当該歌を理解するうえで参照された来た漢籍そして中国故事の存在である。つとに、北村季吟『萬葉拾穂抄』は、「蜀の望帝の旅にてうせし魂の時鳥と成し心なるへし」と指摘していた。また、近時に

おいては、身崎壽「蜀魂」(5)がこの点を考察するうえでの必須論文となっている。身崎論文は、
この杜鵑——日本にあっては万葉時代以来ホトトギスと解されてきた——にまつわる著名な伝説は、故事伝説というもののつねとして、文献によりまた時代によって内容におおきな異同を生じてきているから、後代の文献の記述をそのままうのみにしたりすると、万葉時代のひとびとの理解していたものとははなはだしくちがったものになってしまうおそれがある。したがって、実におおくの文献にひかれているこの伝説の内容を、慎重にみさだめる必要があるのだが、そのようにして諸書にひくこの伝説の出典をたどりながら、日本の万葉時代前期への影響という点を考慮して、中国の六朝以前の時期にまでさかのぼっていくと、ほぼどれも『説文解字』、『蜀王本紀』（佚書）、それに『華陽国志』といった少数のかぎられた文献にたどりつく。

と記す。その記述に導きを得て（『華陽国志』については身崎論文が引用している部分にさらに付け加えることが重要であると考える。この点、後述する）、漢籍およびそこに示されている中国故事を挙げていこう。

まず、『説文解字』(6)である。四篇上、二四ウ（隹部）に、

巂……一曰……蜀王望帝婬二其相妻一、慙亡去、為二子巂鳥一。故蜀人聞二子巂鳴一、皆起曰、是望帝也。

とある。

次に、『蜀王本紀』を見よう。この書は逸書であるが、『後漢書』(7)巻五十九、張衡伝の李賢注に引用されていることから内容を知ることができる。

鼈令殪而尸亡兮，取蜀禪而引世。

の部分に付けられた李賢注は左のとおりである。

鼈令，蜀王名也。令音靈。殪，死也。禪，傳位也。引，長也。揚雄蜀王本紀曰「荊人鼈令死，其尸流亡，隨江水上至成都，見蜀王杜宇，杜宇立以為相。杜宇號望帝，自以德不如鼈令，以其國禪之，號開明帝。下至五代，

有開明尚，始去帝號，復稱王」也。（左傍線・左波線、原文）

ここでは、杜宇つまり望帝が自分の徳が鼈令の徳に及ばないことを悟り、鼈令に帝位を禅譲したことが記される。なお、李賢が范曄の『後漢書』に注を付したのは六七六年であり、(8) 弓削皇子や額田王が李賢注本を見たとは即断できない。しかし、この李賢注本『後漢書』の日本書紀への引用については、小島憲之が『上代日本文學と中國文學 上』(9) の第三篇「日本書紀の述作」第三章「出典考」(二)「日本書紀と中国史書」において、

後漢書は、史記漢書などとはちがひ、わが国に古鈔本が残らず、如何なる注本が用ゐられたかはよくわからない。しかし恐らく旧唐書経籍志にみえる皇太子賢注本（唐章懐太子賢注本）が主として用ゐられたものではないかと推測される……。

と述べているように、『日本書紀』の述作に利用された書物である。また、小島論文が、『日本国見在書目録』に「後漢書百卌巻（范曄本唐臣賢太子、但志卌巻梁剡令劉昭注補）」とあることを参照しているように、日本への早い将来が確実である。

続けて、晋の常璩の撰『華陽国志』(10) を見よう。巻第三、蜀志の記述には次のようにある。

後、A有レ王曰二杜宇一、教レ民務レ農。一號二杜主一。時、朱提有二梁氏女一、利遊二江源一。宇悦レ之。納、以為レ妃。移治二郫邑一、或治二瞿上一。七國稱レ王、杜宇稱レ帝。號曰二望帝一。更名二蒲卑一。自以三功徳高二諸王一。乃以二褒斜一為二前門一、熊耳、靈關、為二後戸一、玉壘、峨眉、為二城郭一、江、潛、綿、洛、為二池澤一、以二汶山一為二畜牧一、南中、為二園苑一。會レ有二水災一、其相開明、決二玉壘山一以除二水害一。帝遂委二以政事一、法二堯舜禅授之義一、遂禅二位於開明帝一。B升二西山一隠焉。時適二二月一、子鵑鳥鳴。故蜀人悲二子鵑鳥鳴一也。C巴、亦、化二其教一而、力二農務一。D迄レ今、巴蜀民、農時、先祀二杜主一君（當作若）開明（当重有開明二字）位、號曰二叢帝一。叢帝生二盧帝一、盧帝攻レ秦、至レ雍、生二保子帝一。（傍線ABCD、廣川）

右の文章のうち、「巴蜀」は四川省の別名であり、「巴」は今の四川省重慶の地方、「蜀」は四川省成都の地方を

指す。この『華陽国志』は『日本国見在書目録』にも載っており、早くに日本に将来されたとおぼしい。この『華陽国志』では、まず、傍線Aのように「有レ王曰二杜宇一、教レ民務レ農。」とあり、杜宇が民を教化し農業の普及に努めたことを称揚している（続く記述については後述する）。

さてこのように、望帝にまつわる漢籍の記述、故事は多様である。

ところで、身崎論文は、この故事の具体的内容を確定することの困難さを自覚しつつ、その内容を、「おおよそつぎのようにまとめてさしつかえないのではなかろうか。」と断ったうえで、

> この伝説の核心は、退位・隠棲した先帝をしたって、国民がこぞって先帝の化したというホトトギスのこえにみみをかたむけ、先帝を哀慕したというところにある

とまとめるのである。しかし、いささかこれは総論的に過ぎないであろうか。そのように総論的にまとめてしまうのではなく、この故事の多様性は多様性として受け止めることが肝要なのではなかろうか。このような観点に立てば、望帝が宰相の妻と「婬」の関係となってしまったということがらや、望帝がその「婬」の行いを「慙」じて死去した後に鳥に化したということがらから自由になることができるのではなかろうか。先述のように、初句の「古」に天武朝を詠み込むことが基本的コードとなっている。菊地義裕「額田王と季節観——弓削皇子との贈答歌の発想——」(11)も「『いにしへ』が天武朝であることは基本的に動かない」と指摘する。当該歌読解のうえでもこの基本的コードに立脚する場合、「望帝が宰相の妻と『婬』の関係となってしまったということがら」が当該歌理解に有用であるはずがないのはもちろんであり、「望帝がその『婬』の行いを『慙』じて死去した後に鳥に化したということがら」も当該歌理解に有用であるとは決して思われない。「古に恋ふる鳥」が天武天皇となってしまうような読解は、当該歌にそぐわないからである。

故事の多様性を多様性として受け止める時、『華陽国志』の個々の表現が追究の対象となるであろう。

本稿としては、身崎論文が引用せず、その結果触れることのなかった、『華陽国志』の傍線Dの記述、

迄㆑今、巴蜀民、農時、先祀㆓杜主㆒

が存在することを重視したい。この記述においては、晋の時代の「今」に至るまで、「巴」と「蜀」の民は、杜主つまり望帝を崇拝していることが述べられている。また、傍線Bの記述、

升㆓西山㆒隠焉。時適㆓二月㆒、子鵑鳥鳴。故蜀人悲㆓子鵑鳥鳴㆒也。

を見てみよう。ここでは、望帝が開明帝に禅譲し西山に登り隠棲した時、子鵑鳥が鳴いたと記される。故に蜀の人は、子鵑鳥が鳴くことを悲しむのだというのである。少なくともこの『華陽国志』には、望帝が鳥に化したという記述は見られない。そして、傍線Bの記述に続いて、傍線Cの、

巴、亦、化㆓其教㆒而、力㆓農務㆒。

という記述がある。「其教」とは、望帝の教えである。これが、先に触れた冒頭部分の傍線Aと対応していることは明瞭だ。つまり、民を教化し農業の普及に努めたその望帝の教えに「巴」の人々は感化され、農務に励んだことが述べられているわけである。つまり、望帝の徳が称揚されているわけである。そして、この傍線Cの記述の次には、さきほどの傍線Dの記述、

迄㆑今、巴蜀民、農時、先祀㆓杜主㆒

が続くのであるから、ここには望帝への尊敬と崇拝の念が記されていることも明瞭である。このように文脈を辿ってくれば、すなわち、傍線B、

升㆓西山㆒隠焉。時適㆓二月㆒、子鵑鳥鳴。故蜀人悲㆓子鵑鳥鳴㆒也。

も、望帝を慕って子鵑鳥が鳴いたと読める文脈であることになろう。望帝を慕って鳴く子鵑鳥の声を聞いて、蜀の人々も望帝を慕って悲しんだのだと読むことが可能である。

吉井巖「弓削皇子」(12)は、一一一番歌を詠んだ弓削皇子について、

額田王の作において、〈古に恋ふらむ鳥は霍公鳥〉と歌われたのは、皇子の〈古に恋ふる鳥〉を、変化させたり、異なる性格のものにとりなしたりした表現ではなく、皇子の意を汲んだ額田王の知的な解釈であって、それ故、かかる知的な解釈を許容しうる内実を、皇子の〈古に恋ふる鳥〉はすでに所有していたと考えなければならないのである。

と述べ、当該の弓削皇子の歌の方にも、漢籍、中国故事をふまえている要素を指摘している。妥当な見解であろう。弓削皇子の当該一一一番歌は「古に恋ふる鳥」と歌う。これは和歌表現に変容をもたらした特殊な表現であった。そしてここには、『華陽国志』に見られる先帝望帝を慕って鳴く鳥を描出する故事の記述がふまえられている。弓削皇子歌はその故事の記述の受容により、天武朝という「古」を恋い慕う行為に望帝の徳を称揚して崇拝する行為を重ね合わせることを具現化できているのであり、結果、天武朝への称揚と讃美とが果たされていると指摘できよう。なお、念のために述べておけば、本稿は出典論に執着するつもりは無い。『華陽国志』単体が出典であるとは断言しない。望帝の故事は多様であった。その中で、『華陽国志』に示されているような故事の存在を確かめ得ることを良しとするのだ。

4 中国故事の受容と和歌表現の変容

当該一一一・一一二番歌の「古に恋ふ」という表現は、抽象的な「古」という時間を「恋ふ」という点で特殊であった。本稿では、このような表現の特殊性および和歌表現の変容は何を契機としてもたらされたのであろうかと、

問題を提起しておいた。そして、さきほどの第三章において、『華陽国志』に見られる中国故事を受容することによって天武朝への称揚と讃美が果たされる回路について指摘した次第である。弓削皇子の特殊な「古に恋ふ」という表現は、そのような中国故事を受容するという回路によって成された表現であると考えられよう。そして、その一回的な表現の実践を、額田王の一一二番歌も的確にふまえて応じているわけである。

中国故事の受容が契機となり、和歌表現のあり方にも影響し変容をもたらすありようを、本稿は指摘した次第である。

【注】

1 岩波書店、一九九〇

2 「はね縵 今する妹を 夢に見て 心の内に 恋ひ渡るかも」（4・七〇五）などの「に」は「恋ふ」対象を表すのではなく場所を表す用例であるので考察の対象から外す。「玉の緒を 片緒に搓りて 緒を弱み 乱るる時に 恋ひざらめやも」（12・三〇八一）などの「に」は「恋ふ」対象を表すのではなく「恋ふ」時間を表す用例であるので考察の対象から外す。「常の恋いまだ止まぬに 都より 馬に恋来ば 荷なひ堪へむかも」（18・四〇八三）の三句目と合わせての「都より 馬に恋来ば」は、新編日本古典文学全集版『萬葉集』が「都から 馬で恋が届いたら」と説くように「に」は「〜によって」であり手段を表す用例であるので考察の対象から外す。ところで、「秋萩に 恋尽くさじと 思へども しゑやあたらし またも逢はめやも」（10・二一二〇）の「恋」は名詞であるが、この「恋」について『新編全集』は、「この恋ヲ尽クスは、心を奪われるほどに愛する意」と解説し、「この恋はこのあとの二一二二の『秋萩の恋』と同じ」と記す。この記述に導かれて、「ますらをの 心はなくて 秋萩の 恋のみにやも なづみてありなむ」（10・二一二二）についての頭注を見れば、「秋萩の恋―秋萩に対する執着。恋は一般に眼前にないものにあこがれる心をいうが、これは例外」との説明を見る。眼前の物への賞美・愛着を歌った例には大伴家持の「なでしこが その花にもが 朝な朝な 手に取り持ちて 恋ひぬ日なけむ」（3・四〇八）もある。これらの眼前の物に対する「恋」「恋ふ」を当該歌に当てはめることは妥当ではなかろう。当該歌では、「古に恋ふ」と歌われるわけであり、眼前の物への執着・愛着・賞美が問題とはならないからである。なお、「朝髪の　思ひ乱れて　かくばかり　名姉之戀曽夢に見えける」（4・七二四）の第四句を、おうふう社版『萬葉集』（鶴久氏・森山隆氏編）は「なねにこふれぞ」と訓む。一方、塙書房版『補訂版　萬葉集　本文篇』（佐竹昭広氏・木下正俊氏・小島憲之氏著）は「なねがこふれぞ」、和泉書院版『新校注　萬葉集』（井手至氏・毛利正守氏校注）も「ナネガコフレそ」と訓む。原文の「之」を『おうふう』のように「に」とは訓めないだろう。考察の対象から外した次第である。

3　伊藤博「『恋ふ』の世界」（『萬葉集の表現と方法　下』塙書房、一九七六。該当箇所の初出、「『に恋ふ』と『を恋ふ』」一九五九・七）

4　巻10・二〇六四番歌においては、書家（手師《てし》）である王羲之の名を借りての表記「義之」を「てし」と訓ませているのであり、「て」と「し」とに分けて掲出できない。しかし、過去の助動詞「き」の連体形「し」の存在を明瞭に指摘できる。

5　身崎壽「蜀魂」（『額田王―萬葉歌人の誕生―』塙書房、一九九八。初出、「いにしへに恋ふらむ鳥はほととぎす」一九八九・一〇）

6　引用は上海古籍出版社版『説文解字注』に拠り、返り点と句点を付した。

7　引用は中華書局版に拠る。

8　芳賀紀雄「典籍受容の諸問題」（『萬葉集における中國文學の受容』塙書房、二〇〇三。初出、「万葉集比較文学事典」、一九九三・八）

9　小島憲之『上代日本文學と中國文學　上』（塙書房、一九六二）

10　引用は中華書局版に拠り、国学基本叢書（台湾商務印書館公司）の点を参照し、返り点と句点を付した。

11　菊地義裕「額田王と季節観―弓削皇子との贈答歌の発想―」（『古典と民俗学論集―櫻井満先生追悼―』おうふう、一九九七）

12　吉井巖「弓削皇子」（『天皇の系譜と神話　二』塙書房、一九七六。初出、一九六八・一二）

II

文字・ことばが作る世界をヨム

作品論・テキスト論

作品そのものに向かうのが作品論だから、それ自体は「方法」というより「態度」と呼ぶほうがふさわしい。手法として、中国詩文との字句の比較や万葉集中の用例検討や歴史地理学の知見の応用などが、対象となる作品ごとに選定されてよい理屈だ。問題は、その「作品」をどう規定するかという点にある。この章に収めた二つの稿はそこに収束する。万葉集全体をひとつの作品とみるのは誤りでないし、一首の歌もまた作品に違いないが、数首を連ねた歌群をひとつの作品とみなしうるかどうか、一人の歌びとの詠作どもを作品と括るのが正当か、というところに及んで見解は揺れを生じる。

「作品論」という方法
——作品分析の試み

小田芳寿

1 「作品論」という方法の検証

歌を作品として捉え、作品そのものを考察していく「作品論」は、今や万葉集研究の方法論の一つとして定着している。「作品論」が、作品の読みの安定をはかるうえで重要な役割を担っていることはいうまでもない。ただし、その方法を採用する場合、慎重な姿勢で臨まなければ、作品に対して過剰な読みを行うことになる。その詳細は後述するとして、作品の読みを安定させ、「その作品は確かにそうだ」と、多くの納得を得られるには、作品に対してどういった視線を投げかけなければならないのであろうか。その問題意識は、作品の規定の仕方へと波及するであろう。その点を明確化すべく、「作品論」という方法について、一つの作品群の考察を通して検証してみたい。

2 従来の「作品論」

【A群】

春三月、諸卿大夫等の、難波に下る時の歌二首 并せて短歌

白雲の　龍田の山の　瀧の上の　小桉の嶺に　咲きをる　桜の花は　山高み　風し止まねば　春雨の　継ぎて し降れば　ほつ枝は　散り過ぎにけり　下枝に　残れる花は　しましくは　散りなまがひそ　草枕　旅行く 君が　帰り来るまで　（9・一七四七）

反歌

我が行きは　七日は過ぎじ　龍田彦　ゆめこの花を　風にな散らし　（9・一七四八）

【B群】

白雲の　龍田の山を　夕暮に　うち越え行けば　瀧の上の　桜の花は　咲きたるは　散り過ぎにけり　含める は　咲き継ぎぬべし　こちごちの　花の盛りに　雖不見左右(1)　君がみ行きは　今にしあるべし　（9・一七四九）

反歌

暇あらば　なづさひ渡り　向つ峰の　桜の花も　折らましものを　（9・一七五〇）

【C群】

難波に経宿りて明日に還り来る時の歌一首 并せて短歌

島山を　い行き巡れる　川沿ひの　岡辺の道ゆ　昨日こそ　我が越え来しか　一夜のみ　寝たりしからに　峰

の上の　桜の花は　瀧の瀬ゆ　散り落ちて流る　君が見む　その日までには　山おろしの　風な吹きそと　うち越えて　名に負へる社に　風祭りせな　（9・一七五一）

反歌

い行き逢ひの　坂の麓に　咲きをる　桜の花を　見せむ児もがも　（9・一七五二）

巻九・一七四七番歌～一七五二番歌までの歌群（以下、一七四七～一七四八番歌をA群、一七四九～一七五〇番歌をB群、一七五一～一七五二番歌をC群とする）は、一七六〇番歌の左注に「右の件の歌は高橋連虫麻呂が歌集の中に出づ」とある範囲内に収まるものと考えられ、歌作者にはその「高橋連虫麻呂」が比定されている。この点と題詞に「春三月、諸卿大夫等の、難波に下る時」とあることから、これまで当該歌群については、虫麻呂が庇護を受けていた藤原宇合とのかかわりの中で、歌の制作時を問うことに議論が集中してきた。それは、次の四説にまとめられる。

①これは慶雲三年九月丙寅行幸難波十月壬午還宮と続紀に見えたれば此春より、幸の御用意ありて、三月に卿大夫等を難波へ下されし、その時によめるなるべし（『古義』）【慶雲三年（七〇六）制作説】

②春三月は何年とも分からないが、作者を高橋虫麻呂として考へれば、藤原宇合の部下であつたらしいので、宇合が神亀三年十月知造難波宮事となつた年のことであらうか。（『佐佐木評釈』）【神亀三年（七二六）制作説】

③右の歌（当該歌群、執筆者注）は、神亀三年十月～天平四年三月の間の、ある年の春三月、大和～難波を往復した宇合に従った折に詠まれた作であろう。最も考えやすいのは、最後の儀式の行われた天平四年の三月である。宇合たちが、諸報告、諸準備のために、大和に前もって帰ったことが推測されるからである。（『釈注』）【天平四年（七三二）制作説】

④一七四九の歌にある君がみゆきは、天皇の行幸と解せられ、その下検分乃至準備の為の旅行とすれば、當時三月頃の行幸としては天平六年三月十日、聖武天皇の難波の宮への行幸があり、その年のことであるかも知れな

い。（『増訂全註釈』）【天平六年（七三四）制作説】

この①～④の四説を考えるうえで、文武三年から天平十六年までの難波下向に関する記録を参照する。

天皇	和暦	西暦	出来事・事項
A文武	文武三年一月二十七日	699年3月7日	癸未。難波宮に幸したまふ。
B**文武**	**慶雲三年九月二十五日**	**706年11月9日**	**丙寅。難波に行幸したまふ。**①
C元明	和銅五年八月二十三日	712年10月2日	庚申、高安城に行幸したまふ。
D元正	養老元年二月十一日、十五日	717年4月1日、4月5日	壬午、天皇、難波宮に幸したまふ。丙戌、難波より和泉宮に至りたまふ。
E元正	養老元年十一月二十一日	718年1月1日	丁巳、車駕、和泉離宮に幸したまふ。
F元正	養老三年二月十一日	719年3月10日	庚午、和泉宮に行幸したまふ。
G聖武	神亀元年十月二十一日	724年11月15日	丁未、行、還りて和泉國所石頓宮に至りたまふ。
H聖武	神亀二年十月十日	725年11月23日	庚申、天皇、難波宮に幸したまふ。
I**聖武**	**神亀三年十月十九日** **神亀三年十月二十六日**	**726年11月21日** **726年11月28日**	**癸亥、行、還りて難波宮に至りたまふ。** **庚午、式部卿従三位藤原朝臣宇合を知造難波宮事とす。**②
J聖武	神亀五年秋七月頃	728年8～9月	五年戊辰、難波宮に幸す時に作る歌四首
K**聖武**	**天平四年三月二十六日** **天平四年八月十七日**	**732年4月29日** **732年9月14日**	**己巳、知造難波宮事従三位藤原朝臣宇合ら已下、仕丁已上、物賜ふこと各差有り。** **八月丁亥、従三位藤原朝臣宇合を西海道節度使。四年壬申、藤原宇合卿、西海道の節度使に遣はさるる時に、高橋連虫麻呂が作る歌一首**③

L聖武	**天平六年三月十日**	**734年4月21日**	**辛未、難波宮に行幸したまふ。④**
M聖武	天平十二年二月七日	740年3月13日	甲子、難波宮に行幸したまふ。
N聖武	天平十六年閏一月十一日、二月十日、二月二十二日	744年3月3日、4月1日、4月13日	乙亥、天皇、難波宮に行幸したまふ。甲辰、和泉宮に幸したまふ。丙辰、安曇江に幸して、松林を遊覧したまふ。
O聖武	天平十六年七月二日、七月七日	744年8月18日、8月23日	癸亥、太上天皇、智努離宮に幸したまふ。戊辰、太上天皇、仁岐河に幸したまふ。
P聖武	天平十六年十月十一日	744年11月23日	庚子、太上天皇、珍努と竹原井との離宮に行幸したまふ。

年表のゴシック部分、Bが①の説、Iが②の説、Kが③の説、Lが④の説に該当する。題詞の「春三月」を考慮すれば、K③の天平四年とL④の天平六年がその範疇におさまる。この時点で、B①の慶雲三年九月説とI②の神亀三年十月説は除外してよいだろう。もしも、B①とI②を認めるならば、CやGの行幸も視野に入れるべきであろう。また、B①の慶雲三年説は虫麻呂の作歌時期から外れているとみなしてよかろう。I②の神亀三年説にしても難波に下る時期を明確に示すものではない。これと同じことが、K③の天平四年説にもいえる。K③は題詞の時期と打ち合うが、それを裏付ける『続日本紀』天平四年三月二十六日条の「知造難波宮事従三位藤原朝臣宇合ら已下、仕丁已上、物賜ふこと各差有り」という記述は、作歌の機会の可能性をあらわすだけで作歌時期を限定し得るものではない。前掲『釈注』が、知造難波宮事として物を賜る儀式のために、天平四年三月の難波下向を推察するものの、物を賜る儀式ならば難波に下向するよりも平城京で行われるべきであろう。そのように考えた場合、残るL④天平六年説は、題詞の時期の一致や難波へ下る記述がみられる。そのため、一番可能性が高いといえよう。ただし、考察できることはここまでである。題詞に「藤原宇合」が記載され

ていない以上、従来の作歌時期を基にした推測による議論は、いたずらに論を複雑にするだけである。こうした作品のそとで分析を行う研究に対して、一線を画す方法を提唱したのが、神野志隆光・坂本信幸[2]である。同論は作品分析の方法を、

研究の基本はあくまでも作品を読むことにある。作品から遊離し、作品のそとで幻想を広げるような論議は意味をもたない。

と述べる[3]。作品を完結したものとして対象化すれば、あとはその作品世界のなかで歌表現の分析を行う以外にない。神野志隆光・坂本信幸が示した作品を読む方法は、当該歌群を考える際に有効であろう。そこで、今一度、作品へのアプローチ方法を整理する。そのうえであらためて当該歌群の作品分析を試みる。

3 「作品論」という概念

第二次世界大戦前に刊行された代表的な研究集成である佐佐木信綱監修の春陽堂『万葉集講座』[4]には、次の六つの篇目が載せられている。

①作者研究篇　②研究方法篇　③言語研究篇　④史的方法篇　⑤万葉美論篇　⑥編纂研究篇

これらの中で作品の概念は「此歌は額田王の作品でも代表的なものでおよそ萬葉を讀む程の人に愛誦されてゐる」や「作品の數量の問題は作家（柿本人麻呂―引用者注）の文學史的地位に重大なる關係を有し」のように、歌と同意に用いられ、歌人の評価を定めるために使われている。いわば、作品分析の方法は歌人研究に向かっていたのである。それから八年後の一九四一年に澤瀉久孝[5]は『万葉の作品と時代』を刊行する。澤瀉は、作品という概念把

握を、

本書は、舊稿のうちより、主として萬葉集を時代的に考察したものを集めたものである。中には史書によって攷證を試みたものもあるが、その多くは訓詁に根底をおいたものである。しかもその考察の結果は、更に一々の作品に對する正しき訓詁鑑賞への發足點を示すものであり、云はばこれはわたくしの萬葉訓詁への序論ともみるべきである。

と捉える。澤瀉の手法は、それまでの研究が歌人分析に収斂していたのに対して、作品の表現分析に力を注ぐものであった。

そして、第二次世界大戦後の一九五八年に西郷信綱[6]が『万葉私記』を刊行する。ここで西郷は、

作品に即しつつ詩とは何かを新しく規定し直してゆくのでなければ、万葉のよみかたを質的に変えることはできない。

と指摘した。この指摘について、西條勉[7]は、西郷信綱が「作品を作品そのものとして捉える下地」をつくり、そうした観点を万葉集研究に導入したと述べる。西郷信綱の主張は、歌を作品として捉え、その作品分析の方法を問うものであり、新しい研究方法を主張したといえるだろう。それから西郷の主張は浸透していく。例えば、清水克彦[8]は一九六五年刊行の『柿本人麻呂——作品研究——』「あとがき」で自身の方法論を次のように述べる。

柿本人麻呂の作品を、主としてその作品の言語に即しつつ、分析し、総合することを通して、人麻呂作歌の特質を明らかにしようと意図した。

清水の方法は、生身の歌人人麻呂を分析対象とするのではなく、人麻呂作品の質を考察するものであり、人麻呂研究史の画期とみて間違いない。そして、十年後の一九七五年には、久松潜一監修、有精堂『万葉集講座』[9]が刊行される。これは、第二次世界大戦後に刊行された最初の研究集成であった。その『万葉集講座』の目次を見れば、

第一巻、成立と影響　第二巻、思想と背景　第三巻、言語と表現　第四巻、歌風と歌体　第五巻、作家と作品Ⅰ　第六巻、作家と作品Ⅱ　別巻　万葉集事典

と、第五巻と第六巻に、それぞれ作品研究がタイトルとして存在している。戦前に刊行された春陽堂『万葉集講座』の篇目では、「作者研究」とあるのみで作品研究には触れられることさえなかった。それが、有精堂『万葉集講座』では、作品研究が作者研究と肩を並べる程になっているのである。さらに興味深いことに二年後の一九七七年には、有精堂『万葉集講座』の「万葉集事典」の編集に携わった伊藤博が、稲岡耕二と共に『万葉集を学ぶ』[10]を世に出している。『万葉集を学ぶ』は、多く存在する作品研究の方法の動向を体系化した研究集成であり、当時の研究書の中でも必携の書であった。その「はしがき」において、伊藤は、

作品の解釈をはじめとして、作品の構成や意図、作品成立の場や歴史的背景、文学的位相、作者の吟味から各巻の編纂に関する議論など、作品論や歌人論・文学史論等々を含む多彩な問題が研究史的展望のもとに解析記述されている。

と述べている。このように「作品論」という分析方法名が醸成されるに至ったのである。「作品論」がひとつの地位を獲得したともいえよう。

その後、一九八一年刊行の『別冊　国文学　万葉集必携Ⅱ』「山上憶良事典」[11]には、「作品論」という項目が立てられている。そこで「作品論」は「作歌の場」、「代作」、「連作」、「主題と思想」、「発想」等の問題を問うようになる。作品世界をもとにこうした問題について考えていくことが「作品論」という把握なのである。さらに、同年刊行の『国文学　解釈と鑑賞　万葉集――読みの方法・研究の未来』[12]では、古橋信孝が「作品論」という研究方法について、

文学研究は作品そのものをもっと科学的に分析して価値を定めていかなくてはいけないというようになってき

たと思うんです。そこに作品論という方法が万葉学の中にも出てきている。

と指摘する。このように一九七〇年から一九八〇年前半にかけて、「作品論」と称して作品研究は最盛期を迎える。ただし、「作品論」という作品に対するアプローチ方法は、作品世界をもとに考えられた「作品の構成や意図」を論じるものや「作歌の場」の復元を試みる研究、そして作品成立の特色を分析するために「代作」という概念をたてる研究や、作者の表現形式を探るために作品に「連作」という分析概念をたてて論じるもの等、多様であった。こうしたアプローチ方法が、万葉集研究に与えた影響は大きいとは思うものの、その一方で混迷を与えたのも否定できない。

現代に生きる我々が詠歌時の実態を問うことは、基本的に不可能である。そうした観点からすれば、「作歌の場」の解明は無理であろう。そして、作者の表現形式を探るために作品に「連作」という分析概念をたてても、享受者である我々はどこまでいっても作者にはなれないため、「連作」という設定自体、困難であろう。作品世界をもとに考えられた作品の意図についても、作者という概念をたてなければならないため問うことはできない。さらに「代作」という分析概念は、他人のために作る行為に際して使われることから作者の創作意識に基づく場合に使われるなど、「代作」という分析概念で理解することの可否自体が問われるため、混乱を招く恐れがある。

やはり作品研究に有効且つ手堅い方法は、前掲、神野志隆光・坂本信幸が示す、作品を対象化して分析する方法ということになりはしないか。ただし、その方法を採用する場合、どのように作品として輪郭付け、浮かび上がらせるかが重要になってくる。たとえば、伊藤博は、『万葉集釈注』において、

これまでの万葉集の注釈書は、一首ごとに注解を加えることが一般であった。だが、万葉歌には、前後の歌とともに歌群として味わうことによって、はじめて真価を表わす場合が少なくない。そこで、本書においては、歌群ごとに本文を提示し、これに注解を加えるという方針をとった。

と述べる。伊藤の手法は、それまでの注釈書が一首ごとの注釈に留まるものであったことに異議を唱えるものであった。確かに、題詞左注によって形作られた一首を作品としてみるよりも、題詞左注を乗り越えて連続する歌群（作品）を理解することで読みが深まることは十分に考えられよう。しかし、伊藤博が『万葉集釈注』において行った方法は、歌表現の考察に過度な意味付けをして、作品の境界を規定する手法であった。その例として『万葉集釈注　巻第九』、一七一五番歌〜一七一九番歌までの考察をあげてみる。

槐本の歌一首

①楽浪の　比良山風の　海吹けば　釣する海人の　袖反る見ゆ（9・一七一五）

山上の歌一首

②白波の　浜松の木の　手向くさ　幾代までにか　年は経ぬらむ（9・一七一六）

右の一首、或は云はく、川島皇子の御作歌なりといふ。

春日の歌一首

③三川の　淵瀬もおちず　小網さすに　衣手濡れぬ　干す児はなしに（9・一七一七）

高市の歌一首

④率ひて　漕ぎ去にし舟は　高島の　阿渡の湊に　泊てにけむかも（9・一七一八）

春日蔵の歌一首

⑤照る月を　雲な隠しそ　島陰に　我が舟泊てむ　泊まり知らずも（9・一七一九）

右の一首、或本に云はく、小弁の作なりといふ。或は姓氏を記せれど名字を記すことなく、或は名号を偁へれど姓氏を偁はず。然れども、古記に依りて便ち次を以て載す。凡てかくの如き類は、下皆これに倣へ。

『万葉集釈注　巻第九』では、一七一五番歌から一七一九番歌までの五首がひとまとまりの歌群として記載されている。そのうえで、この五首を伊藤は、

以上五首、近江での歌の集団と見られる。いずれも作者を氏だけで示しているが、それが資料のままであることを左注が明かしている。人口に膾炙した旅の古歌として、近江の旅宿の宴で披露されたので、かような氏だけの簡略な表記のままで残されたかと推測される。～〈中略〉～やはり近江の旅での古歌披露による座興と見るのが最も無難な考えのように思われる。この考えは、続く一七二〇～五が同様に場を等しうする一組であるらしいことによっても、保証されるように思う。

と述べる。確かに①歌「楽浪の　比良山風の」や④歌「高島の　阿渡の湊に　泊てにけむかも」は、近江の地名や山をあらわすから近江での歌と見て良い。しかし、③歌「三川の　淵瀬もおちず」の「三川」は、滋賀県大津市下阪本の四ツ谷川と見る説もあるが、正確な場所は把握できないため、近江の歌と断言できない。さらに②歌についていえば、巻一・三四番歌の川島皇子の歌と表裏の関係にあることから紀伊の歌とみるべきであろう。そして、⑤歌の歌表現には、近江の歌と判断できる確証がどこにも存在しない。それを「この考えは、続く一七二〇～五が同様に場を等しうする一組であるらしいことによっても、保証されるように思う」と当該五首のそとに位置する他の歌群の理解を論の根拠に充てても従えない。五首を近江の歌とするのであれば、五首それぞれを近江の歌でしかありえないことをまずは論証すべきであろう。一七一五番から一七一九番歌までの五首をひとまとまりの歌群（作品）として捉えることは困難である。

作品の輪郭の設定には慎重でなければならない。それを実行するには、題詞左注を重要視することから始めるべきであろう。その一方で題詞左注に括られていたことを多様化していくことも視野に収めなければならない。要は、作品と捉えられる歌群と向き合うには、歌の細部に潜む問題（歌表現の質）を見落とさずに、歌表現の考察の徹底を

行うべきではないか。そこで、再び前掲の連続するA群、B群、C群の作品群に立ち返り、作品分析の試みとして考えを述べてみたい。

4 作品分析の試みと作品の規定

まず、A、B群の歌表現を見た場合、両歌群では、龍田山の桜の様相を「散り過ぎにけり」と歌われている。この「散り過ぎにけり」を手掛かりに歌表現を考察することで、A、B両歌群の性質の解明に結び付く。この点に関しては、例えば、

「散り過ぎにけり」を契機として、現状の桜の維持を強く要求するという、いわば桜が散ってしまうことへの懸念を歌った歌がA群であった。

一方、B群（難波側）の場合、～〈中略〉～難波側から見た桜の描写は、つぼみの状態である桜に対してこれから変化することを期待するとともに、A群で抱いた懸念が杞憂に終わり、「君」への称讃にふさわしい桜の景を確認するというものであった。

と、以前に述べたことがある。(13) こうした理解を踏まえたうえで次にC群について述べていきたい。C群長歌の「島山を　い行き巡れる　川沿ひの　岡辺の道ゆ　昨日こそ　我が越え来しか」は、B群長歌の「白雲の　龍田の山を夕暮に　うち越え行けば」を受けていると考えられよう。「越え行」くと「越え来」るの対照性に加え、桜の様相を歌うありようも、C群がA、B群の続編であることをものがたる。その意味において『全釈』以降、諸注がC群を、往路のA、B群に対する復路の作と指摘したことは正鵠を射ていよう。

ただし、『釈注』が、「難波に一夜を明かしただけで大和へ帰るに際し、昨日と同じ龍田山の桜の光景をうたったもの」とする点には従えない。C群の題詞には「難波に経宿りて明日に還り来る時」とあるからといって、A、B群と桜を捉える視座を同一であると無前提に決めつけることはできない。A、B両歌群では、龍田山の桜の様相を「散り過ぎにけり」と歌われている。諸注はこれまで、C群をA、B群の復路と考えつつも、C群単体でその作品の性質を考える傾向にあった。しかし、そうではなく、龍田山の桜の様相を「散り過ぎにけり」（A、B群）とあらわし、それを「散り落ちて流る」（C群）と歌うありように着目したい。C群がA、B群とどのように響きあい、作品としての質を高めているのかを考えることこそが重要なのではなかろうか。この点に注意しつつ、C群長歌の冒頭から見てみよう。

当該長歌の「島山を　い行き巡れる　川沿ひの　岡辺の道ゆ　昨日こそ　我が越え来しか」は、昨日の回想とただ単に理解するよりも、A群における昨日の往路の回想と見た方が落ち着きがよい。その回想は、「一夜のみ　寝たりしからに」へと繋がる。この表現は、題詞の「難波に経宿りて明日に還り来る」とも整合する。ただし当該部は、ただ一晩過ぎたことだけをあらわすものではなかろう。たとえば、

ただ一夜　隔てしからに　あらたまの　月か経ぬると　心惑ひぬ　（4・六三八）

と、「ただ一夜　隔てしからに」（たった一晩会えなかっただけなのに）という限定された短い時間であるにも関わらず「月か経ぬると　心惑ひぬ」という不安定な精神状態を引き起こす因由を担っていると捉えることができよう。

当該部の場合も「一夜のみ　寝たりしからに」（たった一晩寝ただけなのに、）という強い不安をあらわにする歌いぶりが「峰の上の　桜の花は　散り落ちて流る」と、桜が散り落ちて流れているという憂慮を起こす。A、B群を踏まえることによって、「散り過ぎにけり」から「一夜のみ　寝たりしからに　峰の上の　桜の花は　散り落ちて流る」の心情の変化を読み取ることができるのである。『全解』が、「ここは、一夜の時間の経過が『桜の花』を散ら

せたことを、因果関係として把握したもの」と理解したのはこの点において正しいと思われる。

なお、B群では、桜について「咲きたるは　散り過ぎにけり」と、気付きから起こった嘆きをあらわし、そして「含めるは　咲き継ぎぬべし」とつぼみの状態である桜がこれから咲き継いでいくことへの期待感を歌っていた。難波側から見た龍田山の上方の桜の花は、散り過ぎたものもあれば、まだ、つぼみの状態のものもあったということになる。しかし当該歌の場合、目にした桜は、「一夜のみ　寝たりしからに」という煩悶を生み出し、そして「散り落ちて流る」という、桜が散り落ちて流れていることへの憂慮を促進させるものであった。

その落花への恐れは、「君が見む　その日までには　山おろしの　風な吹きそと　うち越えて　名に負へる社に風祭りせな」と「君」のために、落花を防ぐための祈願を切望することへと収斂していく。当該部の「君が見むその日までには」の「君」は、B群のそれと同一であることは明確であろう。さらに当該表現には、『新編全集』が、「作者は『君』より一足先に帰京していると思われる」と述べ、『全注　巻九』（金井清一担当）が、「この句は作者より数日おくれて『君』が帰途につくことを示す」と、「君」がすでに難波にいることを指摘する見解があるが、「君」が昨日の桜を見ていたら当該表現が成立するとは思えない。「君」がまだ桜を見ていないからこそ、「君が見む　その日までには」と歌われ、「君」に桜を見せたいがために、「山おろしの　風な吹きそと　うち越えて　名に負へる社に　風祭りせな」と祈願することを切望するのであろう。

さらに、当該歌がA、B群の続編である以上、当該歌の「山おろしの　風な吹きそと　うち越えて　名に負へる社に　風祭りせな」とA群反歌の「龍田彦　ゆめこの花を　風にな散らし」の差異は見逃すべきではない。

A群の長歌では、先に述べたように、「風し止まねば」や「春雨の　継ぎてし降れば」という確定条件句を経て、「散り過ぎにけり」と、桜が散り過ぎたことに気付いた瞬間が歌われる。その桜への懸念が、反歌に見られる、「龍田彦　ゆめこの花を　風にな散らし」という、現状の桜の静止を風神に強く要求する歌いぶりを喚起させたのであろう。そしてB群では、桜の落花に対して抱いていた焦りは落ち着いていた。

しかしC群では、目にしていた桜が一晩経過しただけなのに散り落ちて流れるという状況であった。この点を踏まえれば、「山おろしの　風な吹きそと」は、風よ吹くなという表現にとどまらず、落花の恐れが募りに募った結果、風さえも吹くなと願う表現として受け止めるべきなのではなかろうか。

こうした心情と対応するのが、続く「名に負へる社に　風祭りせな」という祈願を切望する表現である。A群反歌の「龍田彦　ゆめこの花を　風にな散らし」は、「龍田彦」と歌う時点で龍田神社の眼前にその視座が位置していることになる。そして、「龍田彦」に現状の桜の静止を「風にな散らし」と要求するのである。一方、C群では「名に負へる社に　風祭りせな」と歌われる時点で、龍田神社から離れた所に位置していることがわかる。そうした距離的な問題と、一晩経過しただけなのに桜は散り落ちて流れるという様相であったことが、山おろしの風さえも吹くなという願いを早く神社で祈願しようという表現へとつながるのである。

このように一つの作品群（A、B、C群）にあって、C群の桜を捉える視座からは、「君」に桜を見せたいがために、桜の落花に対する焦りが募っていく状況を読み取ることができよう。A、B群を介することによって、C群で歌われた落花に対する募り募った焦りは、祭りを行わなければならないと願う程、切迫したものであったと読み取ることができるのである。この内容を踏まえ、次に反歌の理解に移りたい。

反歌は、それまでの「君」に桜を見せたいがために、桜の落花に対する焦りが募っていく状況を歌う歌から、一転して坂の麓で「咲きををる」桜を共に愛でる児を求めるという、「児」への興味を歌う歌である。この点について『全釈』は、「長歌で行幸を主としてゐるので、これには方面を変へて女を点出して、私情を述べてゐる」と述べ、公的な歌（長歌）から私的な歌（反歌）へ転じたものとする。一方、瀧口翠は、[14]

せっかくの桜を「君」と共に愛で語らうことのできない物足りなさが、代わる存在を求める、人恋しさに昇華され、歌われているのではないだろうか。それは同じ虫麻呂の登筑波山歌（9・一七五七―八）の長反歌のあり方とも通じていよう。

と論じ、長歌と反歌には乖離が存在しないことを、登筑波山歌（虫麻呂作歌）を類例にあげて主張する。瀧口論文は「児」への興味に収束する必然性を虫麻呂の手法に求めるが、この点については、なお議論の余地があろう。当該歌と同じく、旅を歌う長反歌において、長歌で女性が歌われずに反歌で女性が歌われる歌は、巻六・九二八〜九三〇番歌、巻六・九四六〜九四七、巻六・一〇六二〜一〇六四、巻九・一七五七〜一七五八番歌である。(15) これら四例の反歌では、長歌の作品世界内におさまる女性が歌われている。その四例すべてが後期万葉の作である。したがって、前掲瀧口論文が指摘するように虫麻呂の手法に偏るとはいえまい。旅を歌う長反歌において、長歌で女性が歌われずに反歌で女性が歌われるのは、万葉第三期以降において許容されることだったといえよう。

さらに、旅において女性を歌うことはそれほど不自然なことではなかったと思われる。

玉藻刈る　海人娘子ども　見に行かむ　舟梶もがも　波高くとも（6・九三六）

のように、「玉藻刈る　海人娘子ども　見に行かむ」と、現地の女性に関心を抱いて勧誘する様を把握できる。大和にいる官人達が、平素は目にすることのない海の光景や海人娘子達の様子に強く関心を抱いたことは想像に難くなく、そうした関心や興味は、都を離れた旅にあることをおのずと意識化させもしたであろう。そのような心持ちの先には、女性との直接的な関係を想定することになる。その例として、笠金村の神亀二年の三香原行幸歌（巻四・五四六〜五四八番歌）があげられる。長歌では、行幸地の特定の娘子への思慕とその恋の成就が「しきたへの　衣手交へて」（五四六）という男女の情交を示す表現を以って歌われる。そして反歌二首では、「我妹子に　心も身さへ　寄りにしものを」（五四七）や「すべをなみ　秋の百夜を　願ひつるかも」（五四八）と夜の永続性とそれへの希求が歌われる。こうした歌は、現地の女性に関心を示した結果である。その一方で、

み吉野の　山のあらしの　寒けくに　はたや今夜も　我がひとり寝む　（1・七四）

のように、「ひとり」の向こうには故郷の妻がいると理解してよかろう。ここに思い合わされるのは伊藤博の、(16)「家と旅」の構図である。これを受ければ、旅にあって故郷の妻を思う歌と把握できる。

このように旅において故郷の女性を思うこともあった。その一方で現地の女性を思い、そして女性との邂逅を歌う歌も存在した。旅において女性を思うことが表現世界として描かれる以上、当該反歌で「児」への思慕を歌うことは不自然ではないだろう。その意味において、前掲、瀧口論文が指摘する「人恋しさに昇華され、歌われている」という点は正しいと思われる。

集中の旅の歌では、女性を思う歌が歌われることからも、当該反歌において「児」という女性が歌われることは不自然なことではない。さらに、長歌で女性が歌われずに反歌で女性（現地の女性）が歌われるのは、万葉第三期以降において許容されることでもあった。

当該反歌を読むことによって、A、B群長反とC群長歌で歌われていた桜の落花への憂慮が募る歌から「児」への思慕を歌う歌への移り変わりを把握できるのである。

龍田山の桜の様相を「散り過ぎにけり」（A、B群）、「散り落ちて流る」（C群）と歌うありようを手がかりに、連続するA、B、C群の性質を考えてきた。

A群では、散ってしまう桜への懸念が歌われ、B群では、その懸念が杞憂に終わったことが歌われるのである。そしてC群長歌では、A、B群を受けて、一日経っただけの桜の状況が歌われる。目にした桜は、「一夜のみ　寝たりしからに」という煩悶を生み出し、そして「散り落ちて流る」という、桜が散ってしまったことに対する憂慮を生起させるものであった。さらにその憂いが募った結果、祭りを行おうと強く切望することが歌われるのである。そして、その願いは「君」への配慮へと収斂していくのであった。A、B群の理解を踏まえてこそ、C群長歌の真価を見出すことができるのである。

一方、C群反歌では、それまでの「君」に桜を見せたいがために、桜の落花に対する憂いが高まっていく状況を歌う歌から、一転して坂の麓で「咲きををる」桜を共に愛でる児を求めるという、女性への思慕を歌い歌群は閉じられる。

このような性質を持つ長反歌は、万葉第三期以降の旅を歌う長反歌にしばしば見られることであり、長反歌の一つの形式として許容されていたと考えるのが穏当であろう。そして、そこに当該作品群の面白さを看取できるのである。

5 作品を相対化する視座

以上、「作品論」という方法の検証を、巻九・一七四七番歌〜一七五二番歌までの歌群（A、B、C群）を中心に行ってきた。作品を規定するには、題詞左注が有効である点について異論はあるまい。ただし、作品の読みを深めるためには、題詞左注で括るあり方を相対化する必要もあるのではなかろうか。先に見てきたC群を題詞「難波に経宿りて明日に還り来る時の歌一首　并せて短歌」に括られた仮構的作品として理解することは可能である。しかし、他の作品（当該歌の場合、前掲A、B群）の歌表現が、C群の歌表現と打ち合う可能性も視野に収める必要がある。その場合、注意せねばならないのは、前掲、伊藤博『万葉集釈注』のように、歌表現そのものの考察から逸脱してしまうことは避けなければならない。

これからの「作品論」には、いかに作品を規定できるか。或いは、作品と捉えられる歌群をいかに見極められるか、が重要になるだろう。その点に自覚的でありながら、作品世界の読みを構築するうえで欠かせない詳細な歌表現の追究が求められるのであろう。

【注】

1 B群十三句目以下の「雖不見左右」の本文については、本文の異同があり、文字列を決定することができない。そのため暫定的に西本願寺本の原文をあげるにとどめた。詳細は、拙稿「諸卿大夫等の難波に下る時の歌―『散り過ぎにけり』を手がかりに―」(『京都語文　上代特集』佛教大学、第二二号、二〇一五・一一)に拠る。

2 神野志隆光・坂本信幸企画編集「発刊のことば」(『セミナー　万葉の歌人と作品』第一巻、初期万葉の歌人たち、一九九九)なお、こうした姿勢は坂本信幸・神野志隆光・毛利正守・内田賢徳等が、「座談会　萬葉学の現況と課題―『セミナー　万葉の歌人と作品』完結を記念して―」(『萬葉語文研究』第二集、二〇〇六・三)でも再確認されている。

3 佐佐木信綱監修(『万葉集講座』春陽堂、一九三三)

4 澤瀉久孝「誤写誤読の問題を中心とした作品の時代的考察」(『萬葉の作品と時代』岩波書店、一九四一)

5 西郷信綱「私記後語」(『万葉私記』東京大学出版会、一九五八)。なお、西郷は『万葉私記』本文中に作品という用語を多数用いているが、小稿では、歌を作品として位置づけている記述に着目した。

6 西條勉「摩耗するパラダイム―作品論とは何であったか?―」(『古代文学』第四一号、二〇〇二・三)

7 清水克彦「あとがき」(『柿本人麻呂―作品研究―』風間書房、一九六五)

8 久松潜一監修「目次」(『万葉集講座』有精堂、一九七五)

9 伊藤博氏・稲岡耕二氏編「はしがき」(『万葉集を学ぶ』第一集、有斐閣選書、一九七七)

10 村山出「山上憶良事典」(『別冊国文学　万葉集必携Ⅱ』稲岡耕二編　一九八一・一二)

11 古橋信孝氏・呉哲男氏・森朝男氏「シンポジウム　万葉集の新しい解釈」(『国文学　解釈と鑑賞　万葉集―読みの方法・研究の未来』一九八一・九)

12 拙稿「諸卿大夫等の難波に下る時の歌―『散り過ぎにけり』を手がかりに―」(『京都語文　上代特集』、佛教大学、第二二号、

二〇一五・一二）

14　瀧口翠「高橋虫麻呂の龍田の歌」（『上代文学』第一一二号、二〇一四・四）

15　なお、巻六・九〇七～九一二番歌「養老七年癸亥の夏五月、吉野の離宮に幸す時に、笠朝臣金村が作る歌一首并せて短歌」の九一二番歌には、「泊瀬女」という女性が歌われている。しかし、長歌の内容とは全く関りのない女性であるため、今回は用例から除外した。

16　伊藤博氏「伝説歌の源流」（『国語国文』三三巻三号、一九六四・三／「伝説歌の形成」『万葉集の歌人と作品　下』所収、「古代和歌と異郷」『抒情の伝統』所収／『万葉のいのち』所収、他）

万葉集の作品論的研究

影山尚之

歌人に関する論文を書いてこなかったことが作品論・テキスト論を割り当てられた理由のようだが、別にそこに自覚的な方法選択があったのではなく、たまたま言語表現の側にしか関心が赴かなかったというにすぎない。つまりはあてずっぽうにやってきただけだから、テキスト論なんて流行の用語で括られるのはたいそう気恥ずかしく抵抗を感じるけれど、拒絶して新しい方法を標榜する用意も覚悟もまた持ち合わせない。どのように責めを果たせばよいものか、いまものすごく悩んでいる。

1 歌人論の潮流

筆者が大学院生のころ、万葉集の文学的研究分野では依然として歌人論が優勢だった。よく先輩研究者から「誰をやってるの?」と訊かれ、答えられないでいると「まだこれからなんだね」と慰められたものだ。特定の歌人を対象に定め、伝記の掘り起こしから徐々に基礎を固めてゆき、計画的に論を蓄積してその歌人の体系的把握を目指すというのが研究の「王道」だった。

範とすべき著書の一例には一九七二年に刊行された阿蘇瑞枝の『柿本人麻呂論考』（桜楓社）がある。平安時代以降の人麻呂研究・享受史をも視野に収め、人麻呂作歌と人麻呂歌集とを総合的に分析して人麻呂の全体像を把握する、質・量ともに巨大な業績である。また、一九七五年刊の橋本達雄『万葉宮廷歌人の研究』（笠間書院）は額田王・黒人・赤人・福麻呂らを「宮廷歌人」のタームによって掬い取り系譜的展望を図るものだが、「序章　本書の目的と方法」に記すように目標点は人麻呂にある。

したがってこの研究は、人麻呂を座標の中心に据えてそれ自体の考察を深めようとするとともに、縦軸と横軸との関係から人麻呂を浮かび上がらせようとする意図ももつもので、それぞれの部分の考察は独立しつつも、いずれも人麻呂の研究に還元されてゆく性質も持っている。この観点から、やや広い意味でいえば「柿本人麻呂研究」と称してもよいのである。

万葉集の、いやむしろ日本文芸史上最大の歌人・人麻呂を解明することが万葉集研究者の使命であり究極の目的である、とあからさまに宣言しないまでも、そのように考えていた人は少なくなかったはずだ。先輩の問いかけに対して「人麻呂です」と答えたなら、きっと満足そうに頷いて「がんばれよ」と励ましてくれたのだろう。

右のふたつの書は人麻呂の伝記追跡にかなりの分量を割く。前者は第二篇第一章を「人麻呂の出自と経歴」と題して人麻呂の本貫・生地に関する諸説を詳密に検討し、後者は第二章「柿本人麻呂の地盤」において出自や年齢および人麻呂登場の基盤を考察する。大学院生の筆者はそこに赤鉛筆で線を引きながら学んでいる。佐伯有清『新撰姓氏録の研究』（吉川弘文館）はそのころ手放せない書だった。

２ 画期としての身﨑論文

身﨑壽「「歌人」とはなにか、「歌人論」にはなにができるか」[1]は万葉歌人を対象にした従前の伝記的研究の無効性を指摘するとともに歌人論のあるべき方向性を提唱した。二〇〇五年十月開催の上代文学会シンポジウムをもとにした論文である。

古典文学研究において直接に分析の対象とすることができるのは、主として作品それ自体だ。そしてその作品の制作者とみとめられる作家は、その作品と、歴史・社会とをむすびつける存在だ。…（中略）…いま、作家のかわりに〈作家〉という概念をたててみる。〈作家〉はなまみの作家とはことなり、なんら実体的な概念ではない。それは、同一の制作者情報を共有する作品群の制作主体として想定されるものだ。したがってそれは、各作品の「作者」（個々の作品の表現の主体）像を統合することによってえられるものだ。

表現分析＝作品論を通じてはじめて歌人論（作家論）が成り立つとする思考は今日では常識の範囲に収まるのだろうが、わずか十年ほど前には——わけても和歌研究においては——まだまだ新鮮な発言だったし、学会が身﨑の思惟を十分に咀嚼しえたわけでもなかった。「作者」という用語を避けて「作中主体」とか「話者」とかに言いかえる風潮が生まれたものの、その概念は使用者によって必ずしも一定でなかったと思う。「なまみの作家」は問うことができないと言われても、「なまみの作家」こそが知りたいという欲求は万葉愛好者の間に根強くあって、しかもたとえば山上憶良天平五年の述懐、

山上臣憶良沈痾之時歌一首

士やも空しくあるべき万代に語り継ぐべき名は立てずして　（6・九七八）

右一首山上憶良臣沈痾之時　藤原朝臣八束使河邊朝臣東人令問所疾之状　於是憶良臣報語已畢　有須拭涕悲嘆口吟此歌

は歌のことばにも左注に記される事情にも「なまみ」への還元を誘う因子が露出しているために、手を伸ばせば老獪な知識人・憶良に届きそうな気がしてしまう。古今和歌集などとは違って誰の目にも精錬度が高くない万葉集は、実体追究への誘惑に抑制をかけにくいのである。現に歴史学では古代史実復原のための必須史料として万葉集を活用する慣例がある。

上代文学研究におけるテキスト論的研究を旗幟鮮明にしたのは神野志隆光『古事記の達成』（東京大学出版会、一九八三）および『古事記の世界観』（吉川弘文館、一九八六）であった。本質的に「作者」を問う必要のない古事記はテキスト論を展開するに都合のよいフィールドだったと言え、穿ってみればこれを機に万葉集を離れて古事記研究へ向かった若い知性が少なくなかったように見受けられる。

3 歌人論と、作品論・テキスト論

和泉書院が一九九九年より刊行を開始した『セミナー万葉の歌人と作品』（全十二巻）の完結を記念して坂本信幸・神野志隆光・毛利正守・内田賢德による座談会が持たれ、その内容を「萬葉学の現況と課題」の題で『萬葉語文研究』第2集が掲載した。二〇〇六年三月である。そこではまず神野志が口火を切って、

ただ、「歌人」というのは、問題がありますね。「歌人」と言ったときに、それほど明確にコンセプトがあった

わけではありませんでした。やはりまとめる何かをどこかで持たなければいけないのではないか、ただずっと作品を追うだけでなく、何かの標識みたいなまとめのところを持つとすれば、それはその作品についての作者というものではないかということでの「歌人」にすぎませんでした。でも、「歌人」ということそのものが問題なのでした。

と発言し、その後約一〇ページ分を歌人論と作品論に関する討論に割いている。右を承けて内田も、「「歌人」というものは、万葉集の中には基本的には存在はしないはずですが」「一九九九年という時点ではおそらくもうあまりリアリティーのないものであったと思います」と述べ、

「歌人と作品」という出発の言挙げというのは、そこにあまり厳密な規定というものはなかったかもしれませんが、すでにその時点で歌人というものを、もし論ずるとしたら、それは先ほど神野志さんがおっしゃったように、作品というテキストを読むことを通してしかありえないのだという、そこのところは非常にはっきりしていたと思います。

と続けている。右両氏のもの言いには前掲身﨑論への顧慮もあろう。『セミナー万葉の歌人と作品』の書名決定には出版社の意向の反映があったかと忖度されるが、身﨑はその書名と編集方針とを俎上にして、

「歌人」と「作品」とを文字どおり「と」で並列しているその名称自体、作品とは別に論ずるべき、あるいは論ずることが可能な歌人の存在を大前提にしているようにおもわれる。…（中略）…いまいったような大前提が監修者（神野志隆光・坂本信幸）のがわにまったくなかった、とはやはり信じられない。

と容赦なく論難していたからである。若い読者にはピンとこないかもしれないけれど、そのあたりのシロクロをはっきりさせることがとても重要だったのだ。

討論のなかで神野志は「作品」をどう読むかということに踏み込み、

こういう言い方で言えばいいでしょうか。いままでの、ピックアップして集めて見るというやり方に対して、テキストの中で見るというのは、クローズアップではなくて、万葉集全部を視野におさめて、引いたところで読むという読み方になるではないのだろうかと言えます。

と述べる。この提言の体系的実践が二〇一三年『万葉集をどう読むか――歌の「発見」と漢字世界――』(東京大学出版会)に結実するのだと見てよかろう。同著「はじめに」において次のように記される指針は、『古事記の達成』以来の姿勢を一貫させて揺るぎないばかりでなく、先の座談よりは尖鋭の度合いが高まっているように見える。

・二十巻としてあるものに即して『万葉集』を見ようといいたいのです。一貫した構造をつくっていないように見えるとしても、そうしたありようのものとしてとらえようということです。

・二十巻としてあるものを見るといったのは、構想されたものとして見るというのではありません。あくまで、結果としてあるものの意味を見るということです。

主観と恣意を排除し、成立論的思考様式に立つのでなくあるものとして見るという立場はむろん尊重されてよい。作品にせよ歌人にせよ『万葉集』の中にしか存在しないものを外側へ連れ出すべきでないという主張は正当だ。稿を改めて神野志は再度次のように態度表明する。

成立論的思考様式といったのは、現実の歌の世界とのつながり(通路)をもとめるという発想のことです。それは、現在の研究にあっても規制的にはたらいていると認められます。わたしがいいたいのは、その発想(思考様式)をはなれようということです。(2)

「その発想」を離れて神野志が向かおうとするところは「個別のものをただ積み上げても、全体をひらくことにはならない」「個々の問題を全体性につないで見るとともに、それを全体から解くことがもとめられます」ということになる。テキストを完結した存在と措定して対象化するときにはテキストは必然的に封鎖されなければならないから、残された作業はその閉じた空間のなかで部分と全体との響き合いを査定する以外になくなってしまう。

4 歌びとの「生」と詠歌

方法の純度を高めた結果の必然なのであろう。しかし、そこまで突き詰めるのがはたして生産的なのかどうか。思い起こされるのは秋山虔の著名な論文「小野小町的なるもの」[3]だ。一九六七年に書かれたものだからいかにも古めかしいが、改めて読み直すと今なお豊かな示唆を含んでいることに気づく。すなわち同論は、伝記的研究の構築が困難な対象についてあくまで「歌の形象の分析により論をすすめるほかはない」と足場を確認しつつも、古今集所収の小町の詠歌を他の歌人の詠作と比較するなかでその明らかな個性を見抜いてゆき、小町歌の異質性をやはり小町の「実人生」に深く根ざすものと見極めるのである。「我身世にふるながめせしまに」をめぐって下した次の評言には感銘を覚えずにいない。

けだし小町の歌によみこめられる「我身」は、一貫してひとりの女の愛の不毛へのうらみなげきの哀切な表情がたたえられていることばとして実質をいだいている。そこには、ある人生を所有し経験した女のいのちがはりつめた内容となっているといえよう。いいかえれば、小町の人生が歌の世界のことばにぬきさしならぬかたちとして移封されているのであった。

「人生」は作品の外側に実在するもの、歌の表現はひとまずそれと切り離して観察されるべきではありながら、両者がつねに、永遠に交わらないかといえばそうではない。古今集序に「やまと歌は人の心をたねとしてよろづのことのはとぞなれりける」「夫和歌者、託其根於心地、発其華於詞林者也」と叙するとおり、詩歌は人に内在する無形の「心」を「こと（詞）」によって外部へ具現化したものととらえられるから、読者に与えられるのは「こと（詞）」を契機にして「人の心」を探り当てるという課題である。秋山の方法はその健全な実践にほかならない。

万葉集末四巻いわゆる「家持歌日誌」の読解を通して「大伴家持という一人の官人の軌跡」を析出しようとする鉄野昌弘の構想が、筆者には秋山のそれと重なって見える。鉄野は次のようにいう。

「歌日誌」は、やはり大伴家持という一人の古代貴族を離れてはあり得ないものである。しかしそれが、自己の生の有限性や危うさに対する葛藤から生まれてくるのだとすれば、それを共有する人間すべてに通ずる普遍性をも持つだろう。それを確かめることが、「歌日誌」を読むことの最終的な目標となると考える。[4]

歌を読むこと、文学作品を読むということの意義がまっとうに見据えられている。鉄野「安積皇子挽歌論――家持作歌の政治性――」の稿末注に書き付けて、

以上の考察は、あるいはテキストとしての『万葉集』に無い情報を持ち込み過ぎていると言われるかもしれない。しかし安積皇子や家持の年齢や立場、また遷都の動向など、少なくとも『続日本紀』に記してあることくらいは前提として勘定しなければ、この種の歌は理解が難しい。[5]

というのは、純化を急ごうとするテキスト論的研究に向けた冷静な警鐘と受け止めたい。

5 作品としての鏡王女作歌

いくら背伸びしても和歌研究が迫りうることがらは和歌の表現とそこに託した「心」しかないのだと弁えるべきである。たとえば「人麻呂臨死歌群」（2・二二三〜二二七）をどれほど細密に読み込んだところで人麻呂の死因や終

焉の地を解明することは絶対にできない。いかに方法を構え直そうとも、万葉集研究の射程が万葉集の枠を越えていくことはない。作品論とは、じつはその限界の認識から開始するのだと言ってよい。

家持とはだいぶ事情が異なるが、以上述べてきたことの確認事例に鏡王女の一首を取りあげてみる。

鏡王女歌一首

神奈備の磐瀬の杜の呼子鳥いたくな鳴きそ我が恋増さる　（8・一四一九 春雑歌）

「磐瀬の社」をどこと特定することはもはやできないし、呼子鳥の実態も不明のままながら、雑歌部に編入されているとはいえ一首の主題は、呼子鳥の切ない鳴き声に呼び覚まされるやりきれない恋情にある。

大和には鳴きてか来らむ呼子鳥象の中山呼びそ越ゆなる　（1・七〇 雑歌 高市黒人）

世の常に聞けば苦しき呼子鳥声なつかしき時にはなりぬ　（8・一四四七 春雑歌 坂上郎女）

我が背子を莫越の山の呼子鳥君呼び返せ夜のふけぬとに　（10・一八二二 春雑歌）

答へぬにな呼びとよめそ呼子鳥佐保の山辺を上り下りに　（10・一八二八 春雑歌）

朝霧にしののに濡れて呼子鳥三船の山ゆ鳴き渡る見ゆ　（10・一八三一 春雑歌）

朝霧の八重山越えて呼子鳥鳴きや汝が来るやどもあらなくに　（10・一九四一 夏雑歌）

集中の「呼子鳥」は右のとおりすべて雑歌にあらわれる。一首をのぞいて春を特徴づける鳥であり、関心はその鳴き声に集まるようだ。人を呼ぶかのように鳴き、しばしば山を越えて行き来するのが呼子鳥なので、いきおい旅を契機とする詠が累積し、そこに恋慕の情との接点が結ぶ。鏡王女歌についても、「磐瀬の杜」がどこであれ家郷を離れた地点である可能性が大きいから、「我が恋」の対象とは山を隔てているものと解される。鳥に向けて「いたくな鳴きそ」と訴える、

ほととぎすいたくな鳴きそひとり居て眠の寝らえぬに聞けば苦しも　（8・一四八四 春雑歌 坂上郎女）

がやはり一人寝の辛さを嘆じるものである点を思い合わせるとよい。

間に山を隔てて逢えない相手を思う発想は、天智天皇と鏡王女との贈答を容易に想起させるだろう。

天皇賜鏡王女御歌一首

妹が家も継ぎて見ましを大和なる大島の嶺に家もあらましを一に云ふ「妹があたり継ぎても見むに」、一に云ふ「家居らましを」（2・九一）

鏡王女奉和御歌一首

秋山の木の下隠り行く水の我こそ益さめ思ほすよりは（2・九二）

九一歌第五句「家」の帰属を天皇のそれとするか鏡王女の家と見るかに意見の対立があるが、(6)どちらにしても両者は離れて暮らしているという設定であって、天皇は近江大津京に現在する。大津京から「大島の嶺」が見えようと見えまいと、「近江大津宮御宇天皇代」の標目がその理解を読者に要請している。

巻二相聞はこのあと「内大臣藤原卿娉鏡王女時鏡王女贈内大臣歌一首」「内大臣藤原卿報贈鏡王女歌一首」を配置し、さらに「内大臣藤原卿娶采女安見児時作歌一首」と鎌足関係歌が続く。このあたりのテキストの意志はきわめて明快であり、計五首の連続は読者を次のような納得へ導いてゆく。

天皇と内大臣がともに鏡王女に恋慕し、内大臣はやむなくその恋を諦めて采女安見児を娶った(7)『興福寺縁起』は鏡女王を鎌足の嫡室と伝え、それを史実と認定するために「藤原卿娉鏡王女時」をその追認の傍証として利用することになるが、当該「君が名はあれど我が名し惜しも」（九三）の心意は鎌足による「娉」を拒絶するものであり、万葉集は両者の婚姻関係をいちども認証しておらず、鏡王女の思慕は天智天皇以外に向けられることがない。巻四と巻八とに重複掲載される左もそのことと整合する。

額田王思近江天皇作歌一首

君待つと我が恋ひ居れば我がやどの簾動かし秋の風吹く　（4・四九八）

鏡王女作歌一首

風をだに恋ふるはともし風をだに来むとし待たば何か嘆かむ　（4・四九九）

阿蘇瑞枝『萬葉集全歌講義』が一四一九歌を解説して、

鏡王女は、天智天皇と相聞歌の贈答があり、天智天皇を愛したようであるが、後に藤原鎌足の妻となった。…（中略）…この歌はおそらく、鎌足も天智天皇も亡くなった後の歌と思われる。王女の晩年の孤独な日々が察せられる歌である。

というのは配慮の行き届いた識見にちがいないが、鎌足―鏡女王の婚姻関係は万葉集の外側にあるため、当面の歌が訴える恋情の対象として鎌足への顧慮は不要である。一首にどこか翳りがあるのは確かだから天智崩御後の感懐である可能性を否定しないものの、生存していても何ら差し支えない。天皇に逢うことのない日々の連続が恋情を焦燥に変え、やがては怨情にも成長してしまいかねない一瞬間の哀訴が「いたくな鳴きそ」なのであり、鏡王女の内側で恋の心はしばしば増減する。(8)

すでに気づかれているとおり、万葉集が一貫して「鏡王女」と表示する呼称は、上代文献において、また万葉集内にあって異例だ。この点は小川靖彦が、

この呼称が万葉集において、他ならぬ鏡王女のために極めて意図的に使用されたことを窺わせよう。(9)

と説いたのが適確で、万葉集の鏡王女と現実の鏡女王（または鏡姫王）とは峻別しておかなければならない。万葉集の鏡王女は、王女としての矜持を保ちつつも、願うようには深まらない天智天皇との関係をもどかしく頼りなく思い、悩み、嘆く女。天智天皇への恋慕を片時も消すことなく、その心をもっぱら歌に託す女であって、その薨去に際して天武天皇が見舞った(10)という鏡女王とは、この人に限っていえば、交点がきわめて小さい。

一四一九歌について、じつは宴席で詠まれた歌かもしれないとか鏡王女に仮託した後人の作ではないかと疑ってみても、作品の沃野にたどり着くことはできない。テキストの意志に沿って、歌の表現に施された彫琢をたずね、その心に迫ろうと努めること、華やかでなくともそれが唯一の方法だと思っている。方法と呼べるほどのものではないけれど。

【注】

1　身﨑壽「「歌人」とはなにか、「歌人論」にはなにができるか」（『上代文学』第九六号、二〇〇六・四）

2　神野志隆光「「歌」の世界をあらしめる『万葉集』」（『上代文学』第一一四号、二〇一五・四）

3　秋山虔「小野小町的なるもの」（『王朝女流文学の形成』塙書房、一九六七）

4　鉄野昌弘「家持「歌日誌」とその方法」（『大伴家持「歌日誌」論考』塙書房、二〇〇七）

5　鉄野昌弘「安積皇子挽歌論―家持作歌の政治性―」（『萬葉』第二一九号、二〇一五・四）

6　一首の解釈史をここで振り返る必要はないが、最新の岩波文庫『万葉集（一）』（佐竹昭広ほか校注、二〇一三）に示される見解には触れておきたい。同書は、当該歌異伝「妹があたり継ぎても見むに」「家居らましを」の主体がいずれも天皇と解されることを踏まえ、「万葉集の本伝と異伝歌との間にそれほどの歌想の相違を生じる例は他には見られない」ことを根拠に、本文歌「家もあらましを」の「家」を天皇のそれと判断した。それも成立可能な解釈にはちがいないけれども、ことがらは異伝の評価という問題に連接し、ひいては万葉集内の「作品」をどのように把握するかというところへ発展する。小稿筆者は異伝をもって本文歌の解釈を考慮するという手法を、すくなくとも無条件には採用したくない。

7　影山尚之「萬葉集巻二相聞部の構想」（『歌のおこない　萬葉集と古代の韻文』和泉書院、二〇一七／初出は二〇一一）

8　一四一九歌「我が恋増さる」と九二歌「我こそ益さめ」とは当然ながら響き合う。マサルはマスからの派生語と見られ、『時代別国語大辞典上代編』「まさる」項【考】に「現在、マスは量の加わる意、マサルは質的な優越の意と使い分けているが、上代にはこの区別がなく、マサル、マスともにどちらの意にも用いている」とする。
9　小川靖彦「鏡王女に関わる歌」（『セミナー万葉の歌人と作品』第一巻、和泉書院、一九九九）
10　日本書紀天武天皇十二年七月己丑条に「天皇、鏡姫王の家に幸し、病を訊ひたまふ。庚寅に、鏡姫王薨りましぬ」とある。これは、そもそも皇族の一員として生まれ鎌足正室の立場を全うした鏡姫王への、天武天皇による最大限の礼遇である。

Ⅲ

重層する文化の深みからヨム

民俗学

民俗学に基づく知見を作品の読解に持ち込むという行為について、どう考えればよいのか。いたずらに、外部の知識を持ち込むと誤読を招く可能性もあるこの方法について考えた章。

一方、読み手側の問題とすれば、民俗学の知見を持ち込むことによって得られる一つの心地よさというものがある。それは、日本文化の伝統のなかで、自己と万葉びとを一体化できるという点だ。そういう読むことの揺らぎと、危険性について論じてみた。

フィールドから読む『万葉集』

太田真理

1 なぜ文学研究者がフィールドにでるのか

文学の研究は、「書かれた作品がすべて」というのが基本である。目の前にある作品と向き合い、客観的に読み、解釈する。しかし、文学は人間及びその生活から生まれるものだという認識から、生まれ出た背景に考察を及ぼし作品理解に役立てるのは必要かつ重要な作業であるという考え方がある。

その、人間の生活を考える学問が民俗学である。民俗学は、現代の人々に対する取材を通し、対象となる民族の生活習慣や思考の根底にあるものを考える学問である。したがって『万葉集』を「ヨム」方法として様々なアプローチがあるなかで、民俗学的方法が他の方法に比して持つ大きな特徴は、書物（テキスト）を離れ「フィールドへ出る」ということであろう。では、なぜ文学研究者がフィールドにでるのだろうか。フィールドワークは万葉集研究にどのような意義をもたらすのか。本稿では、一つの民俗語彙を取りあげ、ことば遣いの歴史的変遷と連続性を確認することによって万葉歌がどのように理解できるか、考えたい。

それに先立って、近代民俗学の成立とそれを取り入れた万葉集研究のあり方について概観する。

2 民俗学的文学研究のあゆみ――近代以降

〈柳田國男〉

日本における近代民俗学の首唱者として位置づけられるのは、柳田國男（明治八（一八七五）年〜昭和三七（一九六二）年）である。柳田は、もともと農商務省の官僚であったが、公務による農村の視察・調査や講演で地方を巡るうちに日本の農村や農民の歴史について興味を持ち研究するようになる。その中で明治四二（一九〇九）年に『後狩詞記』、翌四三（一九一〇）年には『遠野物語』という日本民俗学の端緒となる書物を著した。その頃（明治末期から大正時代）、文学界では「怪談」の流行をみていた。時を同じくして、柳田が岩手県遠野地方に伝わる「お化け話」を、土地の人佐々木喜善（鏡石）から聞き取ってまとめたものが『遠野物語』であった。序文に

国内の山村にして遠野よりさらに物深き所にはまた無数の山神山人の伝説あるべし。願わくはこれを語りて平地人を戦慄せしめよ。(1)

とあるように、この時の柳田の目的は「無数の山神山人の伝説」の収集であり、その手法は、喜善の語る伝説を「自分も亦一字一句をも加減せず感じたるままを書きたり」というものであった。(2) この「聞き書き」による方法はその後、大正二（一九一三）年に雑誌『郷土研究』を刊行、昭和九（一九三四）年に『民間伝承論』で日本民俗学を確立、さらに昭和一〇（一九三五）年に『郷土生活の研究法』、雑誌『民間伝承』刊行することにより、民俗学の研究手法として世に示された。

柳田が民俗学の発端に際し、「民間伝承」の中でも口承文芸に着目し収集対象としたことは、はしなくも文学と

民俗学の結びつきの深さを物語っていたといえよう。

〈折口信夫〉

國學院で国文学を専攻した折口信夫〔明治二〇（一八八七）年〜昭和二八（一九五三）年〕は、大正初期、柳田民俗学と出会った。柳田を師とも仰ぎ交流を経るなかで、折口は文学研究に民俗学的視点を導入するとともに、その重要性を唱道した。

折口は明治四五年の伊勢・志摩・熊野への旅を端緒として、広く国内を旅し、村落の姿や民俗・祭祀の踏査を行なった。これをふまえ、異境から時に応じてこの世を訪れ幸福をもたらす神を「まれびと」と捉え、「まれびと信仰」にもとづく祭祀が、芸能や文学の本源であるとした。旅の実感の中から生まれた着想であった。

「まれびと」の語にみられるように、折口はしばしば独自の用語を用いて自身の研究を展開する。「万葉びと」というのもその一つである。『万葉集』を「飛鳥の都以後奈良朝以前の、感情生活の記録」と解し、それを支えた人々を、歌の作者であるか否かにかかわらずそう呼んだのである。(3)そのうえで、

歌は一つの民俗として発達して来たのですから、民間伝承のうちに文学となつてきました。歌は面白いからではなく、魂を貯蔵出来るものと思はれて伝承されたのです。そのやうな信仰をもつて伝へたからほろびなかつたのです。口頭に伝承された歌が段々文学に近付いてくる。これを口誦文学と云つてよいでせう。そして或る時期に至つて文字に記録されましたが、永い間口に伝へられた口誦の歌は、記載文学とは別に口誦文学として発達してゆく。お互に影響し合ひ、変化しながら、かく考へてきますと、歌そのものが民俗そのもの、姿として生長し来つたものですから、民俗学的な考へを除けては歌そのものが分らなくなるわけです。だからどの側からみても、民俗学的な理解を一つでも余計に考へることが大切だと思ひます。(4)

と述べる。

歌を、民間伝承〔口誦文学〕から文学〔記載文学〕へ「発達」したものと捉えるのが特徴であり、民俗学的な考証は歌の理解に不可欠であるとした。

折口がこの概念を得たのは、第一冊の著者となった『口訳万葉集』〔一九一六〕の仕事を通してであったことは知られている。これは『万葉集』全歌を口語訳で示す最初の試みであり、折口が国文学者として世に認められるきっかけとなった。この作品と、続く『万葉集辞典』〔一九一九〕では、折口の最初期の研究にして、文学研究と「民俗学的な理解」の相関を重んじた生涯の研究手法をはっきりと看取することができる。

〈櫻井満〉

櫻井満〔昭和八〔一九三三〕年〜平成七〔一九九五〕年〕は、柳田によって首唱された民俗学が、折口によって文学研究と融合されたことを受け、より厳密に民俗学的方法に立脚した万葉集研究の位置を規定したといえよう。すなわち「万葉民俗学」と「万葉集の民俗学的研究」を明確に整理し、それが互いに表裏の関係にあると述べている。

万葉の「歌」を、文学としての自覚のうえに表白された「文学」と決めこんでしまう前に、万葉びとにとって「歌」とは何か、という根本的な問題に立ち返ってみなければならない。

いわゆる万葉名歌の中には、生活と文学とが、あるいは儀礼と文学とが、未分化の状態のままに歌われている詞章であるところに、万葉の名歌たるゆえんがあるものが多いのではないか(5)。

とし、万葉の歌を文学の自覚以前の詞章であり、当時の生活と未分化であるとする。故に、その理解のためには歌の時代的社会的な背景である「万葉の風土」をよみがえらせることが必要だと説く。そして『万葉集』を「民族の古典」と捉え、

「万葉集と民俗学」のかかわりは、三つに分けてみることができる。一つは、現代と『万葉集』をつなぐところにある。われわれは民族の古典というべき『万葉集』に学ぶべきことが多い。『万葉集』を読むことの現代的意義を見出すことにもなろう。

次には民俗学の方法を万葉の歌の伝承世界に及ぼし、他の文献や考古学上の資料などを参考にし、民俗資料と比較しながら、万葉の時代の人びとの生活を明らかにする。さらに万葉びとの生活文化を通して民俗の基層文化の本質を究明するところにある。これは「万葉集の民俗学」であって、〈万葉民俗学〉というべき分野を古代学と萬葉学のために確立しなければならない。万葉の歌を生み出した人びとの生活・思想・文化などを明らかにすることは、万葉の歌の正しい解釈に不可欠である。

次に、民俗学の方法を『万葉集』の研究に援用する。『万葉集』を民俗学的方法によって研究するのであって、要するに「万葉集の民俗学的研究」である。研究の目的は『万葉集』にある。文献学的基礎や文学の歴史を無視してはならないことはいうまでもなく、歴史にも風土にも、さらには文化の歴史にも関心を寄せていくことが十全な方法であるにちがいない(6)。

と述べる。『万葉集』の読みに応用すべきは「民俗学の方法」である。「万葉民俗学」は、それにより万葉の時代の人々の生活、すなわち万葉の歌の伝承世界を明らかにし、歌の正しい解釈に役立てるもので、「万葉集の民俗学的研究」では、万葉集そのものを研究する民俗学的方法を導入する。それはいずれも、『万葉集』を読むことの現代的な意味を問うための手段であると位置づけた。

〈山本健吉〉

山本健吉〔明治四〇（一九〇七）年〜昭和六三（一九八八）年〕は、折口信夫に師事し、「いつも繰返される年中行事や通過儀礼における歌」と、個人によって生み出される文学を分けるものは何かということに注目した。伝統から出来する歌と個人の精神活動としての歌とは、自ずから違いがあるというのである。例えば、巻第一「額田王、近江国に下るときに作る歌」（一七）について次のように論じている。

> 峠を越えることは、他郷へ行くことである。近江の出自とも考えられる額田王は、しばしば奈良坂を越えて、往来したことがあつただろう。だがこの歌は、彼女が故郷へ帰る歌として、作ることを要求されていたわけではない。道祖神に幣帛を奉る手向の儀式は、同時に、故郷への別れの儀式でもある。彼女は大倭への別れの情を披瀝しなければならぬ。中でも大倭の国魂である三輪山へ別れの情を叙べなければならぬ。この歌の背景には、三輪山に対する古代大倭人の信仰と畏敬と憧憬との感情が渦巻いている。
>
> （略）
>
> だが、さらに考えれば、この歌における激しい感情の表白は、単に祭儀の場における必然性からに止まらない。それは、近江遷都という一回きりの歴史的事件に立ち会つた歌であり、そのことを背景にして、三輪山との訣別の感情が、強いリズムとして脈うつているのである。そのような強い感情の表現に達したことは、日本の詩の方法の自覚の上で、劃期的なことであつた。いつも繰返される年中行事や通過儀礼における歌と違つて、この歌の場合は、特殊な状況における特殊な感情の表現を通して、より高度の深層に働きかける作用を持つ。作品における特殊のもの、一回きりのものが、これまでの繰返される歌謡の知らなかつた自覚を生み出す。[7]

山本は、万葉歌の、「伝承」（伝統）を背負って必然的に生み出される面と、個人の一回性の特殊な体験から生まれる面とを読み分けようとした。そしてそこに「詩的自覚」が生まれることを見出す。文学の誕生を読みとろうとする。すなわち、民俗学的世界の考察を通し、創作としての歌が独立していく過程を明らかにしたといえよう。

〈池田弥三郎〉

池田弥三郎〔大正三（一九一四）年〜昭和五七（一九八二）年〕の研究は、『万葉集』の歌を民俗学的視点から読み、それを「観賞」に生かすという方向性を持っている。

黄昏・未明、ことに日暮れ時をいう方言が多く採集されているが、それらは、民俗生活における、昼と夜との交替の時の、不安・動揺と、それへの怖れと警戒の心とを、われわれに伝えている。

（中略）

もちろん、はじめにあげた黒人の歌《何処にか　われは宿らむ　高島の　勝野《かちぬ》の原に　この日暮れなば（巻三・二七五）・注太田》は、そういう「時」を、古代の信仰をまるだしに、正面から歌っている歌ではない。この歌の観賞そのものには、そこまでの解明は、敢えて必要とはしないかもしれぬ。しかし、こういう、旅路の夕暮れ時の、幽暗な心の動揺が、こうした作品を形成するに到る道筋を考えると、そこには、この歌に先行する、数え切れぬほどに多くの、黄昏の呪歌—たそがれ時のまじない歌—の堆積のあったことを思わなければならぬ。浮動しようとする魂を鎮め、空にあこがれ出る魂を繋ぎとめようとの呪術をほどこし、彷徨する魂に行き触れることを避ける。そうした黄昏時の呪術とそれの生んだ呪歌との、先行盛行の後に、黄昏の動揺する心を、文学がとらえてきた、といえるであろう。(8)

近代において『万葉集』鑑賞の一翼を担ってきたのは、アララギ派であった。齋藤茂吉らを中心としたアララギ派は、写実を重んじて評価する読みを行った。池田は、それとは異なる方面から歌を味わう方法を考究したのである。また研究だけでなく、『万葉百歌』などの著作を通し、民俗学的な読みによって一般読者を啓蒙したことも注目される。(9)

3 方法論としての民俗学

次に、現在の「民俗学的アプローチ」による『万葉集』研究のあり方について考えてみたい。

上野誠は、

「民俗学」とは、「聞き書き」という方法によって、生活の歴史を身近に実感することを目的として構想された学問です。「聞き書き」とは、調査者が語り手に相対して話を聞き、それを記述してゆくという方法です。この「聞き書き」という方法によって、集められた民俗学の資料が「民間伝承」です。

と述べつつ、『万葉集』を対象とする民俗学では「聞き書き」による「民間伝承」の採取ができないというこの手法の限界を指摘する。しかしながら、その民間伝承の集積に立脚し「万葉歌の表現」に迫る方法として、櫻井満の示した二分野を、

①表現から、当時の生活の歴史を研究する―万葉民俗学

②生活の歴史から、歌の表現を研究する―万葉歌の民俗学的研究

とあらためて確認する。そして「この研究を行う研究者は、常に〈歌の表現〉と〈歌の背後に想定される生活世界〉とを往復して」、「歌と生活の歴史とを有機的かつ立体的にとらえることが、できる」としている。[10]

しかし、柳田國男によって民俗学が確立されてから百年余り、殊に第二次世界大戦後、昭和から平成へと時代は移り日本人の生活様式は激変した。現代の人々の暮らしの中に「古代につながるもの」がどれほど残存しているか、聞き取る価値のあるものがあるか否か。民俗学的アプローチとは、万葉の時代と現代を繋いで変わらずに流れてい

るものがあるとの前提があってこそ成り立つ方法論である。すなわち現代において民俗学的アプローチ自体が成立し得るかは、当然投げ掛けられる疑問であろう。

こうした疑問を受け、上野は民俗学的研究のあり方を一歩すすめた「万葉文化論」を提唱する。

筆者の構想する「万葉文化論」は、万葉歌の表現の特性を、蓄積された万葉研究から明らかにして、その表現の特性のもっている意味を問うことにある、といえるだろう。以上の研究を行う際に、周辺領域の研究と照らし合わせることによって、特性の生じた意味づけを行ったり、資料の相対化をはかるということができる、と考えている。こういった作業を経て、万葉歌の表現の特性を文化現象としてとらえ直し、ある程度の普遍性をもった文化論として展開することができるだろう。[11]

万葉歌の検討にあたり、より広範囲に『万葉集』をとりまく研究環境、すなわち歴史学、考古学、宗教学などとの学際的な連携をはかり、万葉を核とした一つの文化現象として考えていこうというのである。従来の民俗学的研究の限界を乗り越えようとするものであるといえよう。

ここで、「文学研究者がフィールドに出る」ことの意味を問い直してみたい。

前述したように『万葉集』と現代社会、及び現代人には自ずから時間的・空間的な隔たりがある。人間が連続している以上、生活や精神活動も連続していると考えるのはもはや幻想にすぎないのかもしれない。それを自覚したうえで、なおも連続しているものに気づき、歌表現をを生み出した環境を冷静に掘り起こす作業をする。フィールドに出た調査・研究者は、客観的な目で、もともとあったものと変遷を経ているものを冷静に判別し、研究をより充実させる材料としなくてはならない。予定調和的に読みの材料をフィールドワークに求めるような態度は、戒めなくてはならない。

その研究者の覚悟について、保坂達雄は次のように述べている。

私たちが現場で出会う人々は、私たち調査者にとって単なる資料の提供者でしかないとしたら、それで良かったのかどうか。そこには与えられた環境の中で生きてきた人々の歴史があり、そこに暮らす人々の数だけの人生があるはずである。こうしたものすべてを捨象して、こちらが必要とするものだけを探しにゆくというようなことにはなっていなかっただろうか。(12)

フィールドに出ることで歌の読みが深まり解釈の可能性を拡げることこそが、民俗学的アプローチの目的なのである。

4 「ひね」をめぐることば世界

最後に、前節3でみてきた、民俗学的アプローチから万葉歌をヨム方法を、歌中の民俗語彙のあり方から探る具体的な事例で確認していきたい。

夢《いめ》の裏《うち》に作る歌一首

あらき田の鹿猪田《ししだ》の稲を倉に上げてあなひねひねし我《あ》が恋ふらくは

右の歌一首、忌部首黒麻呂《いむべのおびとくろまろ》、夢の裏にこの恋歌を作りて友に贈る。覚《おどろ》きて誦習せしむるに、前《さき》の如し。

（16・三八四八）

〈原文〉

夢裏作歌一首

荒城田乃 子師田乃稲乎 倉尓挙蔵而 阿奈干稲干稲志 吾戀良久者

右歌一首忌部首黒麻呂夢裏作此戀歌贈友 覺而令誦習如前

題詞に「夢の裏に作る」とある。左注と併せて作歌事情を読み取ると、作者忌部首黒麻呂が夢の中でこの「恋歌」を作り、目覚めてから贈った相手に誦習させてみたら夢の通りだったという不思議な歌である。

この歌は、上三句「あらき田の鹿猪田《しだ》の稲を倉に上げて」が第四句「あなひねひねし」をみちびく序詞となっている。そして第四、五句「あなひねひねし　我が恋ふらくは」がこの歌の意味の中心となる。

まず、各句の語義を辞書的に確認してみよう。『時代別国語大辞典　上代編』（三省堂、一九六七年一二月）によると、

○あらき田　まだ十分に開墾されていない田。

○鹿猪田　鹿や猪が出て荒らす田。

○ひね　項目無し。

○ひねひねし（形シク）久しく古い。古くひからびたさまをいう。

ここで問題となるのは、『万葉集』を含む上代文献に孤例の「ひねひねし」をどうヨムかである。この語がこの歌の解釈の鍵となる。「新しく開墾したばかりで鹿や猪が出て荒らす田で獲れた稲を倉につみあげ」ることがどのように「ひねひねし」につながるのだろうか。

そこで注釈書の説を整理すると「ひねひねし」には二説がある。

①「古びたさま」

②「恨めしい」

①説は、全釋、總釋、評釋、全註釈、私注、澤瀉注釋、釋注、古典集成、全訳注、全解、新大系、新岩波文庫など近現代のほとんどの注釈書がとっている。『時代別』で

和名抄に「晩稲比禰《ヒネ》」とあり、箋注に「今人称㆓旧穀ヲ㆒為㆓比禰《ヒネ》㆒」と説明している。稲に限らず一般に物の古くなったのをヒネと言うことは、「豊秳入姫命御形長生支《ヒネ》」（皇太子神宮儀式帳）「古ヒネ・古人ヒネタルヒト」（運

歩色葉集）などからうかがわれる。

と根拠をあげていることに従ったものであろう。この場合、口語訳は「なんとも古びてしまったことだ。私が恋するということは。」となる。②は、新全集の説である。頭注で「恨めしい意の方言として、ひにしい、へんねしい、という形容詞があり、嫉妬をへんねしという地方は多い。上三句は干稲の意で同音のヒネヒネシを起す序。」とし、現代方言を根拠として「ああ恨めしいことだ、私が恋するということは。」と口語訳している。

しかしこの二説は、どちらも問題が残る。①は、「恋」が「古びる」とはどういうことか、意味がつかみにくく、歌としての理解が充分でない憾みがある。②については、現代方言の理解を無批判に万葉歌の理解にあてはめてよいか、躊躇われる。

そこで、ひねひねしの「ひね」の意味をあらためて確認する。

▽日葡辞書

Fine. ヒネ（陳・古）一年を過ぎた古い種子。

Finegome. ヒネゴメ（陳米・古米）Furugome（古米）に同じ。一年、または、二年たった古い米。

と、米や穀物の種子の古さに関わる語であることが説明される[13]。

では、現代では「ひね」は辞書的にどのように説明されているのだろうか。

▽民俗語彙としての「ひね」―現代方言

ふるい（古い）[岸和田]ヒネ〔名〕野菜類の古いもの。またベテランのことを言う。（『日本方言大辞典』小学館、一九八九年三月）

ひね　古くなったもの。古くなった食べ物。

しね　①古くさくなったもの。②古い穀物。③古い種。

（馬瀬良雄編『長野県方言辞典』［特別版］信濃毎日新聞社、二〇一三年十月）

▽民俗語彙としての「しっと（嫉妬）」―現代方言

しっと（嫉妬）岐阜ヘンネシガル、愛知ヘンネシガル、京都ヘンネシ（『日本方言大辞典』）

▽民俗語彙としての「ひね」の実例

実例1「ひね」は、古くなった米、新米でない米、去年の米、野菜、果物（みかん）の古くなったものをさす。米・食べ物が古くなることを「ひねになる」という言い方もある。「ひねた人」は、老けた人、年よりませた人をいう。ただし、使うのは親世代まで。自身は言葉は知っているが使用しない。（昭和三六生まれ・大阪府堺市出身・女性＝二〇一六年談・筆者調査）

実例2「このトマトはしね（ひね）になったでいけねわな。（このトマトは古くなったので、食べられない。）」「こっちのご飯はしね（ひね）だで、新しいほうを食べましょ。（こっちのご飯は炊いて時間が経って古くなったので、新しい方をお食べなさい。）」食べ物が古くなることを「ひね（しね）になる」という言い方もある。（昭和五年生まれ・長野県旧堀金村（現安曇野市）出身・女性＝二〇一五年談・筆者調査）

以上をまとめると、前にあげた注釈書の二つの解釈については、

①古くなる―「ひね」は、古語から現代にわたり使用例があり、意味も「古さ」をいうことで統一的である。

＊これが成立した場合、初句の「あらき田」と「ひね」の新・古の対立を含め、一首の中に稲作に関する語を使用する面白味をみることも可能である。

②恨めしい―しっと（嫉妬）を表わす現代方言の語形が「ひねひねし」と似ていることを根拠と主張する解釈だが、古語の例がない。

となる。

これをふまえたうえで最後に問題となるのは、この歌を「恋歌」としてどう解釈するかということである。左注にあるように「恋歌を作」ると意識的に作歌することは、『万葉集』にも例は多く無い。この点を意識した時、總釋の「嗚呼古クナツタ。永イ間ノカナハヌ戀ハ苦シイモノダ。」という解釈が注目される。

「ひね」はあくまでも穀物などの古さをいう語であるが、万葉時代の形容詞には、名詞や形容詞の語幹や擬声語を繰り返して形容詞の語幹とするものがみられる。礼（うや）→うやうやし、隈（くま）→くまくまし、藪（おどろ）→おどろおどろしなどである。その場合、言葉を重ねることで単独の場合よりも意味を強調し、その状況を際立たせる効果がある。これにあてはめると「ひねひねし」は、なんとも古くなる、古くなって一層その古さが増すような状態が続くことをさすことになる。これを恋に置きかえると、恋が成就しないままの状態が長く続くことと理解することができる。そこから成就しない恋に対して「恨めしい」という感情が湧くと解釈することは可能であろう。「ひね」は原理として「古く固くなったもの」であり、その形容詞形「ひねひねし」から文脈上「うらめしい」という意味が派生するのだといってよい[14]。

よって、恋歌としての当該三八四八番歌の解釈は、「あなひねひねし」の時間的な長さに恋の思いを重ね、その苦しさを述べる、次の解釈が適当ではないかと考える。

（新しく開墾した鹿猪田のせっかくできた稲を、倉に上げ収めたものが古びてしまったように、）思っていることがなんとも古びてしまって、恨めしいことだなあ、私の恋は。

すなわち、①説に立ち（②説に拠らずとも）恋が古びるという諧謔を帯びた表現を通して、叶わぬ恋への恨みを述べる「恋歌」としての成立を確認することができる。

⑤ 民俗学的アプローチの有効性

以上、『万葉集』をヨムための方法の一つ、民俗学的アプローチについて、研究史をたどり、現代的な方法論を確認したうえで解釈の実例を確認した。実例としては、巻第十六、三八四八番歌を取りあげ、民俗語彙「ひね」のことば遣いの歴史的変遷と現代への連続性を確認することによって、当該歌が万葉の恋歌としていかに理解できるかを考察した。

それにより、現在にまで連続することば世界の中で、万葉歌のことば遣いを位置づけることができたといえよう。万葉集にとって民俗学的アプローチは、なおも万葉歌の解釈の可能性を拡げる有効な研究手段と捉えていきたい。

▼『万葉集』テキストは『萬葉集』新編日本古典文学全集(小学館)に拠ったが適宜改めたところがある。注釈書については、通行の略称に従った。

【注】

1 柳田國男「遠野物語」『柳田國男全集2』筑摩書房、一九九七

2 出典は注1に同じ。ただし、『遠野物語』の文章自体は遠野方言の強い佐々木喜善の語りそのままではあり得ず、柳田の味付けがされた独特の文体となっていて「文学」としての味わいを生んでいる。柳田は民俗学者として認識されるが、文学との関わりは深い。実兄に万葉研究者の井上通泰をもち、官僚としての勤めの傍ら、田山花袋らと親交を結び研究会をひらいて文学

の学びを深めたことが知られる。
3　折口信夫「万葉びとの生活」『折口信夫全集1』中央公論社、一九九五、初出：一九二二年・一・二・五・七月「白鳥」第一・二・三・四号
4　折口信夫「万葉集の民俗学的研究」『折口信夫全集6』中央公論社、一九九五、初出：一九三四年一二月一六日、上代国文研究会講演。『上代国文』第二巻第一号、一九三五・五
5　櫻井満『万葉集の風土』序章　民族の絶唱―万葉の歌『櫻井満著作集　第六巻』おうふう、二〇〇〇、初出：講談社現代新書493、一九七七
6　櫻井満『万葉集の民俗学的研究（上）』序説「万葉集と民俗学―鎮懐石の歌をめぐって―」『櫻井満著作集　第三巻』おうふう、二〇〇〇、初出：林田正男編『筑紫万葉の世界』雄山閣、一九九四
7　山本健吉「詩の自覚の歴史」『柿本人麻呂』講談社、一九六八
8　池田弥三郎「黒人の歌・一首」『高市黒人・山部赤人』『池田弥三郎著作集　第六巻　伝承の人物像』角川書店、一九七九、初出：〈日本詩人選〉3『高市黒人・山部赤人』筑摩書房、一九七〇
9　池田弥三郎・山本健吉『万葉百歌』中公新書19
10　上野誠「万葉民俗学の可能性を探る」上野誠・大石泰夫編『万葉民俗学を学ぶ人のために』世界思想社、二〇〇三
11　上野誠「万葉研究の現状と研究戦略―筆者が選んだ選択肢」『日本文学』第四九巻一号、二〇〇〇
12　保坂達雄「研究者としての視線」『古代学の風景』岩田書院、二〇一五
13　『邦訳日葡辞書』岩波書店、一九八〇
14　「ひね」は食物の風味や触感についていえば、食べるには残念な状態をいう。その状態は「ひねひねし」が具体的には意味するので、それが「恨めしい」を派生する要因となる。すなわち、現代方言の「ひんねし」を派生させ得るものとして理解できる。

民俗学的研究が残したもの
——文化の連続・非連続、あるいは等質・異質

上野　誠

1 伝統のなかにいる私

今日、声高に文芸学派や、民俗学派を名乗る学徒はいないだろう。まして、いわんや文献学派など、と。

現在の国文学研究は、精緻な読解をめざす文献学であり、解釈学である。したがって、どう解釈できるのかという点にしか、争点はない。つまり、争点は個々の歌の解釈の相違にしかないといってよい。そのため、研究の視点の有効性や、方法論の優劣などが争点になることはない。文学研究の基礎が、読解と解釈にあることを考え合わせるならば、これは好ましい姿であるだろう。われわれは、院生時代から「読めもしないのに、偉そうなことを言うな」と指導されてきた。研究発表では、解釈に整合性がないと、時に恫喝まがいの質問を受けてきた。こういう状況下では、方法論の当否について云々するなど馬鹿馬鹿しいことだ(1)。

が、しかし。読むという主体が、「今」と「自分」から免れ得ないとするならば、その読みに今の自分が投影されることも、また免れ得ない。人により、学力も、関心も、視点も違うはずであり、その人もまた成長し変化する。

むしろ、私はそういう多様性を認める方が、研究の活性化に資すると思っている。だとすれば、読解の方法論を巡る議論は、次の一点に集約されるはずだ。「自分は今、何のために読むのか」と。江戸後期からは、これが「古道」のためとか、「本教」のためとされ、ある時代からは、「国体究明」のためとなっていった。果たして、われわれ研究者は何のために読むのであろうか。これは、すぐれて、思想史上の問題かもしれない（笹沼俊暁『「国文学」の思想——その繁栄と終焉——』学術出版会、二〇〇六）。民俗学派も、そういった流れを汲むものであることは間違いない。しかしながら、今、その方法を声高に叫ぶ人は、存在しない。理由は、冒頭に書いたとおりである。

ここで、問いを変えよう。もし、民俗学的研究が万葉歌の解釈について残した遺産があるとすれば、それはいったい何であろうか。おそらく、それは、文化の連続性と等質性という視点で、古典を読もうとする姿勢であろう。この答えを、一つのイデオロギーとして捉えれば、民族の先祖の声を聞くということになるのかもしれない（品田悦一『万葉集の発明——国民国家と文化装置としての古典——』新曜社、二〇〇一）。つまり、自己が一つの文化伝統のなかに存在していることを確認するために文学を読むということである。個別の読解や解釈においては、実証が問われるものの、何のために読むのかということについていえば、それはきわめて恣意的なものでしかない、と思う。

Ⅰ日本的文化伝統のなかにいる私を確認したいから『万葉集』を読む（「国民」「民族」「国体」「民俗」）。

Ⅱ東洋的文化伝統のなかにいる私を確認したいから『万葉集』を読む（「漢字文化」）。

Ⅲ東アジア的文化伝統のなかにいる私を確認したいから『万葉集』を読む（「漢字文化」「民族文化」）。

こういう読みの動機付けを笑うことは簡単だが、研究のなかに、ⅠⅡⅢのような欲求が潜在的に内在し、かつそれが一つの読みの視座を与えていることは否めないのではないか——。

「今、何のために読むのか」という問いなど、いわば書生論に過ぎないのだが、今回は敢えて、その書生論を振りかざしてみたい、と思う。本稿では、ことに、民俗学的研究が残した遺産について考えてみたい。

② 民俗学的知見の応用、その是非

かつて、一九六〇年代から七〇年代にかけて、『古事記』『日本書紀』研究の分野で一世を風靡した、氏族伝承論という研究方法があった。記紀の一部を取り出して、この部分は、特定の氏族が伝承した説話だと考え、記紀収載以前の説話の伝来を考える方法である。さらには、「原話」なるものを推定できるとし、話型研究や比較神話論と組み合わせて、記紀成書化以前を規定する研究が盛んであった。しかし、この研究方法には、無理がある。今日、存在しないものを推定するわけだから、恣意性を免れ得ないのである。

こういった研究を鋭く批判したのは、吉井巌や神野志隆光であった。テキストとしてあるものの解釈こそが研究なのであって、存在しないテキストをいくら想像しても、しようがないというのである。書かれることによる達成を問題とすべきであるという主張である。一つの例を挙げれば、日並皇子挽歌を考えるにあたり、ニニギノミコトを解釈に持ち込むことによって、読みが混乱してしまうことを説いたのが、神野志隆光「神話テキストとしての草壁皇子挽歌」（『美夫君志』第五十号所収、一九九五）である。テキストの外部から知識を注入して読解することの危険性について、警鐘を鳴らした論文である。この見方は、今日学界に広くゆきわたっている。『古事記』には『古事記』の文脈があり、『日本書紀』には『日本書紀』の文脈があるのだから、それを混線させることは、現代に生きる研究者によって新しい説話を作ってしまうことになるという主張である。この主張は正論である。したがって、この正論をつき崩すことは難しい。が、しかしである。実際に注釈をなす場合においては、平安朝の事案から事物を推定することもあるし、植物学や動物学の知識を必要とすることもある。施注という行為そのものが、テキストの外部の知をテキストに注入することではないのか。もちろん、それが誤読を次々に誘発してしまうこともあるから注意は必要であるが、その整合性をそれぞれの研究者が見定めてゆくことこそが、学問なのではないのか、と私は考えている。そこで三輪山を事例として、考察をしてみよう。

民俗学的知見として広く知られているものに、山岳信仰論がある。ヤマとヒトとの関わりを論ずる民俗学の研究から、神体山説や、山中他界説などの論説が展開され、その知識は広く国文学徒にもゆきわたっている。かくなる知見は、

額田王、近江国に下る時に作る歌、井戸王の即ち和ふる歌

味酒　三輪の山　あをによし　奈良の山の　山の際に　い隠るまで　道の隈　い積もるまでに　つばらにも見つつ行かむを　しばしばも　見放けむ山を　心なく　雲の　隠さふべしや

反歌

三輪山を　然も隠すか　雲だにも　心あらなも　隠さふべしや

右の二首の歌は、山上憶良大夫の類聚歌林に曰く、「都を近江国に遷す時に、三輪山を御覧す御歌なり」といふ。日本書紀に曰く、「六年丙寅の春三月、辛酉の朔の己卯に、都を近江に遷す」といふ。

綜麻かたの　林の前の　さ野榛の　衣に付くなす　目に付く我が背

右の一首の歌は、今案ふるに、和ふる歌に似ず。ただし、旧本にこの次に載せたり。故以に猶し載せたり。

（1・一七～一九）

の解釈にも広く応用されている。この知見を応用したすぐれた研究を挙げると、廣岡義隆「額田王の三輪山の歌」（『セミナー万葉の歌人と作品』第一巻所収、和泉書院、一九九九）などを挙げることができる。私は、廣岡のこの研究を高く評価するが、そういう民俗学的知見を排除した方が、より合理性の高い解釈が可能になるとの見解もある。その

一つとして影山尚之の研究がある。

前掲廣岡論文は「なぜ三輪山なのか」という小見出しを立てて諸説を列挙したのち、

考慮しなければならない点は、額田王の歌に詠まれている三輪山が、叙景的存在としての山ではなく、神的存在としての山としてあるということである。

（廣岡義隆「額田王の三輪山の歌」『セミナー万葉の歌人と作品』第一巻所収、和泉書院、一九九九）

と強調する。この理解は『古事記』『日本書紀』の伝承が保証し、かつ纏向遺跡や三輪山中の祭祀遺跡など考古学上の知見が補強するため容易に払拭しがたいが、そうしたテキスト外情報によってはじめて成り立つ見解であることに思い至らねばならない。歌中に神への言及がないことは一読して明らかであり、集中ほかに三輪山をうたう歌を見ても、大物主を垣間見せるものはない。

「なぜ三輪山なのか」という問いに対しては、奈良山から南東にまっすぐ眺めやられる山であること、その向こう側に家郷飛鳥があること、の二点を挙げておけば十分である。

（影山尚之「額田王三輪山歌と井戸王即和歌」神野志隆光・芳賀紀雄編『萬葉集研究』第三十二集所収、二〇一一）

影山は、三輪山が神であるから、額田王はこのような返り見の歌を詠んだとする考え方を、真っ向から否定する。この問題を整理すると、

▼aという文献から三輪山の神性を読取することができる。

▽bという文献の読解に、aの知見を考慮することの是非を問う。

ということになろうか。aの知見をbの読解に考慮するかしないかは、主として読み手の問題ではないのか、と私は考える。

私がもし、廣岡論文を支持する側であれば、こう言うだろう。奈良山からは、多くの山々が見えるのに、どうし

て三輪山を見たいと歌うのかということを考えたとき、三輪山が神であるという当時の人びとの認識を抜きにして考察することはできないのではないか、と。一方、影山論文を支持する立場にあれば、この歌の表現上の特色から、三輪山を神として見なくてはならない必然性はない。むしろ、神と考えることによって、額田王の歌から遠ざかるのではないか、と言うだろう。

このどちらを取るかは、にわかに判断し得ないが、私は次のように考える。読むという行為は、読み手の主体的行為なのであって、読み手の持っている知識とテキストを融合する行為でもある。したがって、その知識の一つとして民俗学的知見があったとしても、許容してよいのではないか。読み手がどういう知識を背景として読むかは、読み手に委ねられるべき問題である。ただし、解釈として合理性のない場合においては、排除されることもある。解釈とは、そうやって自然淘汰されてゆくものではないのか。だから、必ずしも民俗学的知見が必要だとはいえないし、民俗学的知見を含んだ解釈だからといって、排除されるべき理由はないのである。

3 巻頭歌をどう読むか

次いで、巻頭歌について見てゆこう。

　　天皇の御製歌

籠もよ　み籠持ち　ふくしもよ　みぶくし持ち　この岡に　菜摘ます児　家告らせ　名告らさね　そらみつ大和の国は　おしなべて　我こそ居れ　しきなべて　我こそいませ　我こそば告らめ　家をも名をも（1・一）

民俗学が万葉研究に提供した概念の一つに「予祝」という概念がある。予め祝えば、その将来において期待すべき成果を引き寄せることができる、という考え方である。したがって、農耕に先立って、予め祝祭行事を行えば、豊作が引き寄せられると参加者たちは考えていたとするのである。巻頭歌の若菜摘みは、春となり農耕を開始する前に、豊作を予祝する行事であると、今日、一般的に説かれている。その若菜摘みの歌が、雄略天皇と結びつけられて、大和朝廷に伝えられていたのだと、多くの研究者は、漠然と考えている。したがって、雄略天皇の若菜摘みでの求婚は、一つの儀礼であり、国見の一つのかたちであるというのである。こういった考え方を諸事例を集めて、推し進めたのは、土橋寛であろう。

春山入りはその年始めて山入りをする労働開始の行事であるが、農耕のリズムによって一年を区切っていた農事暦の時代、あるいは社会においては、それが年の始めであったから、山遊びはいわば年頭の行事であった。しかし天文暦が入って正月を年の始めとするようになると、正月にも同じようなことを重ねて行うようになる。岡見、松迎え、七種粥などの正月行事は、春山入りにおける花見または国見、花迎え、柴刈り、春菜摘みなどの変化であり、また歌垣的な正月行事の行われている地方も皆無ではない。

（「第一章　国見の起源」土橋寛『古代歌謡と儀礼の研究』岩波書店、一九八六、初版一九六五）

天皇の国見は、民間の春山入りにおける予祝行事としての国見を独立して行うようになったものと思われるが、支配者の予祝儀礼であるから、山に登る代わりに、宮廷内の高楼の上から国見をするようにもなると同時に、次第に支配下の国土の生産物や国民の生活状況を視察するという政治的意義を帯びるようになり、さらには地方を巡幸して政治的情勢を視察することも国見の概念の中に入ってくる。

（「第一章　国見の起源」土橋寛『古代歌謡と儀礼の研究』岩波書店、一九八六、初版一九六五）

土橋は、天皇の若菜摘みの場での求婚が、今日まで繋がる民間習俗と共通の基盤を持っていると説くのである。私は、そういう説明を聞くと嬉しくなる。ここでいう「嬉しい」とは、「好ましい」と思える感覚といってよいだろう。つまり、万葉びとと現在に生きる自分とが繋がっているという感覚を持つことができるのである。私は、こういった感覚こそ、近代古典研究の原動力であったと思っている。たしかに、研究には、実証性が求められるのだが、その研究をしたいというエネルギーがなくては、研究は進まない。歴史のなかに生きる自分を、『万葉集』を読むことで確認したいという欲求が、研究の原動力として、まず最初にあるわけである。難解かつ破綻の多い研究であるにもかかわらず、折口信夫の論文に多くの研究者が心惹かれるのは、この歴史のなかに生きる自分を確認できるからである。

では、巻頭歌の若菜摘みが新春の儀礼に由来するということを積極的に述べた先達は誰かといえば、林屋辰三郎の「大和」であろう（『萬葉集大成』第二十一巻所収、平凡社、一九五五）(2)。土橋は、林屋の論文を、次のように整理している。

> しかし「そらみつ　大和の国は　押し靡べて　我こそ居れ　敷き靡べて　吾こそ坐せ」という名乗りには、強力な支配力に対する自信ともいうべきものが認められることも同時に注意さるべきで、この妻問いの物語の背景には、倭の御県から春菜を貢献する新春の儀礼があったらしい。『祈年祭祝詞』の
>
> 　御県に坐す皇神等の前に白さく、高市・葛木・十市・志貴・山辺・曽布と御名は白して、此の六つの御県に生ひ出づる甘菜・辛菜を持ち参来て、皇御孫の命の長御膳の遠御膳と聞こし食すが故に、……
>
> にも痕跡をとどめているこの儀礼は、百官が御薪や御杖を献る新春の儀礼より一層古いものと思われ、春菜を摘んで献ずるのは、御県の族長の子女であったに相違ない。林屋辰三郎氏が「み籠」や「み掘串」を持って、乙女が摘む菜は、六の御県から貢献する供御の甘菜、辛菜であろうとし、この歌の発想の場が、倭の五王時代のアガタであったろうと説かれているのは、従うべき説であろうと思う。
>
> （「第五章　国見歌とその展開」土橋寛『古代歌謡と儀礼の研究』岩波書店、一九八六、初版一九六五。なお、祝詞については、

引用を改め、青木紀元『祝詞全評釈　延喜式祝詞　中臣寿詞』（右文書院、二〇〇二、初版二〇〇〇）を用いた）

林屋は、祈年祭祝詞のなかに、大和の「六つの御県」から甘菜と辛菜を献上する儀礼があったことに着目したのであった。新春に若菜摘みを行い、これを献上する儀礼が、倭の五王の時代から続いており、そういった儀礼を基盤として、巻頭歌が伝承されたと説くのである。林屋や土橋のいう新春の若菜摘みの行事は、他の万葉歌にも確認できる。民間において、若菜を煮て食べる行事を、万葉の時代に確認することができるのである。

①　煙を詠む
　春日野に　煙立つ見ゆ　娘子らし　春野のうはぎ　摘みて煮らしも　（10・一八七九）
②春霞　立つ春日野を　行き帰り　我は相見む　いや年のはに　（10・一八八一）
③　山部宿禰赤人が歌四首
　春の野に　すみれ摘みにと　来し我そ　野をなつかしみ　一夜寝にける　（8・一四二四）
④明日よりは　春菜摘まむと　標めし野に　昨日も今日も　雪は降りつつ　（8・一四二七）

①のような表現が成り立つのは、おそらく毎年の恒例行事であったからである。そして、それは新春の楽しい行事であったようだ（②③④）。

以上のように考えると、巻頭歌が新春の若菜摘みの歌であるという理解は、盤石のように見える。が、しかし。私は、次のような不安を覚える。


A菜を摘んで食べるというなら、一年中なされることであろう。しかも、「若菜」という言い方はされていない。登場するのは、「菜」であって、「若菜」ではない。

B歌のなかには、新春とか春を思わせる表現は一切ない。

C歌の主眼は、天皇の求婚にあり、摘んだ若菜を献上するとか、食べるといったことについての言及があるわけではない。また、当該歌と儀礼との関係を明確にし得ない。ABCが実証されていなくては、新春の若菜摘み説は成立しないはずである。しかし、私は、実証できなくても、巻頭歌は新春の若菜摘みの歌であり、それは、秋の豊作を予祝する歌だと説き続けるであろう。かつて、私は、啓発書にこう書いたことがある。

おそらくこのプロポーズは、大和に春を告げる年中行事であったと考えられる。そして、そこでは天皇が「わたしこそ大和の王だ」と宣言することにこそ、重要な意味があったのであろう。したがって、求婚は春を迎える儀式として行われている、と考えるのがよい。

つまり、天皇の求婚はお米がたくさん採れますように、作物がたくさん採れますようにと祈る、一種の農耕儀礼だったのである。春、これから畑を耕し、そして稲を植えていくという時に、天皇がそこで働くであろう「をとめ」たちに結婚を申し込むという形で、お祭りが進んでいく。この歌は、そのような様々な想いが込められた歌なのである。

（上野誠『はじめて楽しむ万葉集』角川学芸出版、二〇一二。初版二〇〇二）

今のところ、この説明を私は撤回するつもりはない。というより、したくない。それは、古代から今日に至るまでの文化の連続性を、私は『万葉集』の読解を通じて、強調したいと考えているからである。(3) 民俗学と古典文学研究の結合は、それほど甘美で魅惑的な幻想をわれわれに提供してくれているのだ。私は、その幻想を今さら捨てたくないのである。ただ、一方で、それが幻想であることについては、常に自覚的でありたい、と思っている——。

4 文化の連続性のなかで

民俗学的研究がもたらしてくれた「好ましさ」「ここちよさ」は、どこから来るのか。それは、自分たちの今と、万葉びとの時代を繋ぐところから来ているのであろう。したがって、民俗学的研究は、文化史を「創意」と「革新」の歴史と捉えるのではなく、その連続性のなかで捉える研究といえよう。それは、時に無歴史的ですらある。なぜなら、連続性は強調すればするほどに、時間を無化してしまうからである。

『万葉集』は、漢字で記された文献であり、かつ日本文学史上もっとも中国文学の影響の大きな文学といえる。それでも、私は、『万葉集』を今の自分の文化に繋がる文学として、読んでゆきたいのである。そういう文化の連続性を重んずる視点こそ、民俗学的研究が残した最大の遺産だと思う。

【注】

1 ただ、正しく読んだとして、それから何をしたいのか、ということが次に来るはずだ。

2 林屋論文は、発表当時、影響力の大きい論文であった。林屋論文は、折口信夫の芸能史論を、歴史資料から発展させた文化史研究の一つとして読むことができる。

3 こういう考えは、実証できないが、また否定することもできないと考えるからである。

【参考文献】

上野誠・大石泰夫編『万葉民俗学を学ぶ人のために』世界思想社、二〇〇三

上野誠「万葉民俗学と万葉文化論の将来」全国大学国語国文学会編『日本語日本文学の新たな視座』所収、おうふう、二〇〇六
上野誠「日本文学研究における自覚的「補完」―国文学者の肖像写真―」『文学・語学』第百九十八号所収、全国大学国語国文学会、二〇一〇

Ⅳ

歌表現の基盤からヨム

様式論・表現論

歌が歌であることを根底において支え、散文とは異なる言語表現とする「様式」。その「様式」について考えることを抜きにして、歌を歌として読み解くことはできない。しかし「様式」をめぐる考察は、ややもすると現代の我々の側に、都合のよい理論体系を形作ってしまう危険も孕んでいる。何が本質であり、何が個別の問題なのか。それを解き明かしてゆくことが求められる。

様式論ということ

山崎健太

1 様式を考えるということ

「様式」或いは「様式論」という言葉は上代文学研究の中で繰り返し取り上げられてはいる。しかし、その「様式」とはいかなるものを指すタームであるのか、それを論じる「様式論」とはいったいどういった議論であるのか、共有されているのであろうか。二〇一六年度、上代文学会秋季大会、シンポジウムのテーマは「万葉和歌の〈様式〉をめぐって」とされ、会場を含め、議論が展開された。その中でも、「様式」という言葉が必ずしも自明のものとして扱われたわけではなく、論者がそれぞれに「様式」という概念の定義から議論を始めていたというのが偽らざるところであろう。「形式」と「様式」との別がなく、どのように定義すべきかを迷ったまま形式論が展開されているものも聞かれた。上代文学研究という枠組みの中で「様式論」を立てるのであれば、「様式」を考えることがどういったことであるのかという点から、再度問を立て直さねばなるまい。

もののふの　八十伴の男の　思ふどち　心遣らむと　馬並めて　うちくちぶりの　白波の　荒磯に寄する　渋谿の　崎たもとほり　松田江の　長浜過ぎて　宇奈比河　清き瀬ごとに　鵜川立ち　か行きかく行き　見つれ

ども　そこも飽かにと　布勢の海に　舟浮け据ゑて　沖辺漕ぎ　辺に漕ぎ見れば　渚には　あぢ群騒き　島廻
には　木末花咲き　ここばくも　見のさやけきか　玉くしげ　二上山に　延ふつたの　行きは別れず　あり通
ひ　いや年のはに　思ふどち　かくし遊ばむ　今も見るごと　（万葉17・三九九一）

引用は、大伴家持、「遊覧布勢水海賦」と題された長歌である。いわゆる越中三賦の二つめに当たるものであるが、特に、漢籍にみられる「遊覧賦」という概念を長歌の詠作に持ち込んだものとされる。実際の漢籍における「遊覧賦」が一般的にどういったものであり、当該長歌がそのありようとどう対応しているのかといった説明は先行論に譲り、この長歌に見出される「様式」をどのように論ずることができるのか、といったところから、少し「様式論」の枠を考えてみたい。

歌の内容としては、布勢水海で遊覧するまでの経緯が順を追って示されている。「もののふの　八十伴の男の　思ふどち」と表現された官人たちは「心遣らむ」と馬で出かけるのであるが、「か行きかく行き」までの詩句は、馬を並べてどのような道順を辿ったかを示している。馬でうろうろして見た景では「飽かに」満足することができず、その「遣らむ」とした心は「ここばくも　見のさやけきか」と、湖で沖へ、岸辺へと舟をこぎまわることによって見出された景によってようやく充足され、ずっと毎年このようにして遊ぼう、と、題にある水海の遊覧によって結ばれる。ただ、多く指摘があるように、布勢水海の実景の描写としては「渚には　あぢ群騒き　島廻には　木末花咲き」の四句があるのみであり、むしろ、その景を見出すに至る経緯の説明に多くの言葉が費やされている。語句の分量だけで言えることではないが、とおってきた地名、道順、そしてそれでは満足できないで、といった、湖に舟をうかべるに至る経緯のほうが、遊覧によって見いだされた景そのものよりも重く扱われているようにも見える。こういう形で道順を示すこと、或いは道順の末に何かを見つけ出す歌い方を、大久間喜一郎[1]を始めとして、「道行詞章」と名付け、類型的な形式として説明する向きもある。

つぎねふや　山代河を　河上り　我が上れば　河の辺に　生い立てる　烏草樹を　烏草樹の木　其が下に　生ひ立てる　葉広　斎つ真椿　其が花の　照り坐し　其が葉の　広り坐すは　大君ろかも　（記　五七）

つぎねふや　山代河を　宮上り　我が上れば　あをによし　奈良を過ぎ　小楯　倭を過ぎ　我が見がほし国は　葛城高宮　吾家のあたり　（記　五八）

引用は『古事記』「仁徳記」石之日売の歌である。五七では、山代川を遡ってきた末に見出した烏草樹、さらにその木の下に生えているのを発見した神聖な椿、その花や葉のように素晴らしい、として大君賛美が導かれている。五八では、同じく山代川を遡り、奈良にいたり、倭を通り過ぎ、その先に葛城高宮という地を見出したい、という歌い方になっている。どちらも、道順を示し、その結果として見出されたもののすばらしさを歌う、という歌の形式が指摘できる。こういった形式を、「道行詞章」という言葉で概念化し、「布勢水海遊覧賦」の中にそれを見出していくことで、昔からある歌の形式を家持が踏襲しているのだ、と説明するのは、形の問題としては間違ってはいるまい。鉄野昌弘などは、このように先行する作品の形式を借りながらもそれを「独自の表現へと換骨奪胎して」[2]ゆくことを家持の手法として説明する。この説明は、万葉集の類歌が、同じ心情叙述の句を持ちながら、異なる景を付与することによって独自の表現を担保する古代的な作家性の構造を指摘する、鈴木日出男の論[3]と併せて考えることによってさらに見通しがよくなるであろう。

ただ、家持に限らず、既存の形式をなぞる、あるいは利用することを、作者の営為の問題のみに返してしまうことには慎重であるべきであろう。同じ形式、今回の歌で言うのであれば「道行詞章」と呼べる形式を持つ歌は多数指摘できるのであり、そういった共通の形式をとることすべてを、歌作者が既存の形式によりながら独自の歌を作り上げようという試行、営為の結果と言い切るのは難しい。その形式をなぞる歌作者たちが、なぜその形式をなぞらなければならないのか、という点をも問として立てるべきではなかろうか。鉄野は「歌の型はいわば宮廷社会の共有物」(4)といい、鈴木は類句性に対して「一定の枠のある表現をもたざるをえないという、いわばその集団なり社会なり時代なりが育んだ言葉とみるべき(5)」という。ここに見る、共有のされ方、一定の枠が、いったいいかなるものであるか、いかなる機制を持つものであるのか、現に見る歌が、機制がどのように働くことによって今見る形をとらざるを得なくなるのか。こういった問を立てることが、様式に関する議論ということではなかろうか。

2 様式を問題とした時に

先にあげた「道行詞章」というタームが指す形式と同じものを指す言葉に、古橋信孝の立てた「巡行叙事(6)」、というタームがある。このように道行を順に列挙しながら最終的に最高に優れたものを見出すありようが、始原的には神が巡行して見出したものを歌う一人称語りをもととした「様式」である、という議論である。この議論は誤解を招きやすく、こういった概念を立てることによって企図されているところが誤解されたままに批判される、無視されている現状があることは否めない。古橋が「巡行叙事」と定義する具体的な万葉歌の表現などが、そういった始原的なありようを内在しているものとは考えられず、既存の形をなぞることとしてしか論じえないのではないのか、といった批判が想定される。しかし、この概念を立てることによって古橋が企図しているのは、今見る万葉歌が、神の概念を反映している、といった単線的なことではない。様式が力を持つことの原理的な説明を試みているのである。たとえば、先に引いた『古事記』五七番の中で、大君賛美の比喩を構成する「葉広　斎つ真椿」を見いだすにあたって、歌い手の立場にあるものが、なぜ山城河を自らさかのぼり、さらにサシブの木の下に見いだしてからでなければ椿を歌い出せないのか、これだけを見たときにその必然性は見えない。

押し照る　難波を過ぎて　うち靡く　草香の山を　夕暮に　我が越え来れば　山も狭に　咲ける馬酔木の　悪しからぬ　君をいつしか　行きて早見む
（万葉　8・一四二八）

記五七番と同様に、君主の賛美の歌になっている歌であるが、この歌においても、そのアシビを見いだすのに難波を過ぎ、草香山を越えて来なければいけない必然性は見えない。しかし、我々はこういった形で道行を示した後に見いだされるものが最高のものとして称える歌い方であることは、表現の累積によって理解できる。ここで、そういった様式があるのだ、として終わってしまえば「道行詞章」をなぞっている、という言い方と変わらない。歌の本旨に不必要にさえみえる道行と、称えるものを見いだす過程を歌うことが、なぜ歌の中で必要とされているのか、ということは説明されていないからである。

これを、本来的には神が最高のものを見いだす歌の様式としてあった、として、それをなぞることが、最高のものを見いだす歌の様式として確立されたのだと考えてみよう、というのが古橋の企図するところである。これは、記五七番などが、神の歌の様式をなぞっている、といっているのではない。そういった神の歌い方を起源に持つものとして、巡行を歌う様式が確立した状況を考えなければ、歌の中に長々と不必要に見える巡行の過程を読み込む必然性が説明できない、ということである。それに対して、原理的な想定を置かなくとも、確立された様式があった、それをなぞった、というだけでは説明できないのか、という疑問もあろうが、その疑問には一つ重要な視点が欠けている。

「歌」という表現様式が日常語ではない、というのは誰しも納得しうるところであろう。では、その「歌」と「歌」でない言葉の列とを隔てるものはなんであろうか。たとえば何かを「歌」という言語表現で称えなければならない状況にあったときに、どういった言葉の列であればその条件を満たしうるのであろうか。短歌形式が確立している状況であれば、その五七五七七の文字列に称える言葉を押し込めば、「歌」に見えやすいかもしれない。しかし、そういった音数律も確立されていない状況において、これが何かを称えている「歌」であるのだ、という共通了解を構成するには、こういった内容構成になっていれば、それは最高のものとして称える「歌」である、という様式に関する認識が成り立っていなければならない。それは今回取り上げているように、巡行の結果見いだす、という歌い方でも、何かを作り出す過程を歌う歌い方でもよい。少なくとも、記五七番は、そういった、巡行の末に何かを見いだす形式を持つことによって、素晴らしいものを見いだして称える「歌」であることを保障されていると考えることができる。このように見てきたときに初めて、この歌が不必要にさえ見える椿を見いだすに至る過程を歌詞として持つ必然性が見えてくる。

さらに、万葉集一四二八番歌を丁寧に見ると、記五七番と決定的に違う点として、アシビを見いだす道行部分は長大であるものの、その素晴らしいものを比喩として転換された君を称えて歌が終わるのではなく、そのようなあなたに早く会いたい、というのが歌の本旨部分であることがわかる。そうすると、これは何かを称える歌の様式をなぞりながらも、それを部分的に利用して、本旨としては別の内容を歌っているということになる。ここで疑問となるのは、その本旨部分だけでは歌として成立しないのであろうか、という点である。この本旨部分「山も狭に咲ける馬酔木の　悪しからぬ　君をいつしか　行きて早見む」は五七五七七という短歌の音数律に当てはまる形になっており、それだけで短歌として成立しても良いようにも見える。また、万葉集の巻八のこの辺りは短歌形式の歌が並べられている春の雑歌群となっており、「草香山」という題の歌であるならば、短歌形式の中に「草香山」を読み込むこともできるのではないか、とも考えられる。にもかかわらず、題の「草香山」は大和への道行の一部として歌い込まれねばならず、かつ、その道行は素晴らしいアシビの花を見出すことに接続するのである。つまり、歌いたい内容そのものよりも、道行を歌って素晴らしいものを見出す賛歌の「様式」が先行して、歌のありようを決定してしまっている、ということが考えられる。その様式に、さらに「あなたに早く逢いたい」という本旨を添えるだけで、歌全体が成立してしまっている、ということになる。

こう考えたときに万一四二八番においては、この道行を歌う「様式」の力は、記五七番に働いている「様式」の力よりも強いものだと考えることができる。記五七番においては、道行を歌って見いだした椿にそのまま大君をたとえることによって歌全体が構成されており、これは「様式」を完全になぞることによって「歌」として成立していることになる。しかし、一四二八番歌においては、素晴らしい「君」の比喩に用いられるアシビを見いだす過程が歌われるだけで、この「様式」が歌全体を支配しているわけではない。にも関わらず、この道行を歌う部分を含み持つことによって、一四二八番歌全体は、「歌」であり得ているのである。この「様式」が歌であることを担保する力がより強く働いていることの表れといえよう。

この、「様式」が「歌」であることを保障、担保する力を持つことを原理的に説明しようとするために、古橋は、様式が力を持つことの根拠を、本来的には神の歌い方の様式であった、というところから説明しようと試みているのである。冒頭に触れたシンポジウムの討議において、多田一臣から、折口信夫『国文学の発生』にも触れながら、様式論が必然的に発生論を含みこむ旨の発言があったが、「様式」が「歌」に対して持つ力を原理的に説明しようとする際には、どうしても「歌」という表現様式の発生のメカニズムを、仮定でもよいから組み立てたところからしか始められない、という旨の主張といえよう。

3 様式論を含めて作品を見て

さて、ここで冒頭に掲げた万葉集三九九一番歌に戻ってみよう。題詞を見れば、家持が「遊覧賦」という漢詩の一ジャンルを和歌に持ち込もうとした試みであることは疑えない。そういった歌の中に、「道行詞章」とも「巡行叙事」ともいえる「様式」が入り込んでいるということは、その「様式」が、この「遊覧賦」と題された表現全体が「歌」であることを担保している、ということが考えられるであろう。一四二八番歌と同様、その「様式」を一部として含みこむことを必要としているのである。ただ、一四二八番歌の様式の利用とは別の次元において、賛歌の様式が歌の中に自然に存在しうる状況が、歌作者の営為として発現しているという点に留意しなければならない。「思ふどち　心遣らむ」という目的を立てるのであるから皆で出かける必然性が説明され、その目的を果たす景を探してあちこち歩き回ることも、その最終的な結果として満足いく素晴らしい景を見いだすことも、必然的な帰結であるように見える。これと比すと、難波から大和への道行とわかるものをそのまま歌の冒頭に並べ、その結果見出したアシビを賛美対象へと転換する一四二八番歌の様式の利用は、いかにもこなれない印象を受ける。これを鉄野の説明に照らせば、家持は既存の道行の「様式」を利用しながらも、そこにあるのが自然に見えるように表現の中に組み込む、変質させることによって、この遊覧賦全体を構成していることになる。それが家持の方法、というのであれば、作者の営為の説明として全うであろう。

ただ、この「様式」の利用は必然性がなかったのではない。漢文的要素をふんだんに持ち込もうとしたこの「遊覧賦」全体が、「歌」であるためには「様式」を表現内に含みこむことが必然であったのである。こういった形式を家持が利用することを、独り歌作者の営為に返してしまうと、使っても使わなくてもよい既存の形式を選択的に歌作者が採用して、それを利用するところに説明が収束してしまう。「様式」が持つ、「歌」を「歌」たらしめる力がどのように働いているのか、そしてその力を必要としながらも、あたかも自然な歌表現であるかのように構成する歌作者の営為とはどういったものであるのか、これらをとらえきることで初めて、一つの作品を論じきったといえるのではなかろうか。

④ 課題

再三触れているシンポジウムのパネリストの一人、渡部泰明が「様式」について問われた際に、歌を歌らしく見せるもの、という旨の説明があった。本論では「歌」を「歌」たらしめる力を持つものとして「様式」というタームを取り上げてきたが、本質的なところでは近似しているものと思しい。渡部の発表は、その「歌らしさ」を、現前する歌歌からどのように抽出してくるか、という点に眼目があった。

「様式」を形の問題、それをなぞる問題だけに限定してしまうのであれば、現に見える歌のありようの類似性の指摘にとどまるであろう。それが、様式論なのか、と問われると首を傾げざるを得ない。「様式」が持つ力と、それが実際の歌のありようにどのように働いているか、といった問題が中心に論じられるべきであろう。同じシンポジウムの討議の中で、大浦誠士から、かつての発生論に戻るのではなく、この問題を論じたい、という旨の発言があった。かつての発生論の観念的なモデルの作り方が十分に共有しきれないままに、一部学会が空論を重ねてゆくようなありようになってしまったことへの反省もあるだろう。実際に我々には記紀万葉以前の歌表現に触れる術はなく、歌の発生から論を立てようとするとなにがしかを想定していく作業を前提とせざるをえない。ただ、現に見える歌歌がすでになにがしか様式の力が働いている中で作歌され、機能しているであろうことが論理的に類推される中で、その力の働き方を説明しようとしたときに、今見えるものの後追いだけでは、本質にせまる構造的な説明の構築もまた難しい。

「様式」を問うた時、歌に関する統合的な論理構築という本質的な課題と、実証的な学問の手続きの厳密性という、普段から向き合わねばならない二重の課題を、より厳しく突きつけられるであろうことを示し、論を閉じたい。

【注】

1 大久間喜一郎「道行詞章の論理」『日本歌謡研究』25号、一九八六

2 鉄野昌弘「「二上山賦」試論」『万葉』一七三号、二〇〇〇

引用部分は二上山賦の分析の一部としてあるが、同時に後年の家持の方法を準備するものとして論じられている。

3 鈴木日出男『古代和歌史論』東京大学出版会、一九九〇

4 鉄野昌弘「家持の歌のかたち―越中時代へ、越中時代から―」『高岡市万葉歴史館叢書』二六号、二〇一四

5 前掲同書

6 古橋信孝『古代和歌の発生』東京大学出版会、一九八八

コトと「言霊」

大浦誠士

①「言霊信仰」―「言霊」信仰

日常語とは異なる歌という表現様態には、独特の仕組みがある。歌の表現を読み解くには、その独特の仕組みを探求することが必要となる。いわゆる枕詞や序詞などが典型であろうが、歌の言葉の背景にある思考や信仰など、国語学的・文法的なアプローチによる現象の把握では捉えきれない表現の仕組みを解き明かしてゆく道筋なくしては、歌の表現に真の意味で迫ることはできないだろう。その仕組みはしばしば「様式」という用語で呼ばれることもある。歌が歌であることを根底において保証する仕組みである。ただ、その仕組みはしばしば通常の論理を超えるものであるため、注意をしてかからないと、もっともらしい論理を現代の側に構築してしまうおそれがある。ここでは、「言霊」という語をめぐる議論を取り上げて、歌の言葉の問題を考えてみたいと思う。

上代文学全般において、「言霊信仰」という用語がしばしば用いられる。特定の形式をとった言葉に霊力が宿り、それが事柄として実現されるという信仰である。歌という形式は、非日常の言語であるゆえに、「言霊信仰」をめぐる議論は、歌というものを理解する上でも無視して通り過ぎることのできない問題である。

『上代文学研究事典』(1)の「言霊」の項には、次のような解説が見られる。

言語に宿ると信じられた霊力のこと。汎世界的に存在する原始的観念の一つで、万物に霊がこもるとするアニミズムの思考による。一般には「言語精霊」と説明されているが、折口信夫は、それを文章精霊・詞章精霊と呼んで、どんな言葉にも言霊が宿るのではなく、祭式において特別な呪力を持つ存在―マレビトの発言が背景にあって、もともとその発言のエッセンスに言霊が宿ると見ている(↓基)。ところでコト(言)がコト(事)であるとするわが国の言語のあり方は、同時にコトバ(言葉)の力によって未来のコトガラ(事柄)を左右することができるという言語に対する信仰の存在をも説明している。ゆえに言霊の信仰は、言語伝承の面だけでなく、古代の民俗生活全般にわたってその行動を律する規範ともなっていたと考えられる。ただし、上代における「言霊」の用語例は、万葉集にみえる柿本人麻呂歌集の二例と山上憶良の一例の計三例のみであり、古事記・日本書紀・風土記・祝詞などの他の上代文献にはみえない。しかし、それ以前から言霊の力が信じられていたことはもちろんであって、一言主神の託宣に「悪事も一言、善事も一言」(雄略記)と語られるように、言霊の力は善悪・吉凶両面に働くものとされ、…(後略)

事典・辞書類に「言霊」の項目が設けられている場合、こうした解説がおそらく標準的に見られるであろう。世界的な広がりを持つアニミズム的な思考を淵源に持つとする点や、折口信夫による言説の解説は今は措くとして、「コト(言)がコト(事)であるとするわが国の言語のあり方」から発して、コトバ(言葉)に宿る霊力によってコトガラ(事柄)が左右されるという信仰である、という解説がなされる。「言霊」という語の説明としては、それは正しいものであろう。ただ問題なのは、右の引用にも見られるように、その「言霊」の観念を、「古代の民俗生活全般」(傍線部)に押し広げ、また万葉集に見られる「言霊」の用例以前にも当然存在したものとして、始原的に措定すること(波線部)にある。

つとに太田善麿『古代日本文芸思潮論　Ⅳ』(2)は、その問題性について次のように説いている。

従来の「言霊」信仰に関する所説は、私見によれば、万葉集歌所見の「言霊」の語にあまりに多くとらわれ過ぎた点があると思う。「言霊」信仰という言葉の与える印象は、単なる呪術の断片の集合というよりも、もっと体系的な信仰を自然に想像させると言える。けれども私の見るところによると、文献以前にそういう体系が存したことを証拠だてる材料はないし、またそれがあったに相違ないと推断する理由もないのである。先に引用した解説でも触れられているように、「言霊」という語は万葉集に三例見られる他には、上代文献には見られない語なのであるが、それを古代に存した観念を指し示す用語として用い、あたかも体系的な信仰が存在していたかのように捉えることの危険性を指摘するものである。前掲太田書はさらに続けて、次のように述べる。

繰り返し述べるように、わたしは、その当時、言語活動に関係の深い呪術的な習俗や信仰があったろうことを否定しようとしているのではない。だからして、それらの習俗をとりすべて「言霊」信仰と命名しようということであれば、――私が不賛成であることは別として――それも一つの行き方ではあろう。けれどもそうする時には、万葉集歌初見の「言霊」の語とそれとの関係は、はっきり規定しておかなければならない。さらに言えば、それとこれとは、まったく違う概念であることを明確にして臨まなければならないと思うのである。

巻二挽歌部に載る天智天皇挽歌の冒頭には、次のような歌が見られる。

天皇聖躬不豫之時太后奉御歌一首

天の原振り放け見れば大君の御寿は長く天足らしたり　（2・一四七）

題詞には天智天皇が病の折に太后（倭太后）が天皇に奉った歌であることが記されている一方、歌においては「大君の御寿は長く天足らしたり」と、天皇の生命が天に充ち満ちていることを断定的に歌っている。そのように歌うことによってその実現をもたらそうとするのである。また、舒明天皇の国見歌（1・二）においても、「うまし国そ

あきづしま　大和の国は」と歌うことによって「大和の国」に豊穣・充足をもたらそうとする歌い方が見られる。このような例を説明する際、「言霊信仰」という用語は非常に便利であり、当時は「言霊」というものが信じられていたという説明は一見するとわかりやすい。しかし「言霊」というものが民俗生活全般に行き渡った――社会性を持った――観念であったとするなら、極端な物言いになるが、たとえば万葉集の相聞歌の多くの部分が、恋が成就された喜びを歌うことによって、その実現を招来しようとする歌となっていてもおかしくはないはずである。右に見たような歌のあり方は、まずは国見・快復祈願という儀礼性をまとった歌における表現の問題として把握すべき例であって、けっして言語活動一般に押し広げて捉えられるべきものではない。

上代における「言霊」という語の用例が万葉集の三例に限られること、その他の文献には全く見られないことを認識しつつ、「言霊信仰」を当時の民俗生活全般に及ぼし、また始原的に存在したものとして捉えることは、古代の「言霊」というものに対して現代の側に形作られた信仰――現代における「言霊」信仰――の様相すら呈しているように思われてならないのである。

②「言霊」の用例

冒頭の引用でも触れられているように、「言霊」という語の例は、人麻呂歌集所出歌に見られる二例と、山上憶良の「好去好来歌」に用いられた一例に限られている。

A　好去好来歌一首反歌二首

神代より　言ひ伝て来らく　そらみつ　大和の国は　皇神《すめかみ》の　厳《いつく》しき国　言霊の　幸《さき》はふ国と　語り継ぎ　言

ひ継がひけり　今の世の　人もことごと　目の前に　見たり知りたり　人さはに　満ちてはあれども　高照らす　日の朝廷《みかど》　神ながら　愛《め》での盛りに　天の下　奏《まを》したまひし　家の子と　選ひたまひて　大御言《おほみこと》　戴き持ちて　もろこしの　遠き境に　遣はされ　罷りいませ　海原の　辺にも沖にも　神づまり　領《うしは》きいます　もろもろの　大御神たち　船舳《ふなのへ》に　導きまをし　天地の　大御神たち　大和の　大国御魂　ひさかたの　天のみ空ゆ　天翔《あまがけ》り　見わたしたまひ　事終り　帰らむ日には　またさらに　大御神たち　船舳に　御手うち掛けて　墨縄を　延《は》へたるごとく　あぢかをし　値嘉《ちか》の崎より　大伴の　御津《みつ》の浜びに　直《ただ》泊てに　御船は泊てむ　障《つつ》みなく　幸くいまして　早帰りませ　（5・八九四）

反歌

大伴の御津の松原かき掃きて我立ち待たむ早帰りませ　（5・八九五）

難波津に御船泊てぬと聞こえ来《こ》ば紐解き放《さ》けて立ち走りせむ　（5・八九六）

（左注略）

B言霊の八十《やそ》の衢《ちまた》に夕占《ゆうけ》問ふ占まさに告《の》る妹は相寄らむ　（11・二五〇六）

C　柿本朝臣人麻呂歌集歌曰

葦原の　瑞穂の国は　神ながら　言挙げせぬ国　しかれども　言挙げぞ我がする　言幸く　ま幸くませと　障みなく　幸くいまさば　荒礒波《ありそなみ》　ありても見むと　百重波　千重波にしき　言挙げす我は　言挙げす我は　（13・三二五三）

反歌

磯城島《しきしま》の大和の国は言霊の助くる国ぞま幸くありこそ　（13・三二五四）

Aは左注に「天平五年三月一日良宅対面献三日　山上憶良／謹上　大唐大使卿記室」と見られ、天平五年に派遣された第九次遣唐使を送るに際して山上憶良が大使丹比真人広成に献じた「好去好来歌」である。「大和の国」を「皇神の　厳しき国」、「言霊の　幸はふ国」として称え、遣使の行き帰りに多くの神々が船を護りつつ導くことが歌われている。Cは巻十三に載る、「柿本朝臣人麻呂歌集歌曰」と題される歌であり、Aと同様に遣外使を送る歌であることが内容からうかがえる。(3) 長歌においては、「葦原の　瑞穂の国」は神々の加護のために、人があえて「言挙げ」をする必要のない国なのだが、敢えて旅の無事を祈って「言幸く　ま幸くませ」と「言挙げ」をするのだと歌い、反歌においては、「大和の国」は「言霊の助くる国」であるから無事に帰ってきてください、と歌っている。遣外使節の無事を願う言葉によって、使節の無事の帰還を招き寄せようとする思いがありありと表れた歌である。Bは巻十一の「寄物陳思」部に見られる相聞の歌であり、これも人麻呂歌集から採られた歌である。「言霊の八十の衢」で行った「夕占」の結果、「妹は相寄らむ」とのお告げが得られたことを歌っている。

たしかに右のAやCに見られる「言霊」の用例には、言葉に宿る力によって、遣外使節の無事という事柄を引き寄せるという意味合いがはっきりと読み取れるのであるが、それを「言霊信仰」という形で古代全般に及ぼしてよいものか。まずは「言霊」のもう一つの用例であるBが、その問題を考える手がかりとなるであろう。A・Cに見られる、ある意味で大仰な「言霊」に対して、Bはある種民間習俗的な趣を持つ「言霊」の用例と見え、そこから、たとえば益田勝実「言霊の思想」(4)が、

> しかし、この歌も、歌そのものが呪術的機能を果たそうとしている歌ではなく、そのなかで用いられている「言霊」という語ではないから、厳密には〈言霊〉信仰そのものではなく、その残存形態の中での「言霊」という語の使用として、区別した方が、混雑を防ぐには都合がよい。

というように、Bの例を例外的なものとして区別しようとする捉え方も生じてくるのであろうが、そのような例外としての処理が必要となってしまうのも、A・Cに見られるような「言霊」のありようを「言霊信仰」として捉え、

それを社会全般に信じられていた本来的なあり方とする認識によるのである。

しかし、用例としては右の三例に限られるのであり、その内の一つを例外扱いすることは、考察の出発点として問題を孕んでいるであろう。AやCの用例は、遣外使節を送るに際して、その無事を祈るという文脈において、Bは道行く人の言葉によって恋の占いをするという文脈の中において、それぞれ立ち現れてくる言葉として捉えるところからはじめなければならないであろう。

3 コト〈事・言〉

「言霊」に関連して常に言及されるのが、わが国の言語においてはコト（言）とコト（事）とが通じ合う性格を有していることである。『時代別国語大辞典　上代編』の「こと【言・辞】」項の【考】は、コト（言）とコト（事）の関係について次のように触れている。

> 言《コト》と事《コト》とは、語源的に一つのものであろう。言《コト》に出して表現することによって、事柄の実現を信じた上代人の心裡には、言《コト》は事《コト》としてとらえられていたと考えられるからである。複合語の内部にあるコトや、長い連体修飾を受けたコトには、言と事との区別が明瞭でないものが多い。

モノが言葉による把握以前に実体として存在するのに対して、コト（事）は言葉による認識作用・表出作用によってはじめて顕現するものであることが、コト（言）とコト（事）とを通じ合わせているのであろう。

コト（言）とコト（事）とが通じ合う性格を有することについては、上代文献の様々な局面において具体例に則して確認することができる。例えば、古事記の国生みの段に見られる「言依さし」はその好例であろう。

是に於いて、天つ神諸の命以て、伊耶那岐命・伊耶那美命二柱の神に「是のただよへる国を修理め固め成せ」と詔らして　天沼矛を賜ひて、言依さし賜ふ。

天つ神によってイザナキ・イザナミ二神に国の「修理固成」が命じられる箇所である。「言依さし」は「言依」と表記されており、その意味合いは言葉を依せる意に傾いているように見えるが、

「修理固成…」と言依さし賜ふ

ではなく、

「修理固成…」と詔らし、天の沼矛を賜ひて、言依さし賜ふ

という文脈から言えば、その内実は事柄の委任の意味合いも多分に有している例と言えよう。また、八千矛神の妻問いの場面に見られる歌謡の、「ことの語りごと」という表現も、コト（言）とコト（事）とが相通じる概念であったことを示しているように見える。

万葉集を例にとるなら、言葉を意味するコトが「事」字で表記される例を多く指摘することができる。例えば人の噂を意味する「ひとごと（人言）」の万葉集における表記（訓字に限る）を見渡すと、

人事　十二例　人言　十一例　他辞　一例　人辞　一例　他言　二例

と、やや「言（辞）」に傾きながらも、ほぼ「事」と「言（辞）」が二分する様相を呈しており、コト（言）とコト（事）とが通じ合うものであったことを如実に示している。「こと」を「事」「言」と両様に記す経験は、コト（言）とコト（事）とが別物であるという認識を生じさせると同時に、自国の言葉では言と事とが同一であることをあらためて認識させる作用があったことであろう。コト（言）とコト（事）とは、ズレを孕みながら大きく重なり合う関係にあったようである。

さらに一つ加えて言えば、コト（言）がコト（事）でもあることは、しばしば「神秘」として捉えられることが

あるが、それが「神秘」と見えるのは現代の側からであって、コト（言）がコト（事）であった時代においては、それはむしろ当然のことであり、けっして「神秘」ではなかったことだろう。

4 歌の表現として

万葉集の歌には一方で、言が言でしかなかったと歌う歌が見られる。よく取り上げられる「言にしありけり」と歌う一群の歌である。

忘れ草我が下紐に付けたれど醜の醜草**言にしありけり**　（4・七二七）
夢のわだ**言にしありけり**うつつにも見て来るものを思ひし思へば　（7・一一三二）
住吉に行くといふ道に昨日見し恋忘れ貝**言にしありけり**　（7・一一四九）
手に取るがからに忘ると海人の言ひし恋忘れ貝**言にしありけり**　（7・一一九七）
名草山**言にしありけり**我が恋ふる千重の一重も慰めなくに　（7・一二一三）

いずれも「忘れ草」「忘れ貝」という物象や「夢のわだ」「名草山」という地名が単なる名称であって、「恋情を忘れさせてくれる」「夢で会える」「旅愁を慰めてくれる」という実を持たないことを嘆く形の歌である。コト（言）がコト（事）ではないことに気づいて詠嘆する趣である。「言霊」の観念が存在する一方で、こうした認識が見られることについては、しばしば次のような説明がなされる。

一方で「言霊」が歌われ、他方では言葉が言葉でしかなかったと歌われるのは、一見矛盾のようにも見えるが、両者は硬貨の裏表に過ぎない。元来「言《こと》」と「事《こと》」とが相通じるものであった中で、一方に「言《こと》」が必ずしも

「事《こと》」ではない意識が芽生えることによって、逆に「言《こと》」には言霊が宿り、「事《こと》」となって実現するという信仰が強く意識されるようになったのである。

『万葉語誌』(5)の「こと」の項において筆者自身が数年前に記したものである。コト（言）がコト（事）であることに無自覚であった段階から、一方でコト（言）が言葉でしかないことが自覚され、その裏返しとしてコト（言）がコト（事）として実現される力を有することが認識されるに至った、という説明は一見するとわかりやすい。しかし、「言にしありけり」という表現が、万葉集の歌のジャンルにおいて偏りをもって見られることに注意してみるとき、右のように社会的認識に還元して捉えることが正当であるのかどうか、今は躊躇われるところである。右に示した「言にしありけり」の用例のうち、最初の例は大伴家持が大伴坂上大嬢に「離絶数年」の後に送った相聞歌であり、大嬢のことを忘れようとしても忘れられないという係恋の心が歌われるのであるが、その他の四首はすべて巻七の「芳野作」「摂津作」「羈旅作」に載る旅の歌である。さらにそれらの歌には、一つの決まった発想形式が見られる。家を離れて旅にある状況において、家なる妻への恋しさに苛まれ、せめて夢で会いたい、あるいは妻恋しさを忘れられるなら忘れたいと思うのだが、「夢のわだ」も「忘れ貝」も「名草山」も、ただの言葉であり、夢に見せても、忘れさせても、慰めてもくれない、という共通した発想をもって歌われているのである。このようなあり方を見ると、「言にしありけり」は、社会一般に広がりをもった認識というよりも、旅の歌における一つの発想・表現形式であったと捉えるべきであろう。

先述したように「言霊」という語が万葉集の歌、しかもかなり限られた歌だけに登場してくることにも立ち戻ろう。『釈注』がAの「言霊」に関して次のように述べる点には、あらためて注意を払う必要がある。

ここに伴って注意すべきことがある。その遣唐使へのまごころ、つまり言霊への信念は、それが「倭歌（やまとうた）」という様式に盛られることによってはじめて生きるという意識が二人の歌に見られる点である。外国に赴く遣唐使を、「倭歌」をもって餞するということの中で「神ながらの言霊」が呼び返されているわけで、二人における国語意識と倭歌意識とはまったくの同義語だったのである。

『釈注』は対外的な意識を伴うことによって生じてくる「国語意識」「倭歌意識」の問題として述べているのであるが、先のA・Cに見られる信念が、歌という形式の中でこそ「言霊」としてはっきりと意識されているのだという指摘は重要である。ただし、前掲のBの用例においては、恋の行方を占うことを内容とする歌において、枕詞的に「言霊の八十の衢」と用いられるのであって、そうした例まで含めて捉えるとするならば、「言霊」の認識は、むしろ歌の主題と表現の問題として見るべきであろうと思われる。歌の表現としての「言霊」ということである。前掲AやCにおいては遣外使節を送る歌の文脈において、その主題を歌という形式で実現するための歌表現として「言霊」が用いられているのであり、Bにおいては、恋の行方を占うという主題に即して、「言霊」という歌表現が用いられているのである。もちろんその根底には、コト（言）がコト（事）でもあるという言葉についての概念の同一性が横たわっている。

そしてそれは、先述したように、「言にしありけり」についても言えることであった。「言にしありけり」という表現も、コト（言）がコト（事）でもあり得るという基盤の上に立って、多く羈旅の心を歌うという主題に即して、歌表現として立ち上がってくる物言いなのである。。

歌の言葉に内在する論理や信仰の類を捉え出そうとする時には、どこまでが基盤的な論理・信仰であり、どこからが個々の歌表現の問題であるのかを注意深く捉えてゆくことが求められる。冒頭にも記したように、歌の言葉を読み解くためには、日常の言葉とは異なる歌の言葉としての論理を探求してゆくことが不可欠なのであるが、その探求は細心の注意を払いつつ、禁欲的に進められなければならない。そのようにして積み上げられた地道な成果こそが、万葉集の歌表現を読み解くための方法となりうるであろう。

【注】

1　小野寛・櫻井満編『上代文学研究事典』（おうふう、一九九六）

2　太田善麿『古代日本文学思潮論　Ⅳ』（桜楓社、一九六六）第四章「万葉時代の現出基盤の問題」、第一節「『ことだま』について」

3　巻十三の三二五三、四番歌については、これを遣唐使を送る歌と見ると、天武朝、持統朝には遣唐使の派遣はなく、大宝元年以降に作歌時期を下げて考える必要が生じるが、天武朝に四度の遣新羅使が派遣されており、また持統元年にも遣新羅使が派遣されている。近年の注釈書では、『新大系』が遣新羅使派遣の折としており、また『和歌大系』も天武十年ないし十三年の遣新羅使を送る歌としている。

4　益田勝実「言霊の思想」（『言語』一九七九・一）

5　多田一臣編『万葉語誌』（筑摩選書、二〇一四）

V

研究の立ち位置からヨム

享受史論

『萬葉集』には千二百年に亙る享受の歴史がある。その歴史は決して「過去」のものではない。この「歴史」の上に立ち、また、その「歴史」に方向付けられながら、現代の私たちは『萬葉集』を読んでいる。真に新しい〈ヨミ〉は、「歴史」を辿り、私たちの今の立ち位置を明らかにすることで初めて得られる。私たちの読んでいる『萬葉集』のテキストとは何か、戦争下の『萬葉集』の研究・享受とどう向き合うべきかを、この章では問う。

古葉略類聚鈔の本文と訓
――廣瀬本との比較を通して

新沢典子

1 廣瀬本万葉集と享受研究の進展

万葉集の享受研究に共通するのは、どこかの段階で必ず、「どのような万葉集を享受したか」という問題に対峙せねばならないということであろう。近年では、田中大士の、「長歌訓から見た万葉集の系統――平仮名訓本と片仮名訓本――」[(1)]以下、一連の研究によって、非仙覚本が平仮名訓本（桂本、藍紙本、元暦校本、金沢本、天治本、尼崎本、類聚古集、伝壬生隆祐筆本など）と片仮名訓本（元暦校本代赭書入、古葉略類聚鈔、紀州本、廣瀬本）の二系統に分かれることが明らかとなったが、諸本間の関係についてはいまだ不明な点が多い。ここでは、校本万葉集刊行以降に存在の確認された廣瀬本万葉集を取り上げ、廣瀬本の発見が写本研究や享受研究にもたらす可能性について述べたい。

廣瀬本は、奥書によれば、天明元年（一七八一）一二月に春日昌預によって書写された、十冊二十巻の写本である。本奥書には、「校合秘本直付和字訖……参議侍従兼伊豫権守藤」とあり、藤原定家所持本を祖とすることが知られる。廣瀬捨三氏が一九七九年に古書展で入手の後、一九九三年に公開されたため、校本万葉集の諸本校異に入らず、

『校本万葉集 十八巻 追補』に解説と校異が、『校本万葉集 別冊一～三』に本文の影印が載る。

廣瀬本万葉集の書誌については、『校本万葉集　第十八巻 追補』の「廣瀬本万葉集解説」の他、木下正俊・神堀忍「廣瀬本万葉集概要」(2)、木下正俊「廣瀬本万葉集——その後のことなど」(3)、同「廣瀬本万葉集について」(4)、神堀忍「廣瀬本万葉集あれこれ」(5)、田中大士「広瀬本万葉集の信頼性」(6)、乾善彦「テキストとしての廣瀬本万葉集」(7)に詳しい。

廣瀬本出現以前は、万葉集二十巻揃った本として仙覚の校訂を経た本（新点本）しか確認されておらず、非仙覚本本文が一本しか残らない部分については、該当本文の妥当性を判断するのが容易でなかった。

例えば、巻十一のみが残る嘉暦伝承本は、巻十一本文を残した非仙覚本が他になく——歌を巻順ではなく歌題の別に分類する類聚形式を取る類聚古集や古葉略類聚鈔には一部の歌が残る——本文の評価が定まらなかった。ところが、廣瀬本の出現によって、嘉暦伝承本の独自本文と考えられてきたいくつかの本文に廣瀬本との一致が認められ、嘉暦伝承本の校勘資料としての価値が改めて確認されることとなる(8)。

このように、廣瀬本の発見は、現存する万葉集諸本に相対的な本文批判・検証の機会をもたらしたのだが、以下のごとき後代の和歌研究の進展にも少なからず資することとなった。

2 廣瀬本の何が問題か——定家との関わり

廣瀬本が、定家所持本を校合し訓を付けた本を祖とするという事実は、定家、あるいはその父である俊成の手元にあった万葉集の本文や訓が廣瀬本に残る可能性を示唆する。山崎福之「「定家本萬葉集」攷——冷泉家『五代簡要』書入と廣瀬本」(9)、同「「定家本萬葉集」攷二——冷泉家本『五代簡要』の周辺——」(10)は、廣瀬本の訓と定家撰述の『五代簡要』

収載の万葉歌や書入れとが一致する例の存することを明らかにしている。また、同「「俊成本万葉集」試論――俊成自筆『古来風体抄』の万葉歌の位置――」[11]によると、俊成の著である『古来風躰抄』引用の万葉歌と廣瀬本の本文に複数の一致が見られるという。廣瀬本が俊成や定家の手元にあった万葉集本文および訓を伝えるという如上の見通しは、五月女肇志『藤原定家論』[12]が示すように、中世の万葉享受研究に新展開をもたらすとともに、万葉集の伝本研究にも新たな道を拓くこととなった。

渡邉裕美子「部類万葉集」[13]によると、『明月記』の寛喜二年（一二三〇）七月一四日条に見える「自殿下給部類万葉集二帖〈蓮花王院御物云々、第一、第二、季時入道書之〉」とは、藤原敦隆の編纂した類聚古集を指すと見てほぼ間違いないという（『明月記』によると翌月二八日には道家に返却）。池原陽斉「『萬葉集』本文校訂に関する一問題――類聚古集と廣瀬本を中心に――」[14]は、古来風躰抄に、俊成が「あつたかと申ししものの、部類して四季たてたる万葉集」と呼ばれる本の本文を参照したとわかる記述のあることに注目する。俊成所持の万葉集には、類聚古集の本文が取り込まれている可能性があり、定家本が俊成所持本の忠実な写しであったとすれば、廣瀬本に当時流布した類聚古集の本文や訓が残存する可能性が想定し得るためである。池原は、右の論文の中で、類聚古集と廣瀬本本文の本文を比較した結果、二十例以上にわたって両写本に脱字や衍字の共通が認められ、廣瀬本が類聚古集らしき本文を取り込んでいる可能性が高いことを指摘している。

類聚古集以外に、漢字本文の誤写が廣瀬本に一致する度合いの高い本として、金沢本万葉集がある。金沢本万葉集は、巻二と巻四の一部が残るのみであるが、小川靖彦「「書物」としての萬葉集古写本――新しい本文研究に向けて（「継色紙」・金沢本万葉集を通じて）――」[15]、同「仙覚の本文校訂――『萬葉集』巻第一・巻第二の本文校訂を通じて――」[16]は、金沢本単独の誤字が廣瀬本に共通する例が巻二に十五例、巻四に三例見られるほか、大胆に漢字本文から離れた金沢本の訓を廣瀬本が積極的に採用している点に注目し、廣瀬本による金沢本本文尊重の態度を明らかにした。

このように、廣瀬本は平仮名訓本の本文を色濃く受け継いでいるのだが、非仙覚本のうち片仮名訓本との関係はどうであろうか。片仮名訓本の中で、廣瀬本との直接的関わりの指摘されている本に春日本がある。以下、廣瀬本と春日本との関わりを概観してみよう。

3 春日本と廣瀬本

田中大士『春日懐紙』・補説によると、春日本万葉集は春日若宮社の神主である中臣祐定によって寛元元年（一二四三）から二年（一二四四）にかけて書写された本である。奈良春日社周辺の僧侶・神官の使用した和歌懐紙の裏面を用いて写されたが、後世、もと表であった万葉集の裏面にある和歌懐紙が注目され万葉集書写面が剥され散逸したという。現在では、巻五・六・七・八・九・十・十三・十四・十九・二十の十巻の一部のみしか伝わっていない。春日本万葉集の本文は、佐佐木信綱編『春日本万葉集残簡』(17)、『校本万葉集 十 増補』(18)、佐佐木信綱『万葉集の研究 第二』(19)、『校本万葉集 十一〜十六 新増補』(20)、『校本万葉集 十七 諸本輯影』(21)、田中大士「春日本万葉集の再検討」(22)、「万葉集の新出断簡」、同『春日懐紙』(23)等で確認できる。

田中大士「春日本万葉集の性格」(24)によると、改行（⑥一〇一八目録・題詞）、割注形式の異伝注記の有無（⑥一〇五一）、訓（⑭三三六一）など、春日本には廣瀬本の特徴に一致する点が複数見えるという。田中は、「（春日本万葉集の）最も目立った特徴は、様々な点で広瀬本とよく似ていることである。……現存伝本の中では、この二本は飛び抜けて近い関係にあると考えられる。」と春日本と廣瀬本との類似を認めつつも、「ところが、このような二本間の類似が目立つのは、春日本が現存する一〇巻の内、巻五〜八に集中している。そして、巻十九、二十になると、廣瀬本ではなく、元暦校本との類似が目立つ。」として、春日本と廣瀬本に共通する内容が巻五～八に集中して見られる点に言及している。

田中の指摘どおり、巻十以前の春日本と廣瀬本には、両者の近さを感じさせる例が散見する。いくつかの例を挙げる。春日本・廣瀬本と、春日本書写者である中臣祐定によって成された古葉略類聚鈔、巻六については冷泉本系統の細井本を加えてゴシックで示す。

○巻六・九一〇番歌の第四句「瀧乃河内者」元・金・類・**古**・紀／「瀧之河内者」**春**・**細**・**廣**・無

○巻六・一〇六五番歌の長歌第一七句「許石社」**春**・**細**・**廣**・無（**古**は歌なし）。

○巻六・一〇六六番歌の第二句訓「ミルメノ」紀・**古**（紀は左に「ミヌ」）／「みぬめの」元・**春**・**細**・**廣**・無

○巻七・一二〇三番歌の第五句「白玉」**古**／「白浪」**春**・**廣**

○巻七・一二二二・第五句訓「なみたゝずして」類・**古**。類は右に墨で「モタ、ズテ」／「ナミモタ、ズシテ」紀／「ナミモタ、ズテ」**春**・**廣**

○巻八・一四八二番歌の第二句「待師宇能花」…「師」を欠く（**春**・**廣**）。**古**は歌なし。

○巻九・一七〇〇番歌の第五句「雲翔鴈相鴨」（紀・壬）に対して、「鴈」を欠く（藍・類・**春**・**古**・**廣**）。

右の例を見ると、巻十までの春日本本文や訓が、廣瀬本と近い関係にあることが確かめられる。廣瀬本と同じ冷泉本系である細井本（巻六）とも共通しており、春日本と冷泉本系統の本文との近さを示す。

注目されるのは、右の第一・三・四・五例のごとく、春日本の書写者である中臣祐定によって編纂された古葉略類聚鈔の本文や訓に、廣瀬本、細井本（巻六）はもとより、春日本とも異なる本文や訓が複数見えるという点である。

ところが、巻十一以降に目を転じると、今度は逆に古葉略類聚鈔の本文や訓と廣瀬本との類似が目立ち、春日本が異なる訓を示す場合が増える。すなわち、同じ中臣祐定の手を経た春日本と古葉略類聚鈔であるが、両者に本文の近さは見出し難く、むしろ、前者は巻十以前、後者は巻十一以降において、廣瀬本との近さが目立つという真逆の傾向が見出されるのである。この点について以下、具体的に見てゆくことにしたい。

4 古葉略類聚鈔について

古葉略類聚鈔は、類聚古集と同様に、歌題によって万葉歌を分類した類題歌集である。古葉略類聚鈔の現存諸本はすべて建長二年（一二五〇）書写本の転写本であり、建長二年本はその筆跡と花押から、江田世恭筆『新写古葉畧類聚抄』の序が伝えるとおり、中臣祐茂（祐定の後の名）の筆と考えられる。春日本は同じ中臣祐定が寛元二年（一二四四）三月までに写し終えた写本であるので、両者はきわめて近い本文を持つことが予想される。実際に、春日本と古葉略類聚鈔は、片仮名傍訓であり、題詞が歌よりも低く、「オ」が「ヲ」に統一されているという点など形式面での一致が顕著である。しかしながら、「春日本こそ、古葉略類聚鈔編纂に用ひられた萬葉集そのものと断じてよいのではなからうか。[25]」とするには、現存する春日本の本文や訓と古葉略類聚鈔のそれとの異同が目立つ。

例えば、巻七・一二〇三番歌の第四句本文は、春日本と廣瀬本に「白浪」とあるのに対して、古葉略類聚鈔本文は他の本と同じ「シラ玉（白玉）」であり、また、巻七・一二〇六番歌の第三句「依来十方」（元・紀）は、春日本・廣瀬本が「土万」と共通する一方で、古葉略類聚鈔には「共而」とある、とのごとくである。

吉永登「古葉略類聚鈔考[26]」、や田中大士「春日本万葉集と古葉略類聚鈔――中臣祐定の万葉学――[27]」は、こうした春日本と古葉略類聚鈔との間に見える異同を、春日本の誤りを古葉略類聚鈔が他本の本文により校訂した結果と見る。古葉略類聚鈔が参照した本とは一体どのようなものであったのだろうか。

巻六・一〇六七番歌第一句「浜清」の訓を見ると、春日本には「ハマキヨノ」、古葉略類聚鈔には「ハマキヨミ」――類聚古集には「はまきよく」――とある。吉永論文はこの点について、「(古葉略類聚)鈔の訓「ハマキヨミ」は、現存諸本に於ては、仙覚系統の諸本のみが有する訓で、青字にはなつてゐないが新しい訓と云ふべく、……意をなさぬ春日本の「ハマキヨノ」を改めたものと見られる。」と、当時にあっては合理的な説明を与えているのだが、その後、発見された廣瀬本の訓は古葉略類聚鈔と一致しており、古葉略類聚鈔独自の改変でないことが明らかとなった。古葉略類聚鈔と廣瀬本との訓の一致は、果たして、同じ非仙覚系片仮名訓本に属することによるのか。あるいは、それを越えた、より直接的な関係が想定し得るのか。次節以下、古葉略類聚鈔が廣瀬本と同系統の本文や訓を受け継いでいる可能性を探ってみよう。

5 古葉略類聚鈔と廣瀬本（巻十一以降）

では、古葉略類聚鈔の本文が廣瀬本に類似する例を具体的に見ていこう。

巻九の古葉略類聚鈔の本文や訓に、廣瀬本と一致する例は多く見出せるものの、

○巻九・一六七一番歌の第一句「湯羅乃前」の「羅」を欠く…藍・類・壬・古・廣。
○巻九・一六八五番歌の第三句「玉藻鴨」の「藻」を欠く…藍・類・壬・古・廣。
○巻九・一七〇〇番歌第五句「鴈相鴨」の「鴈」を欠く…藍・類・壬・古・廣。

のごとく、藍紙本・類聚古集・伝壬生隆祐筆本など他の非仙覚本とも共通しており、古葉略類聚鈔と廣瀬本との直接的な関わりをこれらの例から推し量ることはできない。しかしながら、古葉略類聚鈔と廣瀬本との近さを感じさ

せる次のような例が存す。
○巻九・一七三四番歌の第二句「（高嶋之）足利浦乎」の訓「アシリノウミヲ」（古）。藍紙本・廣瀬本書入（合点「或」）とのみ共通。夫木抄も。古の本文左の訓「アシタリノウラヲ」は廣瀬本本行訓とのみ一致。類は「あしたりのうみを」。
○巻九・一六八六番歌の第一句「孫星」の諸本訓は「ひこほしの」（藍・紀・壬・類）。古と廣のみ本文は「孫皇」、訓は「ヲホキミノ」（廣は「オ」。古は本文左に「可考　ヒコホシトアリ」、廣は訓右に「（合点）ヒコホシノ」）。
以下、古葉略類聚鈔と廣瀬本のみが一致する例について、特にそれが目立つ巻のいくつかを取り上げて、具体的に用例を見たい。

まず、巻十一の例で古葉略類聚鈔の本文・訓と廣瀬本のそれとが一致する箇所を挙げる。

【巻十一】

（本文）

二五八二　第四句「小童言為流」類・嘉／「少童言為流」古・廣
二七四七　第二句「塩津乎射而」類・嘉／「塩津之射而」古・廣
二六四四　第三句「壊者」類・嘉／「懐者」古・廣
二六五五　第四句「妾哉将通」類・嘉／「妾哉将通去」古・廣
二七八二　第四句「名延之君之」類・嘉／「名延之君乎」古・廣
二八四〇　第五句「瀧毛動響二」類・嘉／「瀧動響」（「毛」と「二」を欠く）古・廣

（訓）

二四三四　第五句の訓「恋而死鞆」の訓

「こひてしぬとも」類・嘉／「コヒハシヌトモ」古・廣

二七四七　第五句「不相将有八方」の訓

「あはざらめやは」類（右に「も」）／「あはざらめやも」嘉／「アハザラムヤモ」古・廣

二七五九　第三句「採生之」の訓

「つみはやし」類／「かりはやし」嘉／「トリヲホシ」古・廣（廣は「オ」）。

二七六三　第五句「吾忘渚菜」の訓

「わがわすられぬをな」類（「ぬ」墨消）／「わがわすれめや」嘉／古は本文片仮名書き、訓は「ワレワスレスモ」。
廣は本文「吾忘諸毛」、訓は「ワレワスレスモ」右に「（合点）メヤ」。

二八四〇　第一句「幾多毛」の訓

「いくばくも」類・嘉／「コチタクモ」古・廣、廣は訓の右（訓冒頭）に「（合点）イクハク」。

以上のごとくである。但し、巻十一にも古葉略類聚鈔と廣瀬本の訓の一致しない例がある。書写の際の誤脱とは考えにくい異同のある例のみを以下に挙げる。

（一致しない例）

二七四六　第一句「にはきよみ」類・嘉・廣／「ニハキヨキ」古

二七四六　第二句「おきこぎいづる」嘉／「をきへこぎいづる」類／「オキヘヲコギイヅル」廣／「ヲキヘコギイデ、」古（「デ、」ミセケチ「ヅル」）。

二七四六　第五句「こひもするかな」類／「こひをするかも」嘉／「こひもするかも」元・古／「コヒヲスルカモ」

廣

次に、巻十三の古葉略類聚鈔と廣瀬本の本文一致例を挙げる。

【巻十三】

（本文）

三二二六　第一句「沙邪礼浪」天・類／「沙耶礼浪」古・廣

三二二六　第五句「無蚊不怜也」天・類／「無蚊不恰也」古・廣

三二三三　第二句「瀧動々」元・天・類／「瀧動」古・廣

三二三三　第五句「妹見西巻欲白浪」元・天・類／「妹見面巻色欲白玉」古・廣

（訓）

三二八七　第五句「不相在目八方」の訓

「あはざらめやも」元・天／「アハザラメヤハ」古・廣

巻十三については古葉略類聚鈔の現存採歌数が二十八首のみであるにもかかわらず、本文第五例のごとき誤字衍字を含む特徴的な用字の一致が複数見られることは注目に値する。その一方で、一致しない例も多く、訓については特に廣瀬本はもとより、その他の写本とも異なる独自の訓が目立つ。

（一致しない例）

三二五七　第二句「自此巨勢道柄」元・天・類・廣／「此自」古

三二七九　第五句「事者棚利」天・類、天右に「或本「知」讃本也」（『校本万葉集』による）／「事者棚和」元、右に赭で「知」。／「事者棚梨」古／「事者棚知」廣

三二七九　第五句「事者棚知」（第四字…元「和」、天・類「利」、古「梨」）の訓
「ことはたななし」元／「ことはたなり」類／「ことはたなしり」天・廣／「コトハタナナシ」古
三三二六　第五句「無蚊不怜也」の訓
「なきがわびしさ」天・類・廣／「ナキガカナシサ」古、本文左に「ワビシサ」。
三三二九　第二句「不衝毛吾者」の訓
「つかでもわれは」元・天・廣／「ツカズモワレハ」古
三三四〇　第一句「母父裳」の訓
「ちちははも」元・天・類・廣、元は右に赭で「ハハチチ」／「ハハチチモ」古

続けて巻十九における古葉略類聚鈔と廣瀬本の本文・訓の一致例を挙げる。

【巻十九】
（本文）
四一四三　題詞「攀折堅香子……」元・類・春／「攀柳堅香子……」古・廣
四一四三　第四句「寺井之於乃」元・類／「寺井之上乃」古・廣
四一五二　第三句「都婆良可尓」元・類／「都波良可尓」古・廣
四一六二　第五句「念日曽於保伎」類／「曽」を欠く…元・古・廣
（訓）
四一四三　第四句「挹乱」の訓「クミマヨフ」元赭・類・古・廣／「クヒマカフ」春
四一五二　第五句「大夫之徒」の訓「ますらをのため」元・類・古・廣

四二五六　第二句・三句「君之三代経 仕家利」の訓

「きみがみよまでつかへけむ」元・類／「（みよ）へ（て）」元赭／「キミガミヨマデツカヘケリ」古・廣、古は本文左に「ケム」。

その一方で、巻十九にも古葉略類聚鈔と廣瀬本の本文・訓の一致しない例が複数見える。

（一致しない例）

四一五六　第一句「古昔尓」元・類・廣／「昔古尓」古

四一六二　第五句訓「おもふひぞおほき」元・類／「ヲモフヒヲホキ」古／「オモヒゾオホキ」廣

四二七四　第四句「国所知牟等」「くにさかえむと」元・春／「くにしらしむと」類／「クニシラセムト」古・細／「クニシラレムト」廣

四二七三　第四句「都可倍麻都礼婆」元・類／「都可倍麻都礼者」古／「都可倍麻都礼波」廣

巻十九収載の訓については、非仙覚本間での揺れは少なく、訓から古葉略類聚鈔と廣瀬本との直接的な関係を推し量ることは難しい。本文に関しては、題詞などを含め、他の本とは異なって二本にのみ共通する点が目立つ。平仮名訓本と片仮名訓本との対立と見えなくもないが、右に挙げた巻十九の本文第一例・訓第一例（いずれも春が異なる）、訓第三例（元赭が異なる）といった例や、本節⑤冒頭五例目に挙げた巻九・一六八六の本文と訓などは、片仮名訓本としての一致を越えた、古葉略類聚鈔と廣瀬本との本文の近しさを示しているように見える。古葉略類聚抄が廣瀬本系統の本文を部分的に取り込んでいる可能性は高いといえる。

⑥ 古葉略類聚鈔と廣瀬本（巻十以前）

このように、巻十一以降の訓字主体歌巻の歌について、古葉略類聚鈔と廣瀬本との本文・訓の共通が目立つのだが、特に巻十以前の古葉略類聚鈔の訓本行や書入には、以下のように、廣瀬本はもとより他の本にも見えない独自本文や訓も多く見える。

○巻三・二七八の第四句「髪梳乃小櫛」の訓

古本文右に「カミケヅリノコグシ」、左に「(カミ)ケヅルクシ」／「かみけづりのをぐし」類・紀／「クシゲノヲグシ」廣

○巻三・四二八の第二句「泊瀬山之」の訓

「トマセノヤマニ」古／「はつせのやまの」類・紀・廣

○巻六・一〇一八の第五句「不知友任意」の訓

古本文の右に「シラズトオモフヲ」、左に「シラジトヲモフヲ」(ミセケチ)／「しらずともそを」元／「シラズトモソモ」紀。類は歌なし。細・廣はこの七字なし、右に「或シラズトモソ(フ?)ヲ」。

○巻七・一一三八の第二句「船令渡呼跡」の訓

古本文の右に「フネワタシコト」、左に「(フネ)ワタセヨト」。本文右訓は現存諸本に見えない訓。

はやく巻一に残る伝冷泉為頼筆本と古葉略類聚鈔の訓を比較し、冷泉本と古葉略類聚鈔が同系統の本であるとしたのは、田中真由美「古葉略類聚鈔の系統に関する一考察[28]」であるが、田中の示す両本共通の訓はすべて九首の長

歌に残る長歌訓であり、短歌訓まで含めると、次のように古葉略類聚鈔の訓と伝冷泉為頼筆本の訓に異なる点が見えるのもまた事実である。

○巻一・八番歌第一句「熟田津尓」の訓

「ナリタツニ」類・古・紀

「ウマタツニ」**冷**・**廣**

「ムマタツ」元赭・類書入（或本）

○巻一・一四番歌第四句「立見尓来之」の訓

「たちみつきにし」元

「タケテミニコシ」**古**

「たちみにきにし」類・**冷**・紀・**廣**

「タチテミニコシ」元朱書入・類書入・冷書入・廣書入（すべて「或本」）

○巻一・一八番歌「情有南畝」の訓

「ココロアラナム」元・紀・類・**古**・**廣**

「ココロカクナム」**冷**

ただし、巻十以前の巻において、古葉略類聚鈔が廣瀬本と異なる訓を示す場合でも、本行以外の訓が廣瀬本と一致する場合が少なからず認められる。

○巻五・八八三番歌の第一句「於登尓吉岐」の訓

「オトニキク」春・細・廣・古訓右。

○巻三・二九一番歌の第三句「之努波受而」の訓

「シヌハズテ」紀・廣訓右訓（合点）・古左訓
○巻三・二九一番歌の第五句「木葉知家武」の訓
「コノハシケルモ」紀・廣・古左訓
○巻六・九四七番歌の第二句「塩焼衣乃」の「衣」訓
「キヌノ」元・類・紀／「コロモ」細・廣・古左訓
○巻七・一一四〇の第五句「宿者無而」の訓
古本文は「宿者ナクシテ」。古本文左訓「ヒトハナクシテ」は元暦校本・廣瀬本と一致。古本文右訓「トモナシニシテ」は廣瀬本訓左訓（合点）とのみ一致。

右のうち特に本行以外の訓が一致する右の第一例、第五例などを見ると、底本とは言えないまでも、廣瀬本の祖本の本文や訓が校合に利用されることがあったと見てよいように思われる。

また、古葉略類聚鈔の歌順は基本的に万葉集に沿うのだが、巻第九の七丁ウに見える巻七・一二〇九・一二一〇・一二〇八・一二一三の配列は廣瀬本のそれと一致する。かかる配列も両者の関係を示唆していよう。

7 古葉略類聚鈔の本文と訓

では、古葉略類聚鈔と中臣祐定の書写なる春日本の本文とは、どの程度近しいのだろうか。春日本の本文は部分的にしか残っていないが、先に見た巻十九・四一四三番歌の題詞の異同のあり様や、同じ歌の第一句の訓が、「モノノヘノ」春／「モノノフノ」元・紀・古・廣のごとく、古葉略類聚鈔と廣瀬本が共通する一方で春日本の訓が異なるという事実をふまえれば、少なくとも巻十九冒頭に関しては、古葉略類聚鈔との本文と訓は、春日本よりも廣瀬本に近く、春日本を介した形跡は見当たらない。

巻十九冒頭の春日本本文の乱れと捉えることもできようが、見てきたように他の巻にも、巻五・八八三第一句訓、巻六・九一〇第四句本文、巻六・一〇六六第二句訓、巻七・一二〇三第五句訓、巻六・一〇六七第一句訓、巻十九・四一四三題詞、巻五・八八三第一句訓など、春日本と古葉略類聚鈔との本文や訓が異なる箇所が少なからず見出されるのであり、古葉略類聚鈔の底本を春日本であるとするには疑問が残る。

類聚古集についても同様である。古葉略類聚鈔を類聚古集の編成替えと見ることを否定した橋本進吉「建長二年書写本古葉略類聚鈔解説」(29)の説を受けて、吉永登「古葉略類聚鈔考」(30)は、改めて、標目や題詞・左注を検討し、古葉略類聚鈔が類聚古集の再編成であったとの見方を示しているが、氏の調査をもってしても、本文や訓については、「古葉略類聚鈔の編者は、類聚古集の訓を一応注意していることは認められても、原則としては採用していない」と、本文や訓から直接的な関係を見出すことはできなかった（ただし、吉永論文は古葉略類聚鈔の底本は片仮名傍訓本であったと見通す）。古葉略類聚鈔の校合書入れの八割以上に中山本類聚古集の訓が残っているということも、(31)古葉略類聚鈔編纂に類聚古集が参照されたには違いないが、底本ではなかったことを示唆する。

山崎福之は、

> 広と特定の一本との共通という観点で見ると、類とは意外に少なく、三四一六「かほよか」（諸本「かほやか」）くらいしか確認できない。これに対して古の方が、一二六〇「キマホシ」の共通性があるばかりか、先に示した一二五五「いろとり」（元類紀「ふかいろ」）があった。また二五〇三「ゆかのうへさらす」も、……広と古が「ユカノウヘサラス」と一致する。

として、廣瀬本と古葉略類聚鈔との近さに注目し、古自体については、類ほどにはまだ詳細な研究がなされていないのが現状であるが、広との比較という点では、片カナ訓本としてより多くの共通性を窺う可能性があることを考えていく必要があろう。

と指摘する。[32] しかしながら、以下の事柄を勘案すると、非仙覚系・片仮名訓本群としての近さを越えたより直接的な関係（具体的には、廣瀬本の祖本の本文や訓が古葉略類聚鈔に取り込まれている可能性）を想定してよいように思われる。

田中大士「春日本万葉集と古葉略類聚鈔――中臣祐定の万葉学――」[33] によると、現存の古葉略類聚鈔には重出歌が四十例見え、うち二十三例で訓や本文が異なっており、諸本に参考にすべき異文があれば、それらを積極的に取り込もうとする態度が見えるという。例えば、巻七・一三八六番歌の第三句「水手出去之」（元・紀）は、春日本・古葉略類聚鈔・廣瀬本に「水手出吉之」とあるが、古葉略類聚鈔はこの歌を重複して載せており、もう一首の歌では「水手出雲之」のごとく類聚古集と本文が一致している。田中の言うように、古葉略類聚鈔には底本の本文にこだわらず諸本に参考とすべき異文があれば積極的に取り込もうとする姿勢が見て取れるのだが、その中に、定家の手に伝わった万葉集が含まれていたであろうことは、見てきたような古葉略類聚鈔と廣瀬本の本文・訓との一致例に加えて、廣瀬本とは異なっていても、承元三年（一二〇九）定家撰述の『五代簡要』に残る万葉歌と一致する例が存することからうかがい知ることができる。[34]

○巻七・一三五二の第二句「湯谷絶谷」（廣「絶谷」ナシ、古第四字「谷」ナシ）

『五代簡要』は「ゆたのたゆたに」で、古の訓「ユタノタユタニ」と一致。他の非仙覚本は「ユタニタユタニ」（元・類・紀・廣）。

○巻七・一二一三の第二句「事西在来」

『五代簡要』は「ことにしありけり」で古・紀の訓「コトニシアリケリ」と一致。類は「ことにそありける」、廣は「コトニサハケル」（右に「或（合点）ニシアリケル」）。

○巻一九・四一五〇の第三句「射水河」
『五代簡要』は「いつみ河」で古の本文左訓「イツミ」と一致。類・廣「いみつかは」（廣はカタカナ）。元は「いへみかは」、右に緒で「（い）ミツ」。

ただし、第三例は元に「いへみ」とあり、他の本にも広く「いつみ」とあった可能性は残る。

類聚本であり、本文が漢字でなく片仮名書きされた箇所も多いことから、これまで諸本研究の中であまり重要視されることのなかった古葉略類聚鈔であるが、俊成あるいは定家の手元にあった万葉集本文あるいは訓を伝える可能性のある伝本のひとつとして、改めてその価値が見直されるべきではないかと思われる。

【注】

1 田中大士「長歌訓から見た万葉集の系統―平仮名訓本と片仮名訓本―」（『和歌文学研究』第八九号、二〇〇四・一二）
2 木下正俊・神堀忍「廣瀬本万葉集概要」（『文学』第五巻二号、一九九四）
3 木下正俊「廣瀬本万葉集―その後のことなど」（『万葉』一五六号、一九九六）
4 木下正俊「廣瀬本万葉集について」（『万葉集の諸問題』一九九七）
5 神堀忍「廣瀬本万葉集あれこれ」（『万葉集の諸問題』一九九七）
6 田中大士「広瀬本万葉集の信頼性」（『和歌文学研究』第九一号、二〇〇五）
7 乾善彦「テキストとしての廣瀬本万葉集」（『古写本の魅力』高岡市萬葉歴史館叢書二八、二〇一六）
8 北井勝也「嘉暦伝承本万葉集の本文について」（『国文学』第七八号、一九九九）
9 山崎福之「「定家本萬葉集」攷 一―冷泉家本『五代簡要』書入と広瀬本」（西宮一民編『上代語と表記』おうふう、二〇〇〇）
10 山崎福之「「定家本萬葉集」攷 二―冷泉家本『五代簡要』の周辺―」（『上代文学』第八九号、二〇〇二）
11 山崎福之「「俊成本万葉集」試論―俊成自筆『古来風体抄』の万葉歌の位置―」（『美夫君志』第五三号、一九九六）
12 五月女肇志『藤原定家論』（笠間書院、二〇〇一）

13　渡邉裕美子「部類万葉集」（『明月記研究』六号・解説、二〇〇一）
14　池原陽斉「『萬葉集』本文校訂に関する一問題―類聚古集と廣瀨本を中心に―」（『文学・語学』第二一三号、二〇一五）
15　小川靖彦「「書物」としての萬葉集古写本―新しい本文研究に向けて（「継色紙」・金沢本万葉集を通じて）―」（『萬葉語文研究　第七集』、二〇一一）
16　小川靖彦「仙覚の本文校訂―『萬葉集』巻第一・巻第二の本文校訂を通じて―」（『青山語文』第四二号、二〇一二）
17　佐佐木信綱編『春日本万葉集残簡』（竹柏会、一九三〇）
18　『校本万葉集　十　増補』（岩波書店、一九三二）
19　佐佐木信綱『万葉集の研究　第二』（岩波書店、一九四四）
20　『校本万葉集　十一～十六　新増補』（岩波書店、一九八〇～八一）
21　『校本万葉集　十七　諸本輯影』（岩波書店、一九八二）
22　田中大士「春日本万葉集の再検討」（『文学』第十巻第四号、一九九九）、同「万葉集の新出断簡」（『日本女子大学紀要文学部』第六七号、二〇一八年三月）
23　田中大士『春日懐紙』（汲古書院、二〇一四）
24　田中大士「春日本万葉集の性格」（『春日懐紙』所収）
25　吉永登「古葉略類聚鈔考」（『国語国文』第一六巻第三号、一九四七、同『万葉―通説を疑う』所収）
26　吉永前掲（注25）論文
27　田中大士「春日本万葉集と古葉略類聚鈔―中臣祐定の万葉学―」（『高岡市萬葉歴史館叢書28古写本の魅力』、二〇一六）
28　田中真由美「古葉略類聚鈔の系統に関する一考察」（『国文学』第六一号、一九八四）
29　橋本進吉「建長二年書写本古葉略類聚鈔解説」（『古葉略類聚鈔　附巻』一九二三）
30　吉永前掲（注25）論文
31　小島憲之「萬葉集古写本に於ける校合書入考―仙覚本にあらざる諸本を中心として―」（『国語国文』第十一巻五号、一九四一）
32　山崎前掲（注9）論文。但し、廣瀬本と類聚古集の本文や訓が少なからず一致すること、その後、池原前掲（注14）論文によって明らかとなっている。

33　田中前掲（注27）論文

34　『五代簡要』本文は冷泉家時雨亭叢書第三七巻『五代簡要　定家歌学』（朝日新聞社、一九九六）に拠った。

「萬葉精神」をめぐって

――戦争下の久松潜一・武田祐吉の萬葉論〈戦争と萬葉集〉

小松（小川）靖彦

1 敗戦後の日本文学研究の出発点

日中戦争・太平洋戦争下、「国文学」は「日本精神」の研究・普及によって「君国」に奉ずることを使命として、「国民」への古典の浸透に努めるとともに、戦争の遂行に加担した。『萬葉集』についても、久松潜一《ひさまつせんいち》・鴻巣盛広《こうのすもりひろ》・武田祐吉《たけだゆうきち》らが、「日本精神」の代表と説き、「萬葉精神」の復興を主張した。本論ではそれらの歴史的批判を通じて、現代における日本上代文学研究の〈方法〉を問い直したい。

今、なぜ戦争下における萬葉集研究や「国文学」を問題にするのか。昭和二〇年（一九四五）の敗戦から七〇年を超え、戦後の日本文学研究は多くの研究成果を蓄積し、また戦争を直接知る研究者も僅かとなって、戦争下の「国文学」とはもはや無縁であるかのように見える。

しかし、敗戦後の出発点において、戦後の日本文学研究はこれと決別して再出発したのではなかった。戦争下の「国文学」の使命が、「日本精神」の研究・普及にあることを先頭に立って主張し、それを雑誌『国文学解釈と鑑賞』

によって実践した[1]藤村作《ふじむらつくる》（明治八年〈一八七五〉～昭和二八年〈一九五三〉）は、雑誌『国語と国文学』の敗戦後最初の号の巻頭言「国家の前途」で次のように述べている（傍線は引用者。以下同）。

我等は大東亜戦争の目的を完成しよう為に、我等それ〴〵の立場に於て努力を続けて来た。しかし決して軍国主義に加担したのではない。我等は宣戦の大詔を拝して臣子の本分を尽くさう為に、前線に銃後に応分の力を尽くして来た。我等は大詔のまに〳〵国家の自存自衛と、東亜の安定と、世界の平和との為に、日本精神の昂揚に学問教育の上に於て邁進して来た。しかし決して全面的に自由主義、個人主義を排撃したのではない。

このように、戦争下の「臣下」としての自らの立場を説明した上で、敗戦後に進むべき方向を以下のように言う。

……この敗戦を契機として、こゝに新しい進展の途を選んで、新しい出発をなすべきことは、大詔の明示し給ふところであり、又総理大臣の宮殿下の仰せ給ふところで明らかである。

道義日本、平和日本、文化日本の新建設、これこそ今日からわが国家の進む目標である。軍国主義を排除して、民主主義、自由主義をわが国体に融化して、新しい政治体制を、経済機構を、その他あらゆる文化を創造し行くところに、自から国家の自存自衛も東亜の安定も、世界平和への寄与もあるであらう。[2]

「日本精神」の昂揚から、民主主義・自由主義による「道義日本・平和日本・文化日本」の新建設へと目標の大きな転換を宣言する。しかし、同時に傍線部のように、戦争下から一貫して、「国家の自存自衛」「東亜の安定」「世界の平和」に寄与しようとしてきたことも主張している。

今日の感覚では、藤村の宣言は変わり身の早さを示し、戦時も戦後も一貫した姿勢をとってきたという主張は詭弁のようにも見える。この藤村の論理を支えているものは、二重傍線部のように、「開戦の詔書」と「終戦の詔書」である。「開戦の詔書」は、米英によって「東亜ノ安定」のための積年の努力が水泡に帰し、帝国の存立も危機に瀕したため、「自存自衛」のために開戦し、「東亜永遠ノ平和」の確立をめざすことを宣言している。「終戦の詔書」は、「帝国ノ自存ト東亜ノ安定」を願い米英に宣戦したものの、「戦局必ズシモ好転セズ」、交戦を継続すれば「我ガ民族」は亡び、「人類ノ文明」をも破壊する結果となるため、ポツダム宣言を受諾し、将来のために「太平」（平和の道）を開くことを述べ、臣民に対しては、時局を混乱させて世界から信義を失うことなく、「総力ヲ将来ノ建設ニ傾ケ」、「国体ノ精華」（万世一系の天皇が神勅によって永遠に統治する国家体制の最もすぐれたところ）を発揚し、世界の進歩に遅れぬように、と命ずる。[3]

坪井秀人は、藤村の、〝大東亜戦争の完遂が軍国主義の加担ではなく、日本精神の宣揚が自由主義・個人主義の排除ではなかった〟という論理を「超論理」と批判し、「〈宣戦の詔勅＝終戦の詔勅〉という天皇の同一性、〈国体の護持〉という象徴的なからくり」を乱用して、戦時・戦後の〈我等〉の同一性を保とうとしたと捉えている。[4]

しかし、没落した下級士族の子として貧困に喘ぎながら苦学して「国文学」を修め、東京帝国大学教授にも就任し、「国家、学問」に対して強い責任感と使命感を持っていた藤村の意識に即すならば、[5]「象徴的なからくり」を乱用して詭弁を弄したのではなく、「臣民」の一人として、「開戦の詔書」と「終戦の詔書」にあくまでも〈誠実〉に応えようとしたものと考えられる。

また、非軍事エリートの「学歴貴族知識人」[6]で、しかも「学者」であった藤村には、軍事エリートが推し進めた「軍国主義」に加担したという意識は希薄であったろう。[7]さらに、西洋文化をその教養の中心に置いた「学歴貴族知識人」の藤村の中では、「日本精神」と自由主義・個人主義は共存し、それゆえに敗戦後の「民主主義」の主張（それも「国体」を前提とした）へとスムーズに移行できたのである。

以上のような、戦時と戦後の関係付け方は、決して藤村一人のものではなく、敗戦後も重鎮として日本文学研究の再出発に努めた佐佐木信綱《ささきのぶつな》・武田祐吉・久松潜一ら明治生まれの「国文学者」たちにも共有されていた。(8) 敗戦後の日本文学研究は、戦争下の「国文学」とは目標を大きく変えながらも、天皇への忠誠を支えに、それを引き継いだのであった。

今日の感覚に立って、藤村らの〝生き方〟を批判しても実りあるものとはならない。(9) むしろ、敗戦後も生き延びることになった、戦争下の「国文学」の〈方法〉を問うことが現代の日本文学研究にとっては重要である。

戦争下の「国文学者」たちは必ずしも熱狂的な国家主義者ではなかった。もしそうであったならば、その業績の批判は容易である。そうではなかった「国文学者」たちの業績の中には、戦後の日本文学研究にとって意義ある客観的な研究成果も少なからず含まれている。「日本精神」の昂揚を目的とする研究であったという理由で戦争下の「国文学」を黙殺するのではなく、また、客観的な研究成果だけを個別的に取り出すのでもなく、戦争下の「国文学」総体を見据えながら、その〈方法〉を歴史的に批判することが、今必要である。それによって、現代の日本文学研究が無意識裡に継承しているものが明らかになり、新たな日本文学研究の〈方法〉が見えてくるであろう。

本稿はこのような問題意識に立って、久松潜一の、『萬葉集』に現れた「日本精神」論と、武田祐吉の「萬葉精神」論を検討する。これらは、『萬葉集』の歌を「真情」溢れるものとして〈道徳〉的に読み、また『萬葉集』を《「日本国民」の理想像》とする論理を組み立てた。現代の私たちは、彼らの〈方法〉をどれだけ克服できているのであろうか。

2 「萬葉集＝日本精神」論・「萬葉精神」論の概況と研究状況

戦前の、『萬葉集』に現れた「日本精神」論（以下、「萬葉集＝日本精神」論）と「萬葉精神」論の主要著作を年表に整理すると次のようになる（丸数字は「国文学者」の著作、アルファベットは文学者の著作）。

①久松潜一『日本精神歌集』日本精神叢書、文部省思想局編、日本文化協会出版部、昭和一〇（一九三五）・七・一五

＊〔昭和一〇・八・三〕国体明徴声明（第一次）発表

②武田祐吉『萬葉集と忠君愛国』日本精神叢書、文部省思想局編、日本文化協会出版部、昭和一一・一・二八

＊〔昭和一一・二・二六〕二・二六事件

③久松潜一『萬葉集に現れたる日本精神』至文堂、昭和一二・一・二七

④文部省『国体の本義』文部省、昭和一二・三・三〇

⑤武田祐吉『萬葉集と国民性』日本精神叢書、文部省思想局、昭和一二・三・三一

＊〔昭和一二・七・七〕盧溝橋事件、日中戦争始まる

a中河与一『萬葉の精神』千倉書房、昭和一二・七・二一

⑥鴻巣盛広『萬葉精神』日本精神叢書、教学局、昭和一三・六・三〇

（参考）斎藤茂吉『萬葉秀歌』岩波新書、岩波書店、昭和一三・一一・二〇

⑦『文学』第七巻第一号（特集「萬葉精神」）、昭和一四・一・一
＊〔昭和一四・九・一〕ドイツ、ポーランドに侵攻、第二次世界大戦勃発
＊〔昭和一六・一二・八〕太平洋戦争開戦
b保田與重郎『萬葉集の精神 その成立と大伴家持』筑摩書房、昭和一七・六・一五
⑧実方清・森本治吉他『萬葉集の倫理（皇国文学）』六藝社、昭和一七・四・二五
⑨武田祐吉『萬葉精神』上巻、湯川弘文社、昭和一八・七・三〇

文部省思想局の秘密扱い文書「日本精神論の調査」（昭和一〇年一一月）は、「日本精神」の語が「国民」の間に急速に伝播したのは昭和六年（一九三一）秋の満洲事変以後としている。[10]『萬葉集』について「日本精神」が言われ、さらに「萬葉精神」が説かれるようになるのは、少しこれに遅れ、美濃部達吉《みのべたつきち》の天皇機関説を排除すべく、政府が国体明徴声明（第一次）を発表した昭和一〇年前後からである。以後、日中戦争・太平洋戦争を通じて、『萬葉集』は「日本精神」の代表とされ、「萬葉精神」の復興が主張されてゆく。「萬葉集＝日本精神」論・「萬葉精神」論は、戦争の時代と深く結び付いていた。その中で中心的な役割を果たしたのが久松潜一《ひさまつせんいち》と武田祐吉《たけだゆうきち》であった。

この「萬葉集＝日本精神」論・「萬葉精神」論についての専一的な先行研究は管見に入らない。しかし、昭和前期の久松の「国文学研究」に関する研究が、基本的な問題点を提示している。言語学者の安田敏朗《やすだとしあき》は、久松が「日本精神」の核を〈まこと〉として、この〈まこと〉に「道徳性」を読み込むことで、「日本文化」・「日本精神」の価値を絶対的なものとしたと捉える。そして、『萬葉集に現れたる日本精神』において、それまで『萬葉集』に「個人的精神」と同時に「国家的精神」の誕生を見てきた久松が、専ら「国家的精神」を主張するようになったと指摘する。[11]

日本近代文学・思想史研究者の笹沼俊暁《ささぬまとしあき》は、久松の「国文学研究」の方法論が、「民族の直観」に始まり、分析的検討を経て、「道徳的、宗教的」な「皇国の道」に到達することをめざしたものと整理し、それが「直観」「鑑賞」を始めとする西洋的な術語を巧妙に組み合わせて近世国学を解釈し直し、同時に西洋の学問を再解釈するものであったと捉える。(12)

日本文学・比較文学研究者の衣笠正晃《きぬがさまさあき》は、昭和前期に久松が、日本文学の理解には「日本精神」の認識と理解が不可欠と主張し、西欧的要素への警戒感をあらわにするようになったことを指摘する。(13)

これらの論は、「国文学者」たちの「萬葉集＝日本精神」論・「萬葉精神」論を捉えるポイントが、(1)『萬葉集』と〈道徳〉の結合、(2)それを論理化するための、江戸時代の思想と西欧近代思想の縫合、(3)それによる民族的・国民的精神の主張と西欧批判であることを明らかにしている。(14) しかし、これらの論の目的はあくまでも久松の「国文学研究」全体の解明にある。「国文学者」たちの「萬葉集＝日本精神」論・「萬葉精神」論を捉えるためには、その〈道徳〉とは何であったか、また、それが戦争の時代とどのように関わっていたのかに切り込む必要があろう。

以下、「萬葉集＝日本精神」論・「萬葉精神」論を代表する久松『萬葉集に現れたる日本精神』と武田『萬葉精神』上巻を取り上げ検討する。

3 久松潜一の〈まこと〉の思想

久松潜一《ひさまつせんいち》（明治二七年〈一八九四〉〜昭和五一年〈一九七六〉）は、国学者・契沖《けいちゅう》の研究を中心とする文献学的研究から出発して、文学精神の解明を目的とする批評的研究へと進み、近代的国文学研究を大成した。東京帝国大学助教授

（大正一三年〈一九二四〉〜）・同教授（昭和一一年〈一九三六〉〜）、新制東京大学教授（〜昭和三〇年〈一九五五〉）。文部省と強い繋がりを持ちながら、日本文学の普及に努めた。

『萬葉集に現れたる日本精神』は、ラジオの朝の修養講座を起こした「萬葉集に現れたる日本精神」と、雑誌等に発表した『萬葉集』に関する雑筆九章からなる「萬葉集雑考」の二部構成をとる（成立事情は「序」に拠る）。昭和一二年（一九三七）一月二七日初版、早くも三〇日には再版、二月八日には六版で、この時期のベストセラーであった(15)。

本稿で検討したいのは体系的な「萬葉集＝日本精神」論である「萬葉集に現れたる日本精神」である。その内容構成は以下である。

一　萬葉集と「まこと」／二　萬葉集と敬神／三　萬葉集と忠君愛国／四　萬葉集と親子の愛・家の尊重／五　萬葉集と自然の愛／六　萬葉集と和の精神

〝『萬葉集』は最も素樸に、最も純粋に、最も熱烈に、「日本精神」である〈まこと〉の精神を歌っている〟というのが、この「萬葉集に現れたる日本精神」の主張の眼目である。久松はこれを「一　萬葉集と『まこと』」で詳論し、その他の五章では、『萬葉集』の敬神・天皇への忠節・家の重視・自然愛・「和」の精神を、〈まこと〉の精神の発現として説明する。

そこで、この主張の眼目を詳細に検討してみたい。まず、久松は「日本精神」を次のように定義する。

……さうして日本精神は日本人が肇国《てうこく》以来有する理想であり、日本人の道である。古くから言はれて居る言葉で言へば日本魂である。もう少し具体的に申せば「まこと」の精神を根柢として、敬神と忠君と愛国の精神とが渾然と一になつて居る境地である。　（一頁）

久松と同時代の論者たちによる「日本精神」の定義を、文部省思想局「日本精神論の調査」（昭和一〇年一一月）に挙げられたものによって見渡すと、a日本人の心的特性、b日本人特有の心の活動、c日本人の理想を実現しようとする心と分類できる。[16]「日本精神」を日本人の「理想」や「道」とする久松の定義はcに属し、その中でも強い志向性・道徳性を持つものである。

また、他の論者たちが、「日本精神」の内実を、「忠義・尚武」（平泉澄《ひらいずみきよし》）、「発展性・包容性・自主性」（河野省三）などのように羅列するのに対して、〈まこと〉を根底に敬神・忠君・愛国が渾然一体となっているという久松の捉え方は体系的である。

その〈まこと〉についての久松自身による説明は以下である。

……人情もあり、而《しか》も理性から見ても正しい心である。かういふ真心《まごころ》の現れが「まこと」である。従つて「まこと」は真でもあり、善でもあるのである。かつそれは美でもあるのである。日本の文学は古来「まこと」を理想とし、こゝに美があるとして来たのである。　（二～三頁）

〈まこと〉は「真善美」の融合であると主張する。久松は「真善美」を「智情意」とも言い換えているが、「真善美」も「知情意」も西洋哲学の概念であり、「真善美」に、心の働きである「智情意」を対応させることは、既に哲学者の井上哲次郎《いのうえてつじろう》らも主張していたところである。[17] さらに、久松は日本古来の「明《あか》く浄《きよ》く直《なほ》き」心をもこれに対応させた。
しかし、久松の〈まこと〉の真の内実は、このような哲学的説明にではなく、〈まこと〉の典型とした『萬葉集』の歌の解説の中にシンプルな形で現れている（訓読と表記は、「萬葉集に現れたる日本精神」に拠る。以下同）。

たび人のやどりせむ野に霜ふらばわが子はぐくめ天《あめ》の鶴《たづ》群（9・一七九一）
御民《みたみ》われ生けるしるしあり天地《あめつち》の栄《さか》ゆる時にあへらく思《おも》へば（6・九九六）
馬買はゞ妹かちならむよしゑやし石はふむとも吾《あ》は二人ゆかむ（14・三三一七）

一首目について、「空想的な事柄を通して母の子を思ふ『まこと』の情が切々として見られる」、二首目について、「この歌をよむ時に、平明な中に国民として国の栄えをことほぎ、その中に生きる喜びを心から感じた真情が見られる」「歌全体の中に国民の『まこと』がにじみ出て居る」と説明する。三首目についての解説では、先の定義も導入する。

……これこそは萬葉集に現れた「まこと」である。自分自分の欲望をそのまゝにうたつたのでは、真の「まこと」ではないのである。他人の気持を顧み、互にゆづることによつて真の自己の実現も出来るのである。智情意の円満調和した世界、真善美の一となつた境地に於て人生の真実なる道がひらかれるのである。それが清明心であり、「まこと」であるのである。（七頁）

久松の〈まこと〉とは、〃〈他者〉（「国家」も含む）に対する、〈他者〉本位の切実な〈情〉の表現〃を言い、それを西洋哲学の用語で「真善美」の融合、「智情意」の調和と言い換えたのである。そして、久松によれば、「四千五百首に近い萬葉集の歌はかういふ『まこと』をうたつて居るのである」。

なぜ〝〈他者〉に対する切実な〈情〉〟が「真善美」の融合となるのか。久松の〈まこと〉の思想の形成過程を辿るとそれが明らかになる。昭和三年（一九二八）刊行の『上代日本文学の研究』(18)では、「日本精神」を「日本人特有の物の見方、考へ方を統一する精神」と定義し（先の分類ではａ）、〈まこと〉の精神については、「あるがまゝ、のものを、即ち真実をあるがまゝに表現する精神」と説明した。但し、それは単なるリアリズムではなく、〝あるがまま〟に道徳的意味を認めた江戸時代の賀茂真淵《かものまぶち》・小沢蘆庵《おざわろあん》の歌論、鬼貫《おにつら》の俳論などを受け継ぎ、真実を求める道徳的精神であるとした（後の「真」「善」の融合）。

昭和四年七月八日付「東京帝国大学新聞」の記事「『まこと』に就て」(19)では、江戸時代の国学者・富士谷御杖《ふじたにみつえ》の『真言弁《まことのべん》』における、「偏心《ひとへごころ》」「一向心《ひたぶるごころ》」「真心《まごころ》」という心のあり様の説明を、それぞれ、自己本位の心、抑えかねる激情、感情を理性によって抑制した心と解釈し、理想としての「真心」＝〈まこと〉を「感情と理性の調和」と読み込んで、さらにこれを「自然性と道徳性の調和」と言い換えた（後の「情」「智」・「真」「善」の融合）。

しかし、〝感情を理性によって抑制した心〟という解釈は、理性の方が感情に勝るものとなり、そのままでは等量的な「理性と感情の調和」ということにはならない。そこで、「真心」は「理性一方ではない」という独自の説明を久松は滑り込ませる。さらに「萬葉集に現れたる日本精神」では、御杖の説を「私心」「一向心」「真心」と組み換え、その中に「公心《おおやけごころ》」を呼び込み、これを〝理性的に正しい心であるが情味欠けるもの〟として退けるという操作をした。

久松にとって、〈まこと〉は、強い理性による激しい感情の統制ではなく、〝適度な理性に制御された感情の表現〟でなければならなかったのである。また、「感情と理性の調和」と言いながらも、実際には感情の方がベースであった[20]（久松は〝感情に制御された理性の表現〟ということは言わない）。

そして、「萬葉集に現れたる日本精神」で、久松は、〝あるがまま〟の感情でありながら、これに適度な理性を齎《もたら》すものとしての〈他者〉の存在を、『萬葉集』の歌から導き出したのである。なお、「真」「善」に「美」を加えたのは、「真善美」を一体とする西洋哲学に拠ったことと、久松が文学を無条件で「美」と捉えたことによると思われる。それゆえ「美」自体の考察は手薄であり、久松の〈まこと〉の中心は、あくまでも「真」「善」の融合にある。

〝〈他者〉に対する、〈他者〉本位の切実な〈情〉の表現〟という久松の〈まこと〉は、思想史的には江戸時代の儒学が主張した〈誠〉を受け継ぐものと見られる。倫理学者の相良亨《さがらとおる》によれば、〈誠〉の思想は、客観的規範に則する朱子学・陽明学と異なり、〈他者〉に対する誠実、ひいては自分に対する誠実を倫理の規範とするもので、伊《い》藤仁斎《とうじんさい》・山鹿素行《やまがそこう》の儒学に始まり、水戸学を経て、幕末志士の倫理となり、さらに近代化を推し進めた日本人の勤勉さを支えるモラルともなった[21]。

久松の一連の〈まこと〉の論は、江戸時代の国学の「真心」を援用するが、儒学の〈誠〉には言及しない。また、相良によれば、「うまれたるままの心」を意味する本居宣長《もとおりのりなが》の「真心」と、当為である〈誠〉は本来別物であった[22]。久松自身がどれほど意識的であったかは不明であるが、「萬葉集に現れたる日本精神」において、「真心」は〈誠〉と連結されることになったのである。

久松はこのように〈まこと〉の思想を組み上げることで、二・二六事件後の重苦しい空気に包まれ、また「中国一撃すべし」という開戦待望論が高まる中[23]、非常時に備え、「国民」を、天皇を始めとする〈他者〉に対する切実な〈情〉で結ばれた共同体にまとめ上げようとしたのであろう。

萬葉時代が平和な時代で、戦争の歌がほとんど見られず、近世勤王歌人の歌のような一死報国の熱情的な歌も少ないことを久松は認めている。しかし、

今日よりはかへりみなくて大君のしこの御楯《みたて》といでたつ吾《わ》れは（20・四三七三）

の歌を、「一反事あれば一切をすて、国家のためにつくし、大君のために身を鴻毛《こうもう》の軽きに比するといふ覚悟は常に有してゐた」と意図的に読み込んだところに、天皇を始めとする〈他者〉に対する切実な〈情〉の共同体を創出するという〈まこと〉の思想の意図が表れている。

太平洋戦争下、久松の〈まこと〉の思想は、「尽忠の精神こそ日本人の『まこと』である」[24]と、『戦陣訓』（昭和一六年一月、陸軍大臣東條英機示達）の主張する、死も覚悟して天皇へ命を捧げる「尽忠」にまで行き着いた。敗戦後も、久松は、〈他者〉志向性は脇に置く形で、「真情」としての〈まこと〉を、「日本文学の精神」を貫くものとして説き続けた。[25]

今日の『萬葉集』の研究や鑑賞においても、〈他者〉に対する「真情」を無意識裡に評価の基準としている。「萬葉集に現れたる日本精神」は、その評価の基準が、客観的な規範に拠らず、〈他者〉に一身に尽くすという〈道徳〉に結び付く危険性が常にあることを示している。そうであるからこそ、〈他者〉に対する「真情」さえも、『萬葉集』という歌集が創り出した「表現の型《スタイル》」であったと見る視点が必要となる。[26]

4 武田祐吉の「国民精神」という装置

武田祐吉《たけだゆうきち》（明治一九年〈一八八六〉～昭和三三年〈一九五八〉）は『萬葉集』の文献学的研究と、『古事記』の歴史性・

国家性・祭祀性・文芸性の研究を進めた。國學院大學教授（大正一五年〈一九二六〉～没年）。文部省と強い繋がりを持ちながら、日本古典の普及に努めた。

『萬葉精神』上巻は、昭和一二年（一九三七）八月から九月の台湾旅行中に、総督府の講習会で行われた四十時間に及ぶ講述の速記「萬葉集に顕現せる国民精神」（台湾総督府刊）を、太平洋戦争（「大東亜戦争」）開戦後の「国民精神」作興《さっこう》を急務とする時局のもと、大改訂して出版したものである（成立事情は「序」に拠る）。全五十三章からなる上巻のみ出版された。

『萬葉精神』上巻の趣旨は、①『萬葉集』の作者は日本民族全般に亙り、『萬葉集』に日本民族の「祖先の声」をそのまま聞くことができる、②『萬葉集』には「国民精神」の精髄が発揚されている、③『萬葉集』の特徴は純粋な感情の発露であり、それは男性・女性・家族などの「道」を示している、とまとめることができる。[27]

まず、「国民精神」に注目したい。武田は、〝『萬葉集』の歌は口誦から文字の時代の歌で、民謡俚謡的なものから純粋文筆作品に及び範囲が広い〟〝『古事記』『日本書紀』と異なり、韻文である『萬葉集』は古人の声に直に触れることできる〟と極めて穏当に『萬葉集』を捉えている。ところが、それが「国民精神」を示すものであると飛躍するのである。

武田の「国民精神」の主張を端的に示しているのは、大伴家持の長歌（18・四〇九四）に引かれた大伴氏の言立《ことだ》て「海行《ゆ》かば水《み》づく屍《かばね》山行かば草むす屍大皇《おほきみ》の辺《へ》にこそ死なめ顧《かへり》みは為《せ》じ」（訓読と表記は『萬葉精神』上巻に拠る。以下同）についての解説である。

……茲《ここ》には偶々《たまたま》大伴氏の祖先の歌として伝はつて居るけれども、我が国民の祖先の歌だと云ふことも出来る。軍事を以つて奉仕する人々が特にかやうな歌を歌つて奉仕したといふことは、日本国民としての精神を現して居るのである。特に此の歌一首には限らない。まだいくらもかやうな歌があつた筈である。それらは、不幸にして遺つてゐない。
（二〇五～二〇六頁）

武田が『萬葉精神』上巻において「国民精神」の中心に置いたのは「国家への忠誠」「君国への奉仕」であった。その現れを大伴氏の言立てに見て取り、この他にも「国家への忠誠」「君国への奉仕」の歌があったはずとする。大伴氏の言立ては、あくまでも天皇の側近であった大伴氏に固有のものである。そもそも『萬葉集』の歌人たちは、近代の日本人に直接繋がる「祖先」ではない（ネイティブ・アメリカンの、血が繋がり、系譜の辿れるような「祖先」ではない）。武田は「国民精神」という装置を設けることで、その距離を一挙に飛び越え、「国民」の祖先の理想像を『萬葉集』に強引に見出そうとしたのである。

ところで、『萬葉精神』上巻は、「ますらをの道」（義烈の士として名を立てること。「丈夫」としての教養、修練の道）、「たをやめの道」（剛毅な気魄を柔和な徳でつつむ女子の道）、妻に対する「夫の道」、「妻の道」「母の道」「日本婦人の道」、「男子としての子どもに対する道」、「親の子を思ふ道」、「祖先を崇拝する道」、「子孫に向かつて範を垂れる道」、「国民陶冶の道」（自然に対する愛情）など、様々な「道」を言う。

それは、例えば、

梓弓《あづさゆみ》末は知らねどうつくしみ君に副《たぐ》ひて山路《やまぢ》こえ来《き》ぬ（12・三一四九）

についての、以下の解説のように説かれる。

……人間の世界のほとんど有らゆる相が茲《ここ》に描き出されて居ると言つても過言ではない。それらの歌の根柢をなして来るものは、要するに男子にあつては男子の道であり、婦人にあつては婦人の道である。それぞれ立派な道である。すべてのものに対して美しい心を持つて相対し合つて居る。それが男子に依り、又は女子に依りそれぞれ道がしばらく分れて見えるだけのもので、其の心の底には、しつかりした所を持つて居る。一旦事ある時にはそれが国民精神の華となつて発揚するだけの気魄はあるが、平素はそれを包んで居る。（一一六頁）

〈他者〉を思いやる「美しい心」（他所では「純粋な感情」）がそのまま「道」となり、非常時に「国民精神」として発揚すると言う(28)。

武田は『萬葉精神』上巻に先んずる『萬葉集と忠君愛国』では、「臣下の道」「臣道」「誠心誠意をもつて奉仕する道」を、『萬葉集と国民精神』では、父母に対する人の子たる道、「人としての道」（貧窮問答歌について）を挙げるに止まっていた。しかし、『萬葉精神』上巻では、それを男性、女性、夫婦、親子、祖先と子孫、対自然にまで拡大し、身分・地位や職業に関係なく、「国民」全てに通ずる日常生活の基本的な場面に「道」を見ようとしたのである。

武田は、『萬葉集』の歌に現れた「国民精神」を明らかにすることは、「今日の国民精神を明《あきらか》に」し、「事に依れば眠つてゐるかも知れない国民精神の一部を呼び覚ます」こととする（二五頁）。

元来国民精神は、国民として平常から十分に持つて居るべき筈のものである。国家非常の時に際してはどのやうにでも熱烈な精華を発揮するけれども、それは非常の出来事である。国民精神の涵養は、平常よりしてなさるべきである。急な場合に臨んでその精神を発揚することは望ましいことであるけれども、平常からこれを

涵養して置かなければ間に合ふものではない。（四一頁）

三一四九番歌の解説を参照するならば、平常からの「国民精神」の涵養は、具体的には「道」の修養に努めることになると思われる。武田によれば、〈他者〉に対する「純粋な感情」は『萬葉集』の歌に本来自然に具わっているものであった。しかし、それを「道」と名付け（「人倫の道」という言い方も見える）、後代の者が修養すべきものと説明するならば、それは直ちに人が踏み行うべき〈道徳〉となる。

『萬葉精神』上巻の「序」の日付は昭和一八年（一九四三）七月である。この年の四月には聯合艦隊司令長官・山《やま》本《もと》五《い》十六《そろく》が戦死し、五月にはアッツ島守備隊が全滅し、戦局に対する大きな不安が「国民」を覆い始めていた。武田は『萬葉集』の「国民精神」を呼び覚まし、困難な戦局に立ち向かう覚悟と勇気を「国民」に与えることを願ったことであろう。『萬葉集』の歌の「純粋な感情」は、『萬葉精神』上巻においても、久松潜一の〈まこと〉同様に、戦うための〈道徳〉となったのである。

今日の研究においては、『萬葉集』を「国民」の「祖先の声」とし、これに「国民」の理想像を求めることは否定されている。その一方で、研究や鑑賞において、言葉を和らげながらも、萬葉時代と現代の距離を飛び越えて、『萬葉集』を《日本人の心のふるさと》とする見方も依然として行われている。「日本人」ということに無条件に寄りかかって『萬葉集』を古典とするのではなく、「日本人」の「エスニシティ」（民族性）も考慮に入れつつ、普遍的な文学としての『萬葉集』の意義を捉える〈方法〉が、今後模索されねばならない。

【注】

1　『国文学解釈と鑑賞』第一巻第一号（一九三六・六）の藤村の巻頭言「われらの主張」に、「われらの君国に奉ずる任務は、日本文学の研究、普及を措いてはないとするものである」、「こ、にわれらの解釈と鑑賞とを、多数同胞の前に披陳して、これを透して、この宝庫（引用注、「日本精神」の宝庫としての日本文学）をのぞかしめ、この自画像（引用注、「日本国民の自画像」）のコピーを見て貰ひたいと期するものである」とある。

2　藤村作「国家の前途」『国語と国文学』第二二巻第八号、一九四五・一一。

3　「開戦の詔書」「終戦の詔書」の本文は、文藝春秋編『終戦の詔書』（文藝春秋、一九九五）に拠る。なお、「総理大臣の宮殿下の仰せ給ふところ」は「終戦の詔書」を敷衍した東久邇宮稔彦《ひがしくにのみやなるひこ》首相の施政方針演説（一九四五年九月五日）を言うのであろう。

4　坪井秀人「〈国文学〉者の自己点検―イントロダクション―」『日本文学』第四九巻第一号、二〇〇〇・一。

5　藤村の経歴・学問観・教育観・民族意識については、藤村『ある国文学者の生涯』（角川新書、角川書店、一九五六）参照。

6　「学歴貴族知識人」の用語、および軍事エリート・非軍事エリートという捉え方は、竹内洋《たけうちよう》『〈日本の近代12〉学歴貴族の栄光と挫折』（中央公論新社、一九九九）に拠る。

7　仙台陸軍幼年学校の漢文担当の元文官教官・宇山岩城《うやまがんじょう》（昌宏）も、「われわれ文官教官の多くは、文科系統学校の出身であって、文科的教養教育をやったけれども、軍国主義や、侵略的思想教育をやった覚えはなく、至誠、尽忠の教育をやったと思っている」と言っている（松下芳男編『山紫に水清き《仙台陸軍幼年学校史》』仙幼会、一九七三）。非軍事エリートとしての自負と、連合国軍最高司令官総司令部（GHQ）による戦前の国家体制に対するmilitarismというレッテルへの反発があったのであろう。そもそも「開戦の詔書」「終戦の詔書」も「軍国主義」を言っていない。しかし、客観的に見て、藤村や宇山が戦争の遂行に加担したことは事実である。

8　例えば、佐佐木は戦後間もない『萬葉集より』（日本叢書、生活社、一九四六）で、「今や吾等は、新たなる日本を建設し、新たなる日本文化を創造すべく、一刻も忽《ゆるが》せにすべからざる時に直面してゐる」と記した。なお、その一方で、「国体、日本精神ノ本義ニ基キ」「我ガ国独自ノ学問」を創造することを目的とする日本諸学振興委員会（一九三六年創設）の国語国文学会が一枚岩ではなく、時局と関わらない考証的研究発表や、時局への追随を婉曲に批判する若手の研究発表もあった（駒込力・川村肇・奈須恵子編『戦時下学問の統制と動員 日本諸学振興委員会の研究』第三章・国語国文学会、東京大学出版会、二〇一一）ことも念頭に置いておきたい。

9 「国文学者」たちの〝生き方〟を、「戦争責任」の観点から問うものに村井紀《むらいおさむ》「国文学者の十五年戦争❶❷」（『批評空間』第Ⅱ期第一六号、第一八号、一九九八・一、七）がある。その問題意識にもかかわらず、「国文学者」の個人的事情の詮索・暴露にのめり込んでしまっているところに、〝生き方〟を問うことの難しさが表れている。

10 文部省思想局「日本精神論の調査」は、思想調査資料集成刊行会編『文部省思想局思想調査資料集成』第十一巻（日本図書センター、一九八一）所収の複製に拠る。

11 安田敏朗『国文学の時空 久松潜一と日本文化論』三元社、二〇〇二。

12 笹沼俊暁「久松潜一と国文学研究―昭和戦前・戦中期における国学論と『鑑賞』論をめぐって―」『史境』第四五号、二〇〇二・九。

13 衣笠正晃「国文学者・久松潜一の出発点をめぐって」『言語と文化』第五号、二〇〇八・一。

14 萬葉集研究者の発言としては、斎藤茂吉の「日本精神」論を文部省教学局的『萬葉集』像への反発と位置付けた品田悦一《しなだよしかず》の論（「万葉集に託されたもの―国民歌集の戦中と戦後」『帝国の和歌』〈和歌をひらく 第五巻〉、岩波書店、二〇〇六）を見るに止まる。

15 架蔵本によれば、昭和一四年八月一九日七版、昭和一六年一一月二九日八版。

16 文部省思想局注（10）書。例えば、aは「忠君愛国の精神」（清原貞雄『日本精神概説』）、bは「大日本皇国の国体に宿つてゐる精神」（黒板勝美『日本精神に就て』）、cは「日本国体を尊重敬愛し、その理想を実現せんとする精神」（緋田工『日本精神新講』）。

17 井上哲次郎『岩波講座哲学 明治哲学界の回顧』岩波書店、一九三二。

18 久松潜一『上代日本文学の研究』序説・日本文学の精神、至文堂、一九二八。

19 久松潜一「『まこと』に就て」「東京帝国大学新聞」第三〇四号、一九二九年七月八日付。

20 久松は日本文学を「情」を中心とした文学と捉えていた（『日本文学の特質』日本文化協会、一九三七）。
21 相良亨「日本人の心」『日本人論』相良亨著作集5、ぺりかん社、一九九二。
22 相良「日本人の心」（注（21）書）。
23 半藤一利『昭和史 1926-1945』平凡社ライブラリー、平凡社、二〇〇九。
24 久松潜一「皇国文学を貫くもの」『国文学解釈と鑑賞』第九巻第三号、一九四四・三。
25 久松潜一『日本文学と文芸復興』民生書院、一九四七、『新訂国文学通論 方法と対象』河出書房、一九五一。
26 トークィル・ダシー氏は、妻の死を詠む歌（9・一七九七）が皇族の死を悼む歌（1・四七）に転用されるところに、『萬葉集』の個人的感情表現と見えるものも、実は天皇の統治する世界の中での感情表現であったという刺激的な問題提起をした（青山学院大学文学部日本文学科主催講演会「古代日本の世界像と万葉集」二〇一六年一一月一九日。その講演録『『万葉集』における帝国的世界と「感動」』〈笠間書院、二〇一七〉）。
27 『萬葉精神』上巻で「萬葉の精神」「萬葉精神」の語は各1例で、〈『萬葉集』に顕現した「国民精神」〉と同義である。
28 『萬葉精神』上巻における「国民精神」と「道」の関係は必ずしも明瞭ではない。「我が国民精神として、祖先を崇敬する道がある」（一八九頁）という発言もある。

〔補記〕本稿入稿（二〇一七年一月）後に、木下宏一「近代日本の政治的文学者と国文学的ナショナリズムの諸相─沼波瓊音、三井甲之、久松潜一の学問と思想」（二〇一六年度九州大学大学院博士論文）を知った。この博士論文を基に、二〇一八年四月に『国文学とナショナリズム 沼波瓊音、三井甲之、久松潜一、政治的文学者たちの学問と思想』（三元社）が刊行された。木下は、沼波を通じて、久松が〈まこと〉の思想の淵源の一つとして鬼貫を見出したこと、そして、沼波の没した昭和二年頃から、沼波・三井の思想を取り込みつつ、「国文学」から「新国学」の創造に軸足を移していったことを明らかにした。久松の〈まこと〉の思想の理解は、本稿とは異なる立場に立つが、従来の「国文学研究史」的視点が看過した（本稿も無意識裡にその轍を踏んでいた）、久松に至る思想の系譜に光を当てた貴重な論として併読を乞う。また、梶川信行「『萬葉精神』から『ますらをぶり』へ─検定教科書の『万葉集』─」（『日本文学』第六七巻第五号、二〇一八・五）が発表されたが、本稿とは全く異なる見方に立つ。

VI

文字使用の分析からヨム

文字論・表記論

上代文献の総文字数は他の時代のそれと違い、有限的である。『万葉集』、『古事記』、『日本書紀』、『風土記』の総文字数の合計は約四三七六〇〇文字、異なり文字数は約四三五〇種である。これから先、大量の木簡が発見されても、これはそれほど変化しないだろう。この可算環境は、文字研究を個別論に誘導してきたように思う。しかし、可算環境は全体論の構築に適していることも忘れてはなるまい。全体論を意識しながら、個別論とどのように対峙すべきかが今後の課題となる。

万葉集の文字

井上　幸

1 漢字だけで記された万葉集

現在、万葉集のテキストとしてひろく親しまれているものは、古訓やこれまでの研究成果を盛り込んだ、漢字仮名まじりの、読みやすい本文になっているものが多い。ただし、万葉集として編まれた当時の文字使用からいえば、まだ今の平仮名や片仮名が無い時代であり、いうまでもなく、万葉集も原文は漢字だけで書かれた作品である。

しかし、一見、漢字ばかりといっても、実は、その用法は多彩で、大きくは漢字の音のみを利用するいわゆる万葉仮名用法と、意味を利用する訓字用法とに分けることができる。これは中国大陸からもたらされた外国語の文字である漢字だけを使って、日本語で歌を表そうとした工夫である。さらに、その歌の細かい情感をこめるために、単に上記のように、漢字の音と意味を、というだけの用法にとどまらず、多様な技巧が組み合わせられ、一首一首の歌が、そして、万葉集が成り立っているといえよう。実は、現代の私たちの表記（漢字仮名交じり）にしてしまっては表しきれない、その巧みさが各表記に込められているのである。万葉集を手にしたとき、どのように訓読するかは別として、ぜひ漢字だけの原文にも目を向けてもらいたい。

ここでは、文字論・表記論の観点から、万葉集に使用された漢字に焦点をあてる。また、万葉集の編まれた奈良時代の文字使用についてや、万葉集にみえる文字用法に対し、当時の文字使用の実例からその背景がうかがえるものなどを紹介する。

2 万葉集の文字・表記についての先行研究と対象資料

万葉集にのこされた漢字は、同時期に成立したとされる『古事記』、『日本書紀』とともに、当時の日本語を知ることができる数少ない資料として、言語研究の対象となってきた。その文字表記は、つとに近世の国学[1]において、本居宣長やその一門、その後の木村正辞などによって、万葉集から古事記、日本書紀が具さに観察され、古代日本語の基礎的な用法がとらえられていたといえよう。特に、万葉仮名用法の研究が一気に加速し、後世の上代特殊仮名遣いの音韻学的な研究の基礎となったのもこの時期である[2]。また、万葉集の研究基盤の整備については、明治期に入り、世々伝わってきた伝本の研究が進んだ。佐佐木信綱、橋本進吉、武田祐吉らによる『校本萬葉集』[3]が刊行され、現在でもなお、万葉集のテキストを支える基礎となっている。さらに昭和に入ってからの『万葉集大成』[4]にみるように、本文と索引、そして各テーマが体系的に述べられ、文字・表記の面では、山田俊雄「万葉集文字論序説」が提示され、現在の文字表記研究の対象と取り扱いが具体的に示されたといえる。さらに平成に入っての『新編日本古典文学全集』や『新日本古典文学大系』の刊行は、さらに良質なテキストの提供とともに、その間飛躍的に発展した研究成果が盛り込まれた注釈が施されるに至る。ここで詳しく述べるまでもないが、これらの研究データの整備によって、言語学的視点からの研究もより深化、体系化されたといえるだろう。また特に、記紀万葉の所用文字だけに限らず、ひろく古代の文字資料から、古代の書記全体を多角的にとらえられる視点が提示されるようになる。例えば小谷博泰『上代文学と木簡の研究』(5)では、具体的な表現と具体的な木簡の諸例のつながりが具体的に明示されている。さらに、漢字だけでいかに日本語を表すかという問題へのアプローチとして、例えば、犬飼隆『上代文字言語の研究』(6)はその先駆的議論であるとともに、新出の出土資料などから、一層の論証が増補されている。また、この他、乾善彦『漢字による日本語書記の史的研究』(7)では、文字表記の枠を超えた〝書記〟という体系を、漢字と日本語の関係から解き、史的展開が提示された（書記については、本書「Ⅶ国語学—書記・音韻論」項参照）。そして、この時期には、『国文学　解釈と教材の研究』のテーマ特集「文字／表記／テキスト——書くことが成り立たせた古代」(8)でも記紀万葉にとどまらず、多彩な資料に及んだ観察、議論が展開された。これらは発行からすでに十五〜二十年が過ぎようとしているものの、その視点や具体的な指摘内容は、記紀万葉などの文献資料と新出の出土文字資料とを、また、古代の中国大陸や朝鮮半島と日本の漢字使用とのはざまをよみ解くたすけを、今なお提供してくれているといえる。特に、当時の文字の姿をとどめるこれらの出土文字資料は、当時の文字使用の実態を示すとともに、伝本にのこされた文字と万葉集成立当時の文字使用との隔たりをうめるカギを握っていることは言を俟たない。

ところで、出土文字資料は、近年その出土例が急速に増加し、八世紀の平城京から出土した木簡を中心に、それより以前の七世紀の飛鳥地域・藤原京から出土した木簡もかなりの点数となっている。この七世紀の木簡については、都城のものだけではなく、特に、徳島県の観音寺遺跡から出土した「奈尓波ツ尓（後略）」と難波津の歌が書かれた木簡に、一字一音式がみられたことに注目された。近年では、これにさらにさかのぼり、現在のところ、この一字一音式表記の最古の例として、七世紀半ばの難波宮跡から出土した「皮留久佐乃（後略）」と記された木簡がある(9)。これらの存在は、助詞の類を一字一音式で明示せず、漢字の意味を利用する訓字式の表記が先であるというそれまでの研究の向きを一気にくつがえし、七世紀半ばにはすでに一字一音式表記が存していたことを証した(10)。今後も各地の出土例から、当時の文字表記の実態がより具体的に明らかになることは間違いないだろう。

出土文字資料は、その性質上、断片的なもの、あるいは内容的に偏るものが多く、また、資料利用の制約が大きいため、前述の小谷博泰や犬飼隆、および乾善彦他の取り上げるところ以外は、それまであまり注目されることがなかった。しかし、近年の出土例の増加およびデータベースや図版資料の充実により、言語観察の対象としての資料化も進んでいるといえる。特に、歌を木簡に記すこと、またその記すための万葉仮名用法の存在は、今後一層注目されていくとともに、文字一つ一つの字母や書きぶりなど文字表記的な視点から、さらに、歌を記した木簡の定位が熟してくることが期待される。

いずれにしても、万葉集の成立当時の人びとが接していた漢字とは、どのような存在であったのか、どんなふうに彼らの目にうつり、使用されていたのか、本稿では、以下、これまでの研究成果をもとに、その風景を眺めていきたい。

3 万葉集の所用文字

さて、万葉集に話を戻して、集中にどれくらいの漢字が使用されているのかを探ってみる。つまり、当時の人びとの脳裏には、一体どれくらいの文字（漢字）があったのか、万葉集からうかがい得るその総体（字彙）を眺めてみたい。このような問いかけは、一見途方もないことにきこえるが、実はこれまでに整備されてきた、索引類がその答えを用意してくれていて、いわば所用文字のリスト（字種一覧）になっている。

ここで、索引について紹介すると、一九五〇年代から整備が進められている。その先駆は、正宗敦夫によるもの（注4文献『万葉集大成』の索引編、およびその後の再刊行）で、その後二〇〇〇年前後に隆盛をみる。特に、一九九〇年代後半から、コンピューター技術の発達によって、所用文字のリスト化と頻度数が具体的になった。また、冊子体の索引に対応する、CD‐ROM版(11)や、ネット上でのテキストデータの公開なども急速に進んだ。もちろん、データの元となる底本をどのように設定し、校訂するか、またテキストデータとしてどのように加工するかによって、その質がかわることはいうまでもなく、元となるデータの性質をよく理解した上で、索引類も使用しなければならない。今後さらに良質のテキストデータの公開が望まれる。

さて、今、求めようとする所用文字のリストも、やはり、底本およびデータの基礎となるテキストデータの在り方によって、そのリスト内容は異なってくるが、それでもその大勢をつかめることになったことは、日本語史上も非常に意義が大きい。

たとえば、日吉盛幸氏「万葉集漢字字母集計表」等(12)を利用すると、漢字のリストとして索引を眺めることができるとともに、使用頻度も提示されている。万葉集に使用された漢字総数は一八一九八六文字で、異なり字数は二五〇四文字となっている。

その、上位一〇〇文字を記すと以下のようになる。

之・尓・者・乃・乎・毛・波・可・奈・能・不・久・多・見・良・等・麻・而・吾・母・都・有・流・安・我・美・伎・伊・夜・比・山・将・知・礼・来・恋・思・許・佐・為・須・里・日・曽・布・人・家・弖・登・牟・念・妹・和・君・於・婆・保・由・所・跡・相・奴・吉・左・子・加・宇・去・無・手・野・二・祢・立・花・名・玉・気・利・大・鴨・聞・天・倍・香・雖・世・今・鳴・物・月・志・欲・古・呂・時・八・米・白・武

ところで、これに対して、資料体は全くことなるが、ほぼ同時期の文字資料である木簡（飛鳥地域・藤原京と平城京）の文字を収集すると、漢字総数一五五六五八文字で、異なり字数は二二二二文字となっている。(13) 同じく頻度順に一〇〇文字を示すと以下のようになる。

十・人・日・一・部・月・二・呂・大・国・五・三・六・年・郡・升・八・四・上・万・米・斗・七・田・廿・麻・位・九・天・里・郷・下・平・百・口・合・島・受・進・子・足・石・戸・御・右・内・中・主・女・広・道・文・斤・伊・山・調・海・物・小・少・連・司・従・安・野・長・秦・佐・古・前・家・宮・河・白・臣・卅・正・直・等・所・若・生・阿・初・豆・川・木・不・丈・高・神・魚・申・真・多・塩・太・宿・波・守

木簡群が、荷札や帳簿など、その記載内容から、数字や地名、人名に関わる文字に集中しているのに対し、万葉集においては、上位が〝之・尓〟字であるように、語と語の関係を表す機能を有していたり、〝乃・毛・波〟字など、一字一音式の万葉仮名用法として機能しているとみられるものがみえる。

さて、上記のリストは、ただその羅列にすぎないが、例えば、頻度数は別として、両資料ともに使用されている文字と、逆に相容れることなく使用されている文字はどのような文字だろうか。種類数としては万葉集と木簡で共通するものが一六〇三字種あり、万葉集のみにみられるものが八八九字種、逆に木簡のみにみられるものが六一〇字種であった。これら両資料の文字の種類を合計すると、三一〇二字種ということになり、当時使用されていた漢字の一部を把握することができる。もちろん、その文字が無いからといって、例えば万葉集にその概念に相当するものがないというわけではない。ちなみに、両者相容れない文字をその資料で使用頻度の高い順にその一部を挙げると、次のようになる。

〈万葉集のみ〉（上位27文字（使用頻度数40まで））

贈・敝・渡・杼・霍・芽・忘・繁・泊・壮・霞・寐・嘆・嬢・靡・痛・沾・喧・傷・榜・幾・製・趁・舘・乏・泣・旅

〈木簡のみ〉（上位27文字（使用頻度数30まで））

料・贄・俵・評・考・庸・番・充・隻・符・甥・斛・勲・伍・工・雇・瓜・瓦・釘・坊・廝・析・選・町・炭・顆・曹

これらの所用文字の内容については、今詳しく追わないが、各資料の総和として異なり字を抽出していけば、当時の人びとの脳裏にあった漢字の種類がリスト化されていく。上記はただリストを対照するという作業に過ぎないが、今後、万葉集や木簡だけでなく、他の上代の文献のテキストデータの整備が期待される。

4 万葉集の文字と古代の実例

■文字の形――当時の字体

冒頭にふれたように、万葉集は後世まで大切に伝えられてきた写本類とその校訂作業の成果によって、今その内容を知ることができているが、万葉集の成立した当時の文字のすがたについては、写本からかろうじてうかがい知るのみである。万葉集成立と同時期の文字のすがたまで求めることは容易ではないものの、それでも不可能ではなくなっている。近年、正倉院文書や木簡等、当時の文字の姿をそのままにとどめる資料をある程度手軽に利用できる状況になり(14)、より具体的に近づくことができるようになった。もちろん歌集である万葉集に対して、正倉院文書等はそのほとんどが実用を旨とする書き方であり、両資料群を同列に扱うことはできない。それでもやはり当時、正式なものからそうではないものまで（例えば、写経や正倉院文書の献物帳から日々の帳簿・記録類まで）ひろくみられる字体もあるし、現代のようにほぼ一つの字体（いわゆる常用漢字表のように定められた字体）ではなく、複数の書き方が共存して、多様な書き方がある文字もある。万葉集の写本がいかに前の段階の本を忠実に写しているかは大きな課題ではあるが、少なくとも伝えられてきたその文字のすがたと、万葉集が成立した時期に近い文字資料との間の距離を見ながら、その文字のすがたを追うことが決して不可能ではないという状況になりつつある。

さてここで、現代とは異なる書き方として、万葉集の写本にもみえる合字について少し紹介したい。合字とは複数の文字を合わせて一文字のように書く書き方のことである。例えば、西本願寺本の巻1-51番歌に出てくる「采女」は、「婇」のように、女字を左に配して偏とし、采を旁として右に配して、一つの文字のように見せている。[15]もちろん、二文字をわけて「采女」と書かれることもある。では、当時、このような合字がよく利用されていたのだろうか。先にのべた文字資料のうち、木簡での用例を探すと、例数は少ないが、「婇」の事例はみられる。[16]また、「采女」の二文字に限らず、他の複数字についても、合字にするということ自体が、非常に盛んにおこなわれている。例えば、当時の「万呂」や「麻呂」、「戸主」「戸口」の類は、上下が非常に接近して、組み合わさったり、二文字目が大きく省略されたりして、一見一文字のように見えるものが大量にみられる。[17]また、「婇」の場合と同様に、左右に偏と旁を配す例として、今のところ孤例ではあるが、「年魚（アユ）」がある。[18]「魚」字を左に配して魚偏とし、「年」を旁として右に配している。当時の人びとが、部分を認識し、それをある意味自由に組み合わせることができていたことがうかがえ、これも「鮎」字[19]など、いわゆる国字（和製漢字）と呼ばれているものが当時からあった背景でもあるといえる。ちなみに、先に挙げた木簡の「采女」の合字には、左右に配するもののほかに、上下に組み合わせるものが、非常に珍しいが確認されている。[20]さて、写本に話を戻すと、このような「婇」の書き方一つにしても、成立当時に近い文字資料によって、その書き方が当時にも有りえたものなのか、あるいは、その字形にどのような価値の差があったのかなど、その当時に近い状況を把握できるのだ。このような事例だけでなく、その文字一つ一つの筆画のあり方についても、具に観察すれば、写本と当時との同じところ、違うところをより具体的に描きだしていくことができると思われる。いずれも傍証にすぎないが、また歌意に影響を与えるものではないかもしれないが、冒頭に記したように、現在私たちがひろく利用するところの、漢字仮名交じりの訓読文よりも、漢字だけの原文で、さらには原文の漢字の書き方一つ一つにまで目を向けてもらいたい。

■文字の技巧─戯書

さて、万葉集の文字用法として、はじめに述べたように、漢字の音や意味を利用するのが基本であるが、さらに遊戯性を帯び、当該の文字列からその読みを連想させるような書き方がある。いわゆる「戯書」(21)とされるものである。

①馬声蜂音石花蜘蟵荒鹿　(巻12・二九九一)

②山上復有山　(巻9・一七八七)

③二二　(巻6・九〇七)、二五　(巻11・二七一〇)、十六　(巻3・二三九)、八十一　(巻4・七八九)

④一伏三起　(巻12・二九八八)、三伏一向　(巻10・一八七四)

例えば①は「いぶせくもあるか」とよむ。これは「馬声」すなわち、古代語での馬の鳴き声の擬音語から「イ」、「蜂音」すなわち蜂の羽音の擬音語から「ブ」というよみが導き出される。このように、漢字の音訓ばかりみていては到底導きだせないし、歌の内容に馬や蜂が登場するわけでもない。厳密にはここにその遊戯性が最も強く出ているといえる。続く「石花」は「セ」、「蜘蟵」は「くも」、「荒鹿」は「あるか」と、こちらは擬音語とは関係なくことながら、これに気が付いた後人の施訓にも脱帽するばかりである。集中の用例は決して多くはないが、当時の人びとが、現代の私たちにむけた、文字やことばのなぞかけをしたような表記になっている。

また、上記の他にも、色々な背景をもって、文字列を巧みに利用している。例えば、②「山上復有山」の五文字は、決して山の上に復た山が有ることを述べるものではなく、これを漢字の形そのものに置き換え、「山＋山」すなわち「出」字を示す。これは中国の『玉台新詠』にその例があり、その知識を利用したものとみられる。しかし、現代の活字では「出」字を「山」二つに分けて書かないため、すぐにそれと連想するのが難しい。実は、当時の文字資料においても、「出」字のほとんどは、現代の私たちの書き方と同じで、「山」二つに分けて書いていない。ところが、実は奈良時代の文字資料に「山」二つに分けて書く実用例がないわけではない。例えば、正倉院文書では「出雲国天平十一年大税賑給歴名帳断簡」（正集三二〜三三巻）」に二十九例見出すことができる。ちなみに、「出雲国計会帳」と「大税賑給歴名帳」にある「出雲」の「出」字は十四例あるが、現代の私たちが書く書き方と同じ、「山」二つに分けて書かないものであった。しかし、この二つに分けて書いている例が見られた「出雲国天平十一年大税賑給歴名帳断簡」以外の正倉院文書では、今のところ管見に入ったものでは、経典名を記した一例[22]のみである。また、正倉院文書以外では、写経の識語に三例[23]見られるのみで、当時よく使用された字体とは言い難いが、たしかに実用されていたことが知られる。悉皆調査を行っていないのでこの限りではないが、いずれにしても、「山」二つに分けて書く使用例はごく少数であることは推測できる。ただし、これらの実用者が、この中国大陸の知識によって書いたかどうかはもちろん定かではなく、むしろ、それらとは関係がないところで使用された可能性が高いかもしれない。いずれにしても、単になぞをかけられる文字の形というだけではなかったことは注目される。上記の実用例をさらに吟味して、決して多いとはいえないこれらの書き方がなぜ存するのかを、もう少し具体的に吟味する必要があると思われる。

次の③の数字の羅列は、「二二」で「シ」、「二五」で「トヲ」とよむ。いわゆる〝九九〟を利用して読ませるものである。また、同じ〝九九〟でも、答えの数字から計算式を導くものがある。「十六」は答えで、その計算式「四×四」から「シシ」、「八十一」は「九×九」から「クク」とよませるものである。次の④の例は、朝鮮半島で行われていた〝樗蒲《かりうち》〟という遊戯に由来するものであるとされている。〝樗蒲〟については、現在も朝鮮半島で行われているユンノリというゲームの原型とされるものである。この遊びそのものは、すごろくのようなもので、サイコロではなく4本の木片などを投げて出る状態（表裏）や模様によって、進むコマ数が異なる。④の「一伏三起」は一つが伏せた状態で、三つは表が出ているということからか、この目の状態が「コロ」とされ、そのよみもすなわち「コロ」とよませるというものである。「三伏一向」の場合の目の名称は「ツク」で、「ツク」とよめるということである。

さて、これらは、この表記者の特別な知識を利用して書かれたもののようにも思われ、また、既述の説明はつとに、関連する知識からなぞときがなされてきたものであるが、近年の出土資料によって、その表記の背景となる、〝九九〟や〝樗蒲〟そのものの実用例が発見されている。単に文献によってその存在を確認できるだけでなく、当時の実生活において、当時の人びとこのような〝九九〟や〝樗蒲〟など、二つの事象が、実は想像以上に身近かな存在であったかもしれないということがわかってきたのである。

例えば、今ふれた〝九九〟については、平城宮木簡にも、漢数字の〝九九〟の文字列が数例発見されている。また、平城京の時代に先立ち、七世紀の飛鳥寺跡からは、「九々八十一」と刻書された瓦も発見され、これらの出土例は最近になって広く知られるところとなった。[24] 少なくとも当時、都において算術を書き表し、また実用されていたであろうことがわかる資料である。

近年、その実用例として、過去の出土例から、この〝樗蒲〟に利用された遊戯盤ではないかとされる痕跡が発見されたことは記憶に新しく、これらの痕跡がある類例も含め、その位置づけが見直され、考古学的な研究が大きく進展した(25)。コマを進める盤自体の痕跡とした新知見は、万葉集のこれらの戯書の実態がより明らかになったことで注目され、今後もさらなる検討とその研究成果が期待される。

以上のように、これまで、いわゆる知識として読み解かれてきた文字の事象が、近年の様々な角度、分野からの研究によって、より現実的にとらえられるようになってきていることは、また新たな解釈を生む可能性もはらんでいる。伝本として今に伝わるその文字列が、同時期の周辺資料と、当時どのような関係にあったかは、まだ具体的ではないが、少なくとも、これらの多方向からのアプローチは、伝わった文字列と当時の用法の間を埋める重要な役割を担っていることは言うまでもないであろう。

5 万葉集とその周辺の文字生活の解明へ

以上、雑駁な事例紹介になったが、文字・表記からうかがい知ることができる課題を挙げてみた。今後の資料の整備や検証が必要な課題ばかりであるが、冒頭に紹介した先行研究の時点より、はるかに便利になっている。便利になったことと研究の深度は一致するとはいえないが、量的にも処理できることが増えている。残された万葉集の文字の量は決まっているとしても、今後、紹介したような研究環境の整備が進むことや、その周辺の文字の研究が進めば、万葉集の文字表記をめぐって、さらに新しい角度からの研究の余地もまだ残されているように思われる。当時の文字資料から描き出されている風景の中においてみると、また異なった世界がみえてくるかもしれない。

【注】

1　契沖『万葉代匠記』一六九〇ほか。

2　その発端は、石塚龍麿『仮字用格奥能山路』での甲乙二種の使い分けが指摘され、のち橋本進吉によって、音韻学的な違いであることが提唱された。以降、母音数の検証や漢字音の研究がすすめられることになった。

3　一九一一年着手。

4　平凡社、一九五三

5　和泉書院、一九九一。のち、『小谷博泰著作集』（第二巻、和泉書院、二〇一八）として増補されている。

6　初版一九九二、増補版二〇〇五、笠間書院

7　塙書房、二〇〇三

8　四七（四）（通号六八一）、学燈社、二〇〇二。このほかにも同誌「特集 古代―立体交叉的に見直す」（四四（一一）（通号六四六）、一九九九）などがある。

9　観音寺遺跡から出土した木簡の出典は、『観音寺遺跡I（観音寺遺跡木簡編）』（徳島県埋蔵文化財センター調査報告書第四〇集）六九号木簡（徳島県教育委員会・（財）徳島県埋蔵文化財センター・国土交通省四国地方整備局、二〇〇二）、『木簡研究』（木簡学会、一九九九）二一号、『木簡黎明』（奈良文化財研究所、二〇一〇）所収。また同じく奈良時代以前に、難波津の歌が一字一音式で記されているものとして、石神遺跡出土の木簡（『飛鳥藤原宮発掘調査出土木簡概報』一七―一三下（三六）など）や山田寺跡からの刻書瓦が発見されている。難波宮跡から出土した木簡の出典は、『葦火』第二一巻第五号（通巻一二五号）、（財）大阪市文化財協会、二〇〇六、『木簡黎明』（奈良文化財研究所、二〇一〇）、『木簡研究』三一号（木簡学会、二〇〇九）所収。なお、その他の難波津の歌や山田寺跡からの刻書瓦、これら以外に一字一音式で万葉集巻七―一三九五歌を記した木簡などの図版や解説が、『文字のチカラ―古代東海の文字世界』（名古屋市博物館特別展展示図録、二〇一四）一二二頁～一二七、一四四頁に掲載されているので、参照されたい。

10　稲岡耕二説として、助詞の類を一字一音式で明示しない表記（略体）が先で、一字一音式表記のように漢字の音を利用した表記（非略体）は後であるという見解があり（『人麻呂の表現世界―古体歌から新体歌へ』岩波書店、一九九一など）、その先

後について議論されてきた時期もあったが、これらの資料が発見されていない状況下での議論であった。

11 『補訂版 万葉集』(本文篇、訳文篇)佐竹昭広、木下正俊、小島憲之共著、塙書房、一九九八により整備されたテキストデータとして『万葉集 CD―ROM版』木下正俊・校訂、塙書房、二〇〇一が刊行された。また、同書および、『万葉集索引』古典索引刊行会編、塙書房、二〇〇三が刊行され、両データをもとに整備、開発された『万葉集電子総索引』CD―ROM版、古典索引刊行会編、塙書房、二〇〇九が刊行され、検索の便がはるかに向上した。現在、上記の冊子体およびCD―ROM版は、ひろく利用されている。

12 『大東文化大学紀要(人文科学)』二九~三四号、一九九一~一九九六。また、一連の成果として『万葉集歌句漢字索引』(上・下巻、桜楓社、一九九二)、『万葉集漢文漢字総索引』(笠間書院、一九九四)などがある。

13 拙稿「飛鳥藤原京と平城京出土木簡の所用漢字一覧(稿)」(『文化財論叢Ⅲ』奈良文化財研究所、二〇一二。のち、市販版として吉川弘文館より『文化財の新地平』二〇一三)。調査対象は、『藤原宮木簡』一~三、『飛鳥藤原京木簡』一~二、『飛鳥藤原宮発掘調査出土木簡概報』一~二二、『平城宮木簡』一~七、『平城京木簡』一~三、『平城宮発掘調査出土木簡概報』一~四一(いずれも奈良文化財研究所刊行)を範囲としたものである。

14 正倉院文書(大日本古文書)のテキストデータベース「奈良時代古文書フルテキストデータベース」(東京大学史料編纂所HP、データベース選択画面より)をたよりに、八木書店刊『正倉院古文書影印集成』などで、その写真版を確認することができる。また、木簡については、テキストや画像データベースを利用したり(奈良文化財研究所HP、データベース一覧より)、報告書の図版(平城宮木簡であれば『平城宮木簡』一~七等、注13調査対象報告書)を確認したりすることができる。いずれも全点を容易にというところまでは難しいが、以前と比べ格段にその環境は整備されている。

15 「婇女」とあり、二文字めに「女」があるので、厳密には「采」字に女偏を添加(意義や次の女字から類化)されたものともいえる。

16 『平城宮木簡』二―二二五八、奈良文化財研究所

17 「万呂」の例としては、『平城宮木簡』一―三二四、『平城京木簡』三―四五三三など、他多数。「戸主」「戸口」の例は、『平城宮木簡』三―三〇七六など、他多数。

18 『平城宮木簡』三―二八六六。この例については、馬場基「異体字雑感」（『木簡研究』三〇号、木簡学会、二〇〇八）を参照。
19 『平城宮木簡』三―三五三五などがある。
20 『平城宮木簡』七―一二六五三。釈読の過程について記したコラムに桑田訓也「木簡の文字の向こう側―「采女」の合字―」（コラム作寳楼、奈良文化財研究所HP、奈文研ブログ、二〇一四）がある。
21 例えば、『新編日本古典文学全集』一の解説編にその実例と解説がある。
22 『大日本古文書』二二―五五、続々修四〇裏―三―一一紙「僧奉正請経論啓」にある経典名「後出阿弥陀仏謁（偈）経」。
23 『上代写経識語注釈』（上代文献を読む会編、勉誠出版、二〇一四）の識語No.18・19（二例）、いずれも石川年足願経。
24 『平城宮発掘調査出土木簡概報』四〇―九下（三七）などがある。なお、『文字のチカラ―古代東海の文字世界』（注9同書）一四一頁には、山田寺跡の刻書土器や長野県屋代遺跡群から出土した九九が記された木簡の図版や解説が掲載されているので、参照されたい。
25 小田裕樹、「列点を刻した土器」（『奈良文化財研究所紀要2015』二〇一五、奈良文化財研究所）および、小田裕樹、芝康次郎、星野安治「一面を削った棒」（『奈良文化財研究所紀要2016』二〇一六、奈良文化財研究所、小田裕樹「盤上遊戯「樗蒲《かりうち》」の基礎的研究」（『考古学研究』六三―一、考古学研究会、二〇一六）参照。

文字論のこれから——個別論から全体論へ

村田右富実・川野秀一

1 全体論と個別論

これまで、個別の文字についての論の積み重ねを通じて、全体の文字論を組み立てようとする傾向があったように思う。それはそれで必要なことであり、資料的に限界のある上代の文字論には比較的適した方法でもあろう。しかし、理論的原点に立ち戻れば、個別論の集積が全体論になり得ないことは自明である。

そこで、全体把握を論の起点とした場合、どれほどの立論が可能かを考えてみる。具体的には『万葉集』の歌、『古事記』と『日本書紀』のウタと訓注に見える一音節音仮名を全体的に把握し、多変量解析を用いて『日本書紀』のα群とβ群の区分の有効性を検証する。いうまでもなく、『日本書紀』のα群β群については、森博達の一連の研究業績[1][2][3]に依拠している[4]。また、あわせて『日本書紀』の書記者同定が可能かどうかについても論じる。

2 多変量解析について

文学研究が人間の内面外化を研究目的の一つとする限り、そして、その外化結果の記述手段として自らの研究対象である言語を用いなければならない以上、最終的に主観の竄入は防ぎようがない。しかし、その余地を少しでも減らす努力を放棄してはならないだろう。この点において、多変量解析の導入は有効だと考えるが、問題も多い。たとえば、これまで文学研究は単独の研究者による成果が基本であったが、本稿がそうであるように、学際的なグループ研究が必要となってくる。文学研究に特化していえば、文学研究の側が堅牢性の高いテキストファイルと研究課題を提供し、統計研究の側はそのテキストファイルの特徴を理解するとともに適切な多変量解析の手法を開発し、双方の研究融合の上で研究を進めなければならない。[5] また、近年のテキストファイルの普及は、多変量解析の導入を促すと思われるものの、その状況は厳しい。ほとんど校正されていないテキストファイルがそこかしこに存在し、OCRの普及に伴って、大伴旅人の多くが「大伴族人」になっているテキストを見たこともある。さらに、unicodeが一般化したため、字形の違いに対して過度に敏感になっているテキストも存在する。『万葉集』の「うぐひす」は「鸎」で記されるが、「鸎」の文字はいわゆるJIS内の文字ではなく、計算機上の取り扱いには注意が必要である。しかし、「鶯」の文字が存在しないテキスト（『万葉集』はその典型）を単独で扱うのであれば、「鸎」の代替として「鶯」を使っても構わない。そのテキストファイルがどのような目的で使われるかという前提が明確でなければ、適切なテキストファイルの構築は難しい。

つまるところ、コンピュータに対する十分な知識を持ち、繰り返しの校正を厭わない感覚なしに堅牢性の高いテキストファイルを構築することは不可能だろう。そして、堅牢性の高いテキストファイルなくして多変量解析の導入はあり得ない(6)。

こうした状況下、文学研究における多変量解析の応用については、その端緒についたばかりといって過言ではない。特に上代文学においては、研究論文もまだ数本の状況である(7)。さらに、老若を問わず、数字に対する忌避感と信頼感とは表裏を成しており、数字で出された結論を「私には分からない」と拒否しつつ、その数字を絶対視する傾向を強く感じる。数字は恐れず信じず、テキストの堅牢性に目を配りながら、多変量解析を用いる必要がある(8)。

こうした現状に鑑みて、本稿では多変量解析の最も基本的な手法の一つであり、かつ応用性も高いクラスター分析(9)を用いて論を進める。以下、クラスター分析の考え方について簡潔に記しておく。

たとえば、次の表1のような試験の成績があるとする。

表1

	国語	算数
Aさん	15	10
Bさん	10	15
Cさん	80	80
Dさん	95	95
Eさん	90	100

グラフ1

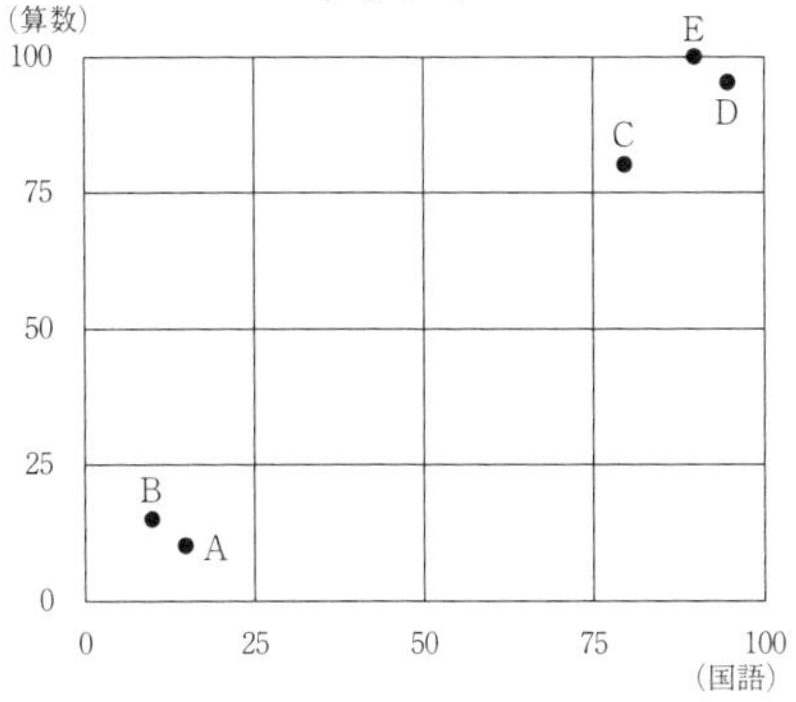

図1　樹形図（デンドログラム）

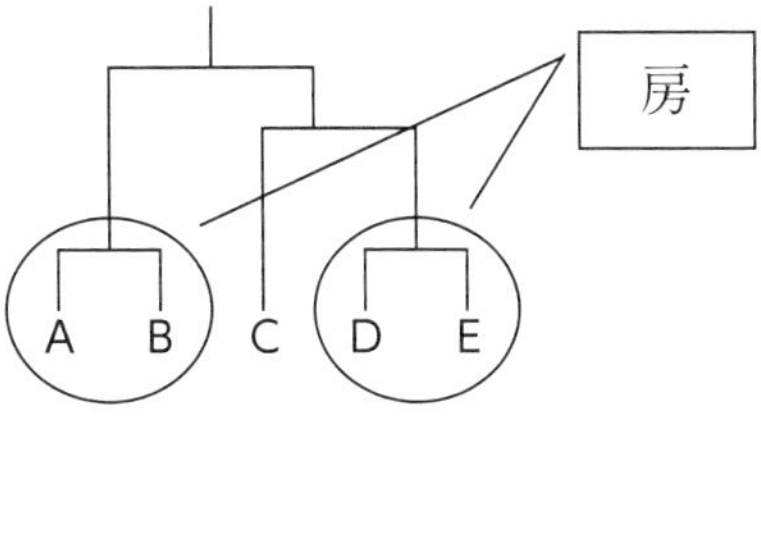

表2

音韻	音仮名総数	総数順位	字種数	字種数順位	音仮名
に	4,467	1	9	9	日、耳、柔、人、仁、二、尼、尓、邇
ノ（乙）	3,951	2	2	77	乃、能
し	3,254	3	26	1	子、水、此、使、司、四、師、志、思、指、斯、旨、紫、詞、詩、事、寺、時、次、式、偲、信、新、知、之、笑
ぜ	29	83	1	85	是
ぞ	3	87	2	77	俗、蘇
わ	523	33	1	85	和
べ（乙）	83	76	1	85	倍

このデータを横軸（X軸）に国語の点数、縦軸（Y軸）に算数の点数を取ると、グラフ1のように分布する。そして、この様子をクラスター分析を用いて樹形図（デンドログラム）にあらわしたものが図1である。AさんとBさん、DさんとEさんが、それぞれ同じような成績なので房を作る。そして、Cさんは、AさんBさんとは遠いけれど、DさんEさんには近いという様子を可視化できていることがわかる。この例は容易に可視化可能だが、100人が7科目を受験したすると、その可視化は手作業では無理である。クラスター分析はこのような巨大なデータを樹形図にして可視化できる手法である。この方法を用いて『日本書紀』の巻々がどのような房を作っているかを考えてゆく。

具体的なデータの解析に入る前にもう少し前提について述べておく。

3 音仮名の様相

われわれが知ることのできる上代日本語の音韻数は八七（『古事記』は八八）である。そして、現代語同様、それらの音韻には使用頻度に大きな差がある。また、それぞれの音韻を示す一音節音仮名の多寡にもかなりの差がある。『万葉集』を例に、その一部を記すと表2の通り。

使用頻度の高い（総数の多い）「に、ノ（乙）、し」を見ても、使用頻度と文字種数とが比例しないことは一目瞭然である。また、一種類の文字でしか記されない「わ」が総数順位では三三位であるなど、使用頻度と使用文字数に一定の法則は存在しないと思われる。これは、おそらく漢字音のありように依存すると思われるが、今は特定の音韻の使用頻度が、その文字種数を決定しないことを確認しておきたい。つまり、歌の内容などとは無関係に文字数と文字種数は存在しており、書記者の意図等が介在しにくい性質を持つといってよい。この性質を利用して客観的な解析を目指す。作成したデータの一部を示せば次ページ表3の通り（『日本書紀』のウタの例）。

4 『日本書紀』（ウタ）のα群とβ群についての目視による判断

このデータを用いて、α群β群における音仮名の様相をいくつか目視してみる（次ページ表4）。たとえば、「く」を見ると、β群に7例存在する「倶」が目に付くものの、両群には区別があるように見える。「お」は「乙、憶、淤」がβ群にしか見えず（一例ずつではあるが）、「飫」はα群に特徴的に見える。しかし、最も多い「於」に区別があるようには見えない。これは偶然なのか否か論が割れるだろう。次に「ノ（乙）」は「廼」はβ群に偏るが「能」に差異は見出せない。そもそも二七六例中十二例をしてβ群の特徴と捉えて良いかという点についても見解が分かれそうである。そして「し」に至っては、これを目視から論理化することは不可能であろう。

特定の研究者がα群β群を区別したければ「く」のありようを強く主張するだろうし、区別したくなければ「於」や「能」を引き合いに出すだろう。こうした、感覚に依存した甲論乙駁の状況は客観的指標を得ない限り、際限がない。そこで、個別論の積み重ねではなく、データ全体をクラスター分析にかけてみる。

表3

24	23	22	21	20	19	18	17	16	15	14	13	12	11	10	9	8	7	6	5	4	3	2	1	巻
2		3					6	6	4	15	7	1	16	10	11		4		3		7	9		あ阿
								3		5														あ婀
							6			1			3									3		い以
2		2					7	2		11			11	5	9		1		5		12	2	1	い伊
																					2			い易
		1									4			3	2		2		1		5			い異
1		3								4	1		2	1	1				2		3			う宇
	2						1			2			11	2	7		2		1		7			う于
1																								う禹
							4																	う紆
																						1		う汙
6		4									6	3	17	1	1		4		2		3			を烏
																							1	を廻
1																								を乎
											2													を弘
1							10	10	2	13														を嗚
														9	3		6		4		3			を塢
											1													を惋

25	26	27	28	29	30	計
2	5	6				117
						8
		1				14
2	3	6				81
						2
						18
						18
1	5	1				42
	2					3
						4
						1
〜	〜	〜	〜	〜	〜	〜
1	4					52
						1
2	3					6
	2	1				5
						36
						25
						1

表4

く	α	β	計
久		2	2
句		15	15
区		42	42
勾		10	10
絇		1	1
玖		6	6
矩	29		29
俱	49	7	56
屨	2		2
計	80	83	163

お	α	β	計
乙		1	1
於	25	29	54
憶		1	1
淤		1	1
飫	14	4	18
計	39	36	75

ノ	α	β	計
廼		12	12
能	125	139	264
計	125	151	276

し	α	β	計
伺	2		2
司	1		1
嗣		5	5
始	10	8	18
志	20	28	48
思	4		4
指	1		1
斯	23	4	27
施	1		1
旨	3		3
詩		1	1
試		1	1
資		3	3
時		1	1
辞		48	48
芝		1	1
之	28	40	68
矢	8		8
戸	1		1
洎	1		1
絁	8		8
計	111	140	251

5 『日本書紀』のウタについてのクラスター分析の結果

データに一切手を加えずに解析(10)した結果は以下の通り（①参照）。この方法はデータをそのままに用いるため、恣

① 『日本書紀』のウタのクラスター分析の結果（生データ）

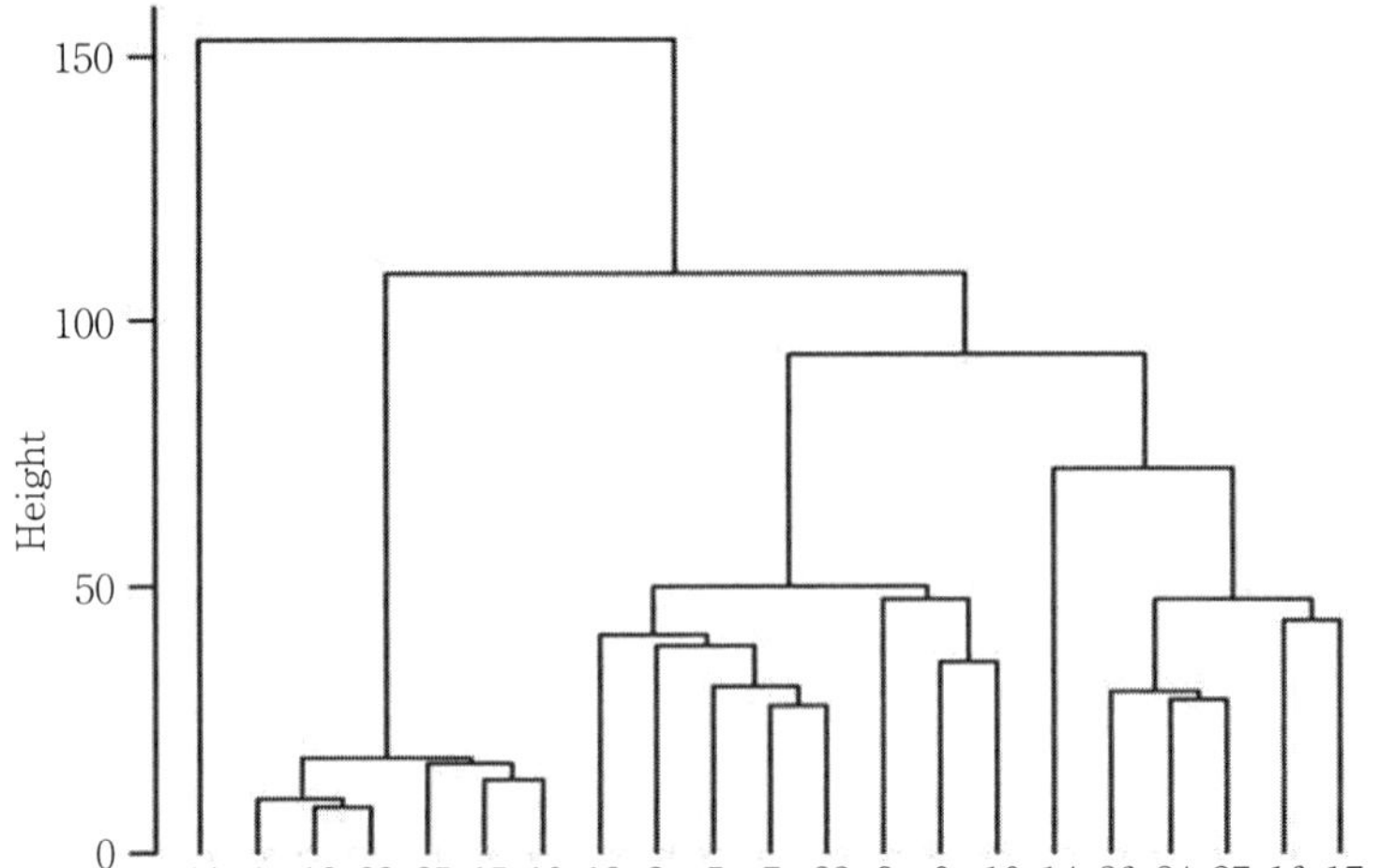

巻	11	1	12	23	25	15	19	13	2	5	7	22	3	9	10	14	26	24	27	16	17
	β	β	β	β	α	α	α	β	β	β	β	β	β	β	β	α	α	α	α	α	α
例	902	031	031	031	093	093	061	327	200	217	203	221	416	320	374	575	266	215	196	351	390

意性を完全に排除できる利点はあるが、特定の音仮名が多用されると、その音仮名に全体が引きずられる可能性を否定できない。それでも、最低限、以下の見解は導き出せよう。

左端に位置する巻十一（九〇二例）は、他の巻に比べて文字数が多すぎるため、最初に枝分かれし単独の房を形成している。また、左側にはα（二五、十五、十九）／β（一、十二、二三）の文字数の少ないもの同士（三一～九三例）が房を作り、その中で綺麗にαとβとが分かれる。また、右側は文字数の多いもの同士が房（一九六～五七五例）を作り、その中で綺麗に分かれる。ウタの音仮名をデータとして用いた場合、α群β群の区分は有効である可能性が極めて高く、巻毎のデータ数のレンジが狭ければ、完全に区別されることが想定される。

データ数のレンジを狭めるためには、例外となりやすいデータを無視するように用例数の少ない文字をデータから削除する方法が考えられる。また、それぞれの巻で特定のデータが存在するかしないかに特化すれば、レンジは更に狭くなる。そこで以下の処置を施した。

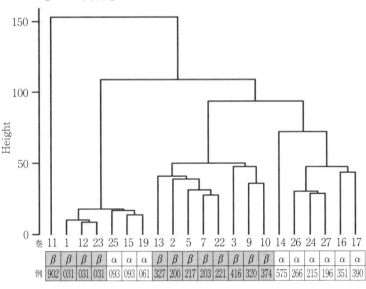

② 『日本書紀』のウタのクラスター分析の結果（データ切り捨て後）

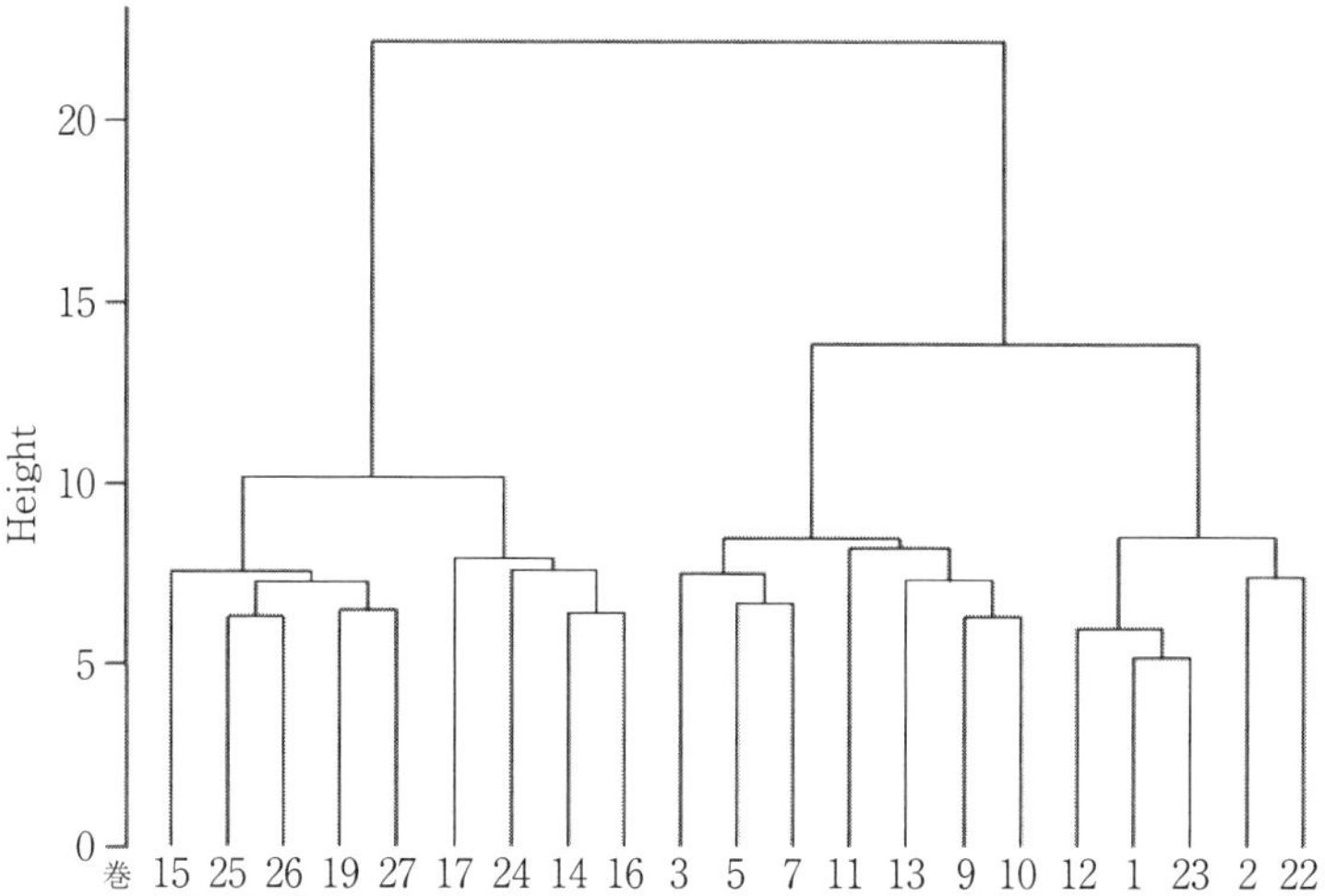

巻	15	25	26	19	27	17	24	14	16	3	5	7	11	13	9	10	12	1	23	2	22
	α	α	α	α	α	α	α	α	α	β	β	β	β	β	β	β	β	β	β	β	β
例	031	036	051	025	050	058	047	069	052	060	051	052	076	061	068	059	018	012	018	038	053

1．全用例数が五例以下の用例を削除した。五五一三例中六〇六例を切り捨てたことになる。[11]

2．「1．」の処置を施した上で、その巻に用例があれば1、なければ0とした。

解析結果は次の通り（②参照）。

一目瞭然、綺麗にα群とβ群とが分かれている。『日本書紀』のウタの音仮名に注目した場合、α群β群の区分は有効であり、α群β群は別個に存在している可能性が極めて高い。この点、前掲森論文の結論に全面的に従ってよいものと考える。

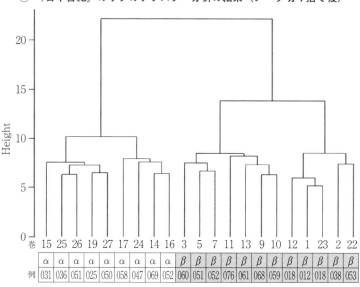

6 『日本書紀』の訓注についてのクラスター分析の結果

次に、『日本書紀』の訓注について、全く同じ方法で解析した。データに手を加えない状態での結果は以下の通り（③参照）。

左端の巻一（四〇六例）は用例数が多いため単独の房を作り、右端の巻二（一五五例）、巻三（一九二例）の

③『日本書紀』の訓注のクラスター分析の結果（生データ）

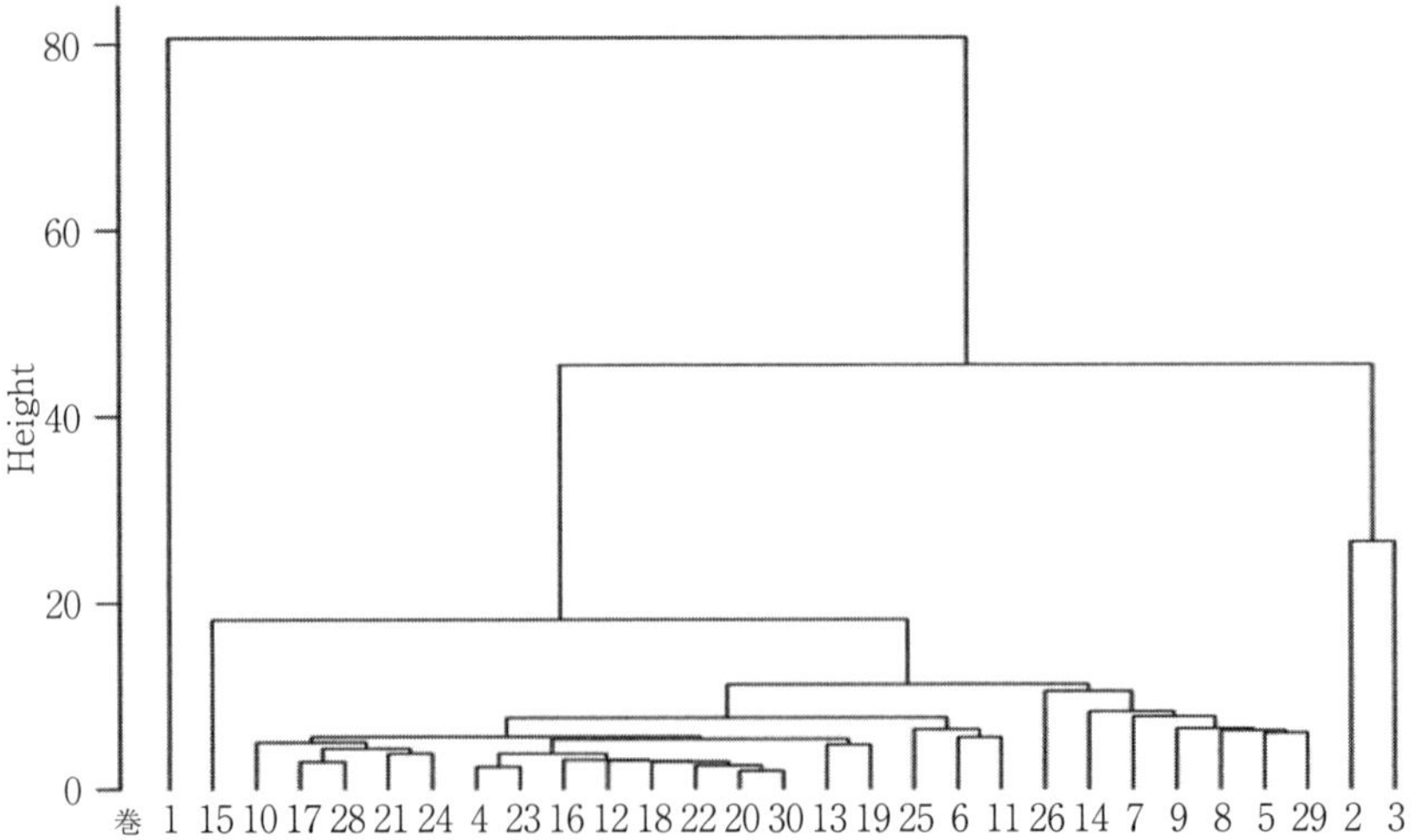

巻	1	15	10	17	28	21	24	4	23	16	12	18	22	20	30	13	19	25	6	11	26	14	7	9	8	5	29	2	3
	β	α	β	α	β	α	α	β	β	α	β	α	β	α	β	β	α	α	β	β	α	α	β	β	β	β	β	β	β
例	406	079	016	010	004	009	015	007	005	006	008	007	004	002	004	015	014	023	021	014	038	031	036	024	019	023	023	155	192
					★	★		★				★		★	★				★						★		★		

房も用例数に依存していると思われる。しかし、残りの巻々は渾然としていてこれといった特徴を見出すことはできない。このデータから見る限りにおいて『日本書紀』の訓注はα群β群の区別は存在しない(12)。

もっとも、ウタとは違い、用例数が少ないために見えにくくなっている可能性も否定できないため、こちらもウタ同様の処置を施して再度解析した。結果は以下の通り（④参照）。

ここでもα群β群の区別は見られない。それでもなお、データ数の減少が解析結果を左右している可能性を否定できない。そこで、ウタと訓注とを統合して解析を行った。もしもウタと訓注とが同じ性質を持っているのであれば、統合した結果α群とβ群とは分かれる筈である。結果は以下の通り（⑤参照）。

ウタを含まない巻々は用例数が少ないため、左側に房を作る。しかし、その内部において、αβについてのこれといった区別は認められない。さらに訓注のデータが入ることによって、巻一、巻二、巻十四の位置が曖昧になってしまっていることがわかる。

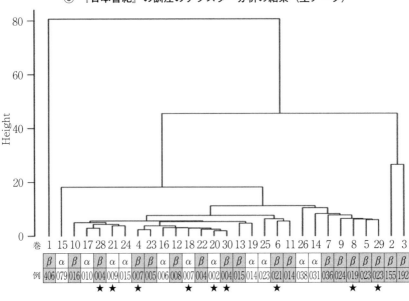

④ 『日本書紀』の訓注のクラスター分析の結果（データ切り捨て後）

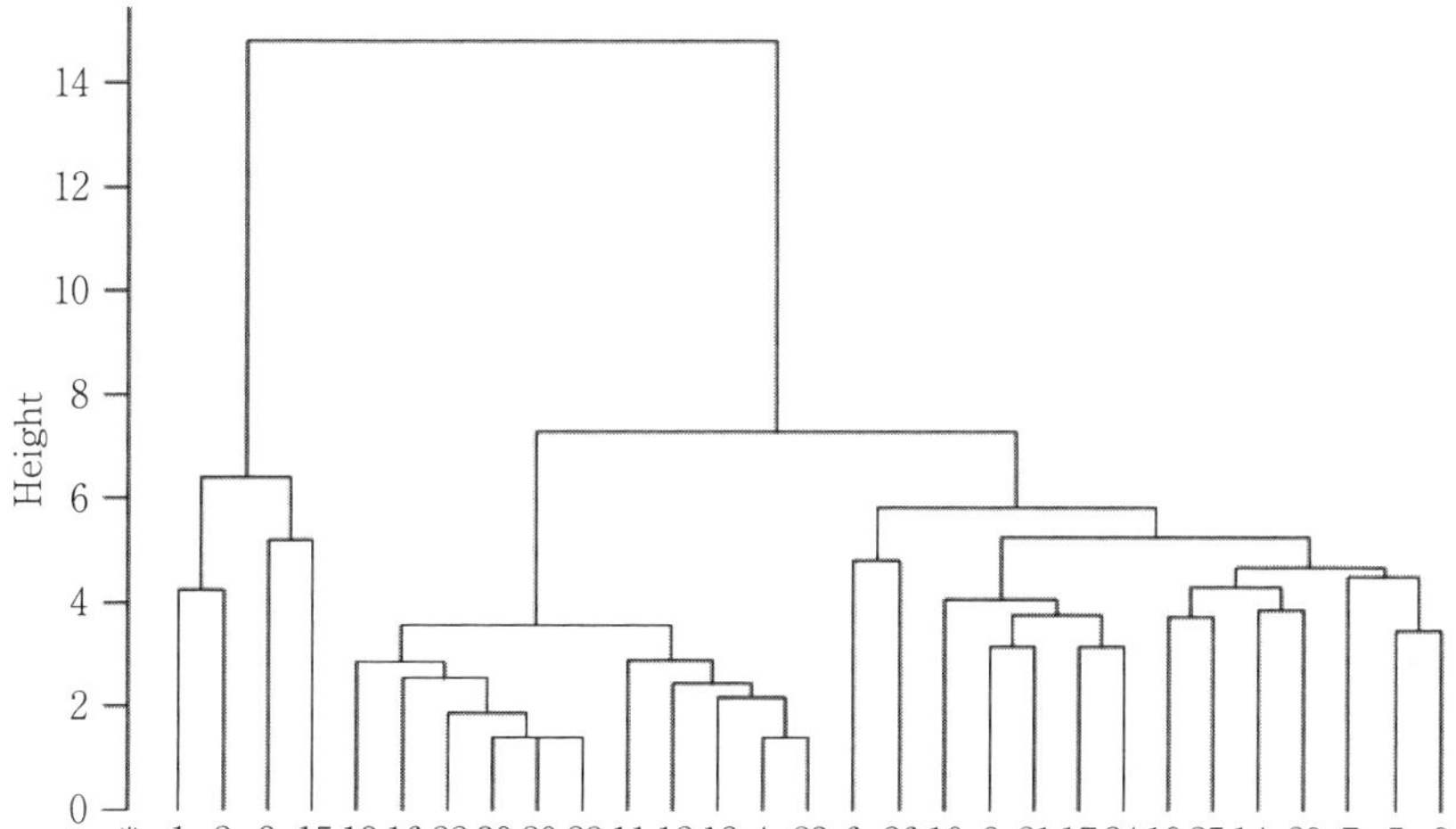

巻	1	2	3	15	13	16	22	30	20	28	11	12	18	4	23	6	26	10	8	21	17	24	19	25	14	29	7	5	9
	β	β	β	α	β	α	β	β	α	β	β	β	α	β	β	β	α	β	β	α	α	α	α	α	α	β	β	β	β
例	26	21	15	19	04	03	02	01	00	01	03	04	03	03	03	08	09	06	08	06	05	11	06	07	15	08	10	09	10
								★	★	★			★	★		★			★	★						★			

⑤ 『日本書紀』のウタ＋訓注のクラスター分析の結果（生データ）

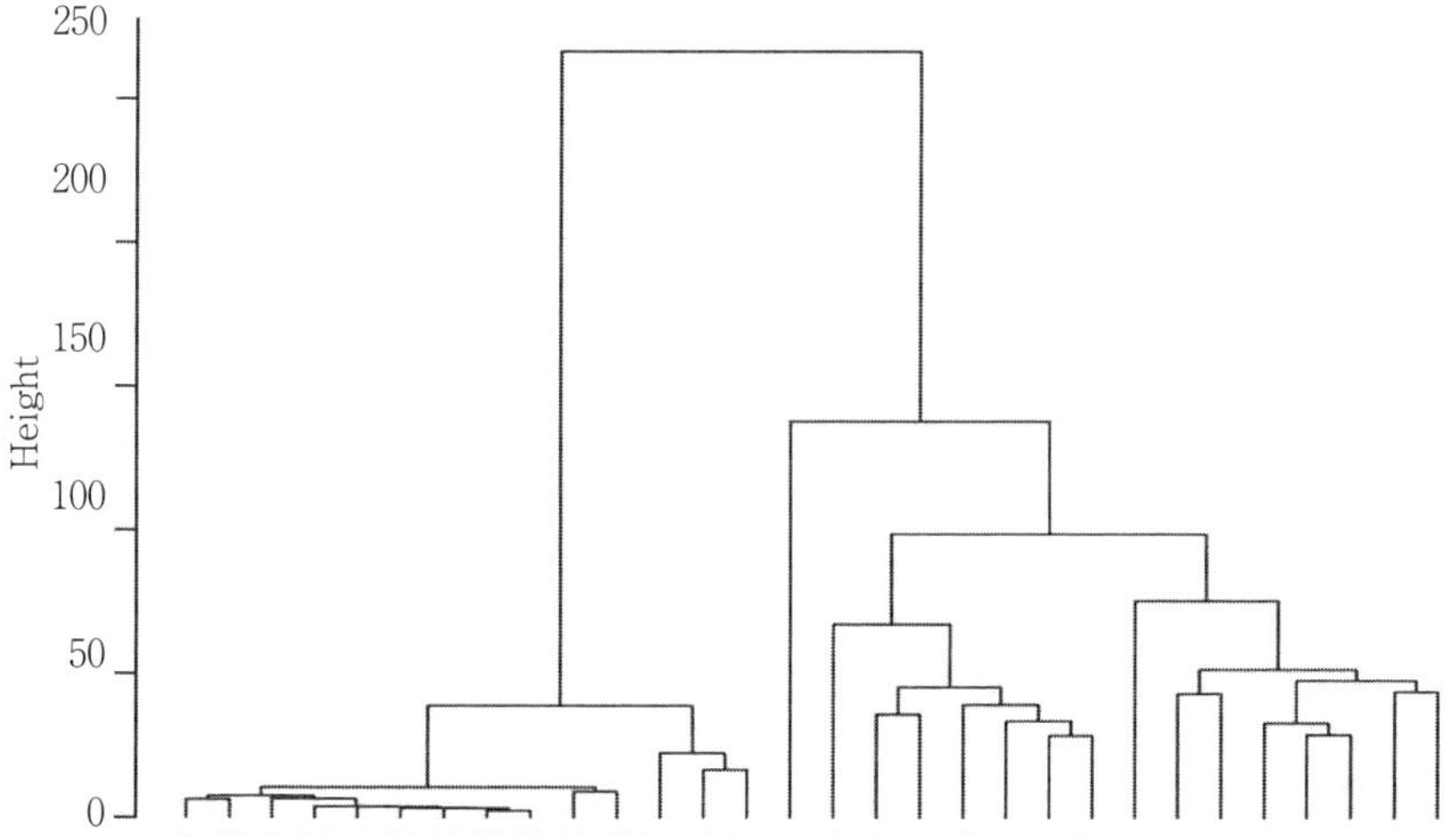

巻	8	29	6	21	4	28	18	20	30	12	23	15	19	25	11	3	9	10	13	5	7	22	14	1	2	26	24	27	16	17
	β	β	β	β	α	α	β	α	β	β	β	α	α	α	β	β	β	β	β	β	β	β	α	β	β	α	α	α	α	α
例	019	023	021	007	009	007	004	002	004	039	036	172	075	116	916	608	344	390	342	240	239	225	606	437	365	304	230	196	357	400
	★	★	★	★	★	★	★	★	★																					

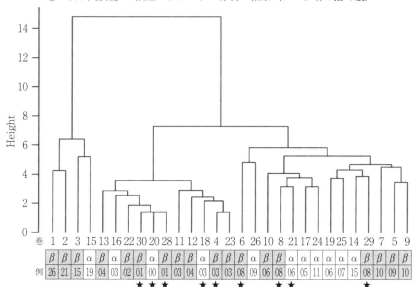

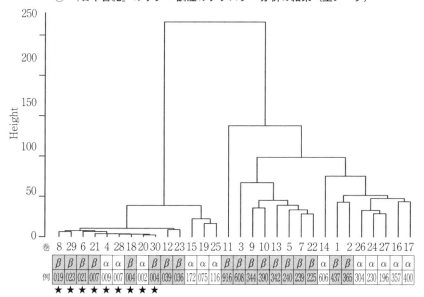

⑥『日本書紀』のウタ＋訓注のクラスター分析の結果（データ切り捨て後）

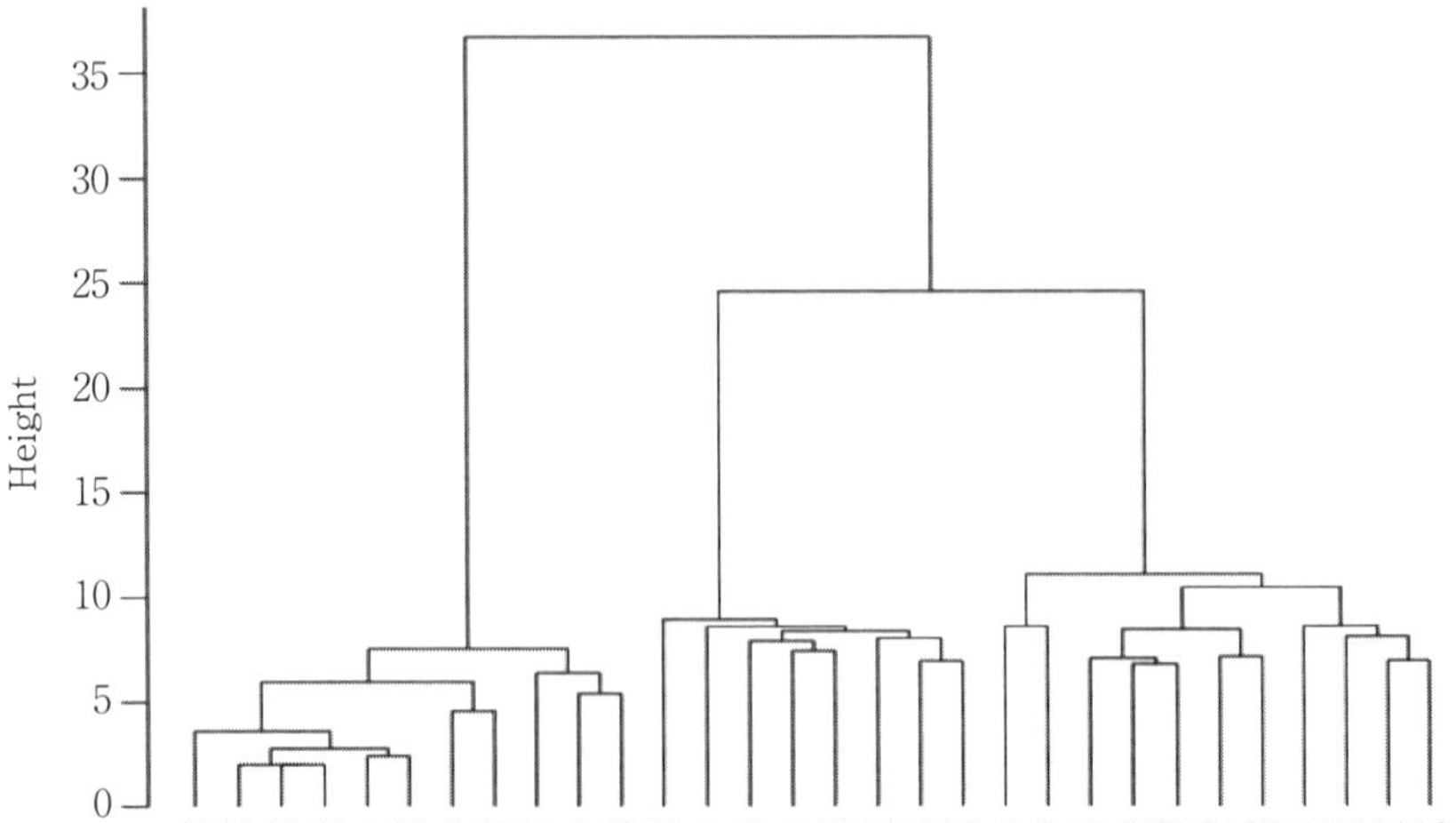

巻	21	30	20	28	4	18	8	29	23	6	12	11	3	7	5	22	13	9	10	1	2	19	25	27	24	26	17	15	14	16
	α	β	β	β	β	α	β	β	β	β	β	β	β	β	β	β	β	β	β	β	β	α	α	α	α	α	α	α	α	α
例	09	04	02	03	06	07	16	21	29	19	33	144	158	92	85	79	117	105	103	152	140	44	68	79	93	100	125	89	155	108
	★	★	★	★	★	★		★	★	★	★																			

最後に念のために、ウタと訓注のデータを統合し、かつ、これまで同様の処置を施して解析を試みた。結果は以下の通り（⑥参照）。

訓注のみの巻々（★印）に巻八が紛れ込み、全体として分かりにくいものになってしまっている。やはり、訓注についてはα群β群の区別があることを証せない。

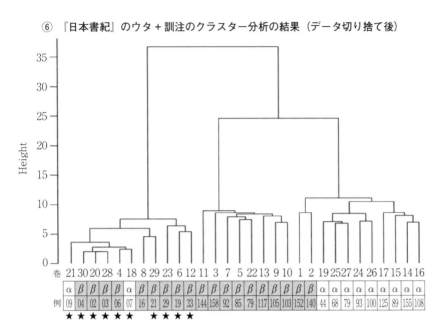

7 『日本書紀』におけるα群とβ群のまとめ

『日本書紀』のウタにおいてα群β群の区別は極めて明瞭であり、森論文の主張は全面的に認められるべきものであった。一方、訓注についていえば、α群β群の区別は認められず、訓注はα群β群とは別の原理によって構成されている可能性を否定できない[13]。ただし、その要因をこの解析方法から知ることは不可能である。別時の書き入れも含めて考慮する必要があるかもしれない。また、訓注のデータは巻毎の偏差が激しい上、用例が極端に少ない場合もあり、こうした点が解析結果に影響を及ぼしている可能性は排除できない。今回の解析からは訓注がα群β群の区別をあらわしているとはいえない点を確認しておくに留める。

8 『古事記』、『万葉集』、『日本書紀』の書記者について

つづいて、『日本書紀』の書記者についての検討に移る。森論文では、

持統朝に続守言と薩弘恪が書紀α群の撰述を始めた。続守言は巻一四から執筆し、巻二一の修了間際に擱筆した。薩弘格は巻二四〜二七を述作した。文武朝になり山田史御方がβ群の述作を始めた。元明朝の和銅七年から紀朝臣清人が巻三〇を撰述した。同時に三宅臣藤麻呂は両群にわたって漢籍による潤色を加え、さらに若干の記事を加筆した。こうして元正朝の養老四年（七二〇）に『日本書紀』三十巻が完成し撰上された。（『日本書紀成立の真実』中央公論新社　二〇一一年）

と具体的な名を掲げてその成立を述べる。この点について、まず『古事記』の検討から始めたい。

『古事記』は、その序文を信じる限り、太安万侶が一人で書いたものである。では、実際に古事記の音仮名はどのような文字で表記されているのであろうか。全八七種類の音韻中、その音韻をあらわす文字が一種類しかない音韻が三一種ある。また、複数存在するものであっても、そのうちの一文字が全体の九〇％以上を占める音韻が二八種類存在する。つまり、八七種中五九種（約二／三）の音韻は特定の一文字が九〇％以上を占めているのである。(14)また、ひとつの音韻に対して使用される最大字種数は「し」の七種である。「し」は『万葉集』にあっても最も音仮名の多い音韻であり、こうした様相は『古事記』が一人の書記になるという点と背馳するものではあるまい。(15)

巻	16	1	9	7	6	13	11	12	2	4
字種	140	136	141	143	127	156	138	115	151	131
総数	857	942	953	1,034	1,037	1,108	1,117	1,144	1,428	1,436

巻	8	10	3	19	5	18	15	17	14	20
字種	127	140	163	159	244	192	173	195	185	206
総数	1,514	1,577	1,718	3,110	4,953	4,983	7,089	7,169	7,309	8,184

次に『万葉集』について考えてみたい。『万葉集』の巻毎の音仮名の総数と字種数は上の通り。総数の少ない順に並べている。

これを、総文字数をX軸に、文字種数をY軸に取ってプロットすると次のようになる（次ページ図上）。容易に想像可能ではあるが、総文字数が増えるに従い徐々に字種数も増える。

総文字数が少ない巻々についてはは確かなことはいえないが、たとえば、巻五は総文字数に対して字種数が突出して多い。巻五については複数の書記者の存在が指摘されており、(16)複数書記者の反映と見て間違いないだろう。同様のことは巻十八にもいえる。巻十八はいわゆる補修部の問題を抱えており、不安定な音仮名が散在するため、近似線よりもやや上に位置するのだろう。逆に、近似線よりも極端に文字種が少ない巻十五は、拙稿(17)においても述べたように、集中で最も音仮名の種類の安定した巻である。また『万葉集』については同一用字圏の人々を想定した方がよい場合もあり、近似線付近よりも低い巻々についてその性格を述べることは難しいものの、近似線よりも突出して上の場合は、複数の書記者が想定されると考えて誤らないだろう。

こうした状況を踏まえて、この図に『古事記』や『日本書紀』を加えてプロットしたものが次の図である（次ページ図下）。『古事記』と『日本書紀』が加わることによって、近似線も変化するが、『古事記』の歌以外の部分については近似線より低く、『古事記』のウタは近似線を大きく下回っている。『古事記』の書記者が一人であることは否定できない。

一方、『日本書紀』のα群の訓注については、総文字数が少なすぎるため、なんともいえないものの、β群の訓注とαβ両群のウタについていえば、明らかに上方に突出してお

『万葉集』における巻毎の総文字数（X 軸）と字種数（Y 軸）との関係

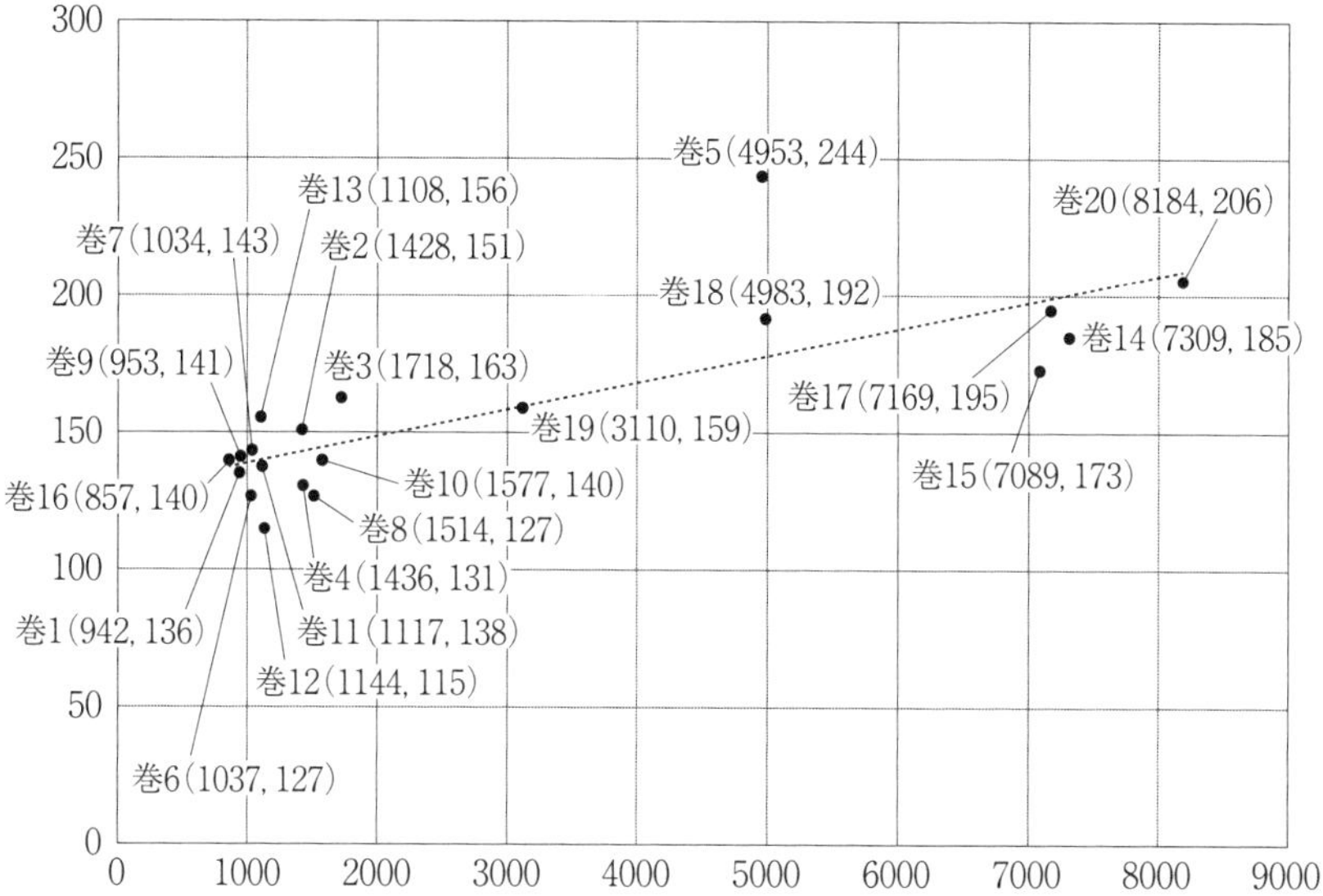

『万葉集』、『古事記』、『日本書紀』

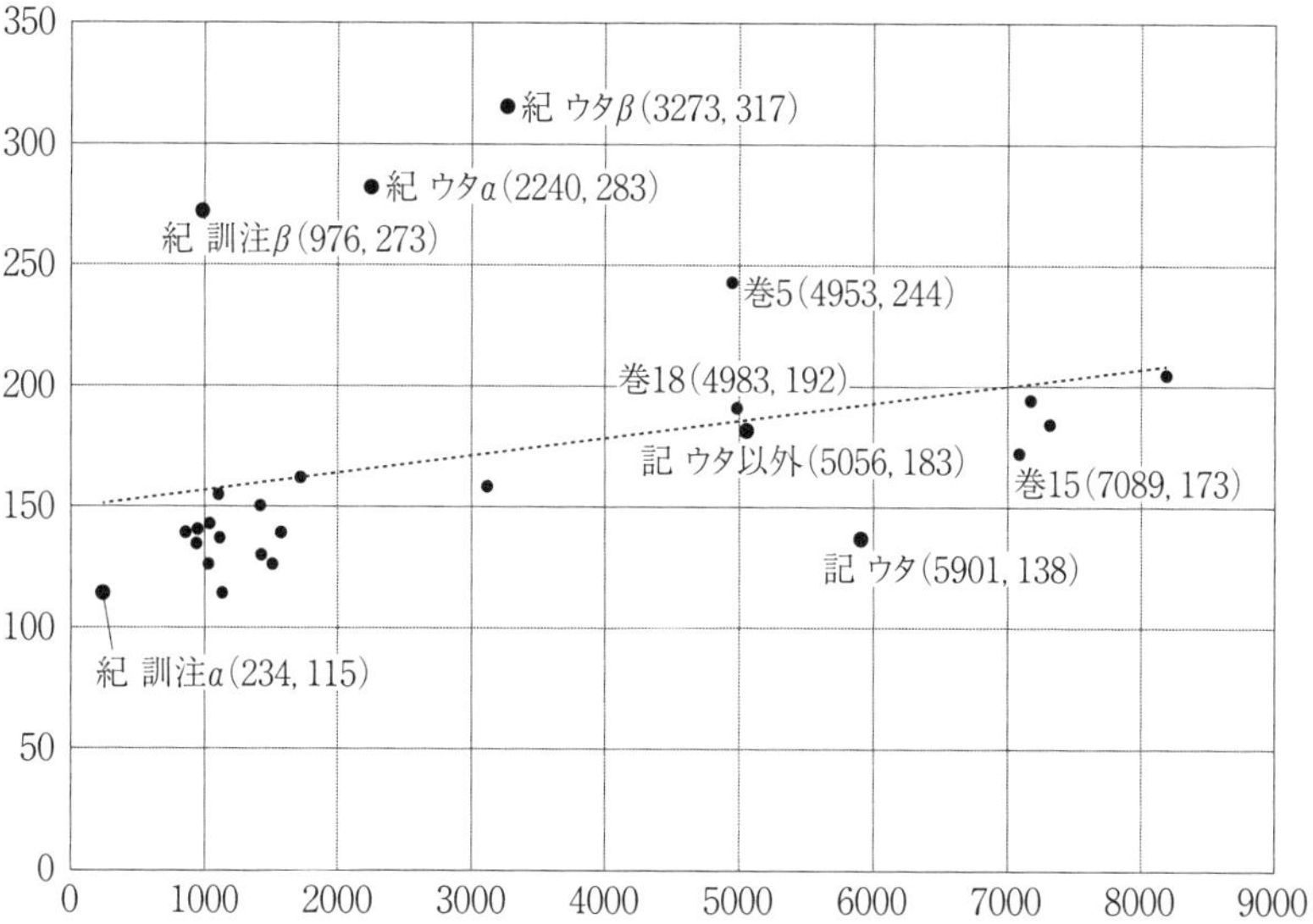

り、これらの文字列が一人ないし少数の人間によって記された可能性は極めて低いといわざるをえない。

9 学際研究へ

『日本書紀』のα群β群について、多変量解析を用いながら考えてきた。結果、ウタのデータからは、α群β群は綺麗に分かれることを再確認できた。ウタの表記と地の文の表記が全く別物であることは考えにくいだろうから、一連の森論文が指摘するとおり、『日本書紀』はα群β群が別々の成り立ちを持っていることは間違いないと思われる。ただし、訓注については、α群β群の区別は明瞭ではなかった。あるいは、人名や固有名詞などを含めて『日本書紀』全体の音仮名を対象に解析すれば、新たな知見が得られるかも知れないが、堅牢なテキストファイルの構築が出来ておらず、この点は今後の課題としたい。

また、『日本書紀』のウタは『万葉集』と『古事記』を視野に入れると、多くの書記者を想定しなければならない。おそらく特定の音仮名使用グループが複数存在し、その人々によって記されたと思われる。

以上が本稿の結論であるが、こうした数字による結論は一人歩きしやすい点を特記しておく必要がある。冒頭にも記したが、大まかにいって文系の研究者は数字で示されることに違和感を覚えつつも、数字に納得しやすい傾向にある。しかし、実際に解析すれば理解できるが、数字はどこまで行っても可能性の幅を狭める役割しか果たさないし、数字に意味づけをするのは、その現象を観察する側である。今後、統計学との学際的な研究は進むと思われるが、解析結果について常に批評的な眼を持つことが必要と考える。(18)

最後になったが、本稿のような学際的研究は単独で進められるものではない。一方、統計学研究においては、データの存在する研究領域を常に探している。堅牢性の高いデータは、文学研究ばかりではなく統計研究にとっても有益である。まわりに統計学の専門家がいれば、積極的に共同研究を試みて欲しい。

【注】

1　それぞれの底本は、『万葉集』（おうふう）、『古事記』（新編日本古典文学全集）、『日本書紀』（新編日本古典文学全集）を用いた。また、踊り字は全て該当の文字に復し、「も」の甲乙については、『古事記』においてのみ区別し、三書を比較する際には区別していない。

2　二合仮名や明らかな訓仮名については全て省略している。また「香、乎」など音訓の判定の難しいものもあるが、一般的な基準に従っている。

3　森博達『古代の音韻と日本書紀の成立』（大修館書店　一九九一）／森博達『日本書紀の謎を解く―述作者は誰か―』（中公新書　一九九九）／森博達『日本書紀 成立の真実―書き換えの主導者は誰か―』（中央公論新社　二〇一一）の一連の研究が指摘する、『日本書紀』は巻によって正格漢文によるα群と和習の多いβ群とに区別できるとする説。なお、巻三十については暫定的にβ群に配した。

4　本稿と同じように『日本書紀』についてクラスター分析を行った先行研究に松田信彦氏「日本書紀『区分論』の新たな展開―多変量解析〈クラスター分析〉を用いて―」（青木周平先生追悼記念論文集『古代文芸論叢』おうふう二〇〇九年／『『日本書紀』編纂の研究』おうふう二〇一七年所収）がある。本論とは着眼点に大きな違いがあるが、その結論は森説と背馳するものではない。

5　こう記すのは容易だが、研究者同士の信頼関係の構築や、お互いの用語のすりあわせなど、実際に研究が軌道に乗るまで数年を要した。また、統計解析を一回行っただけで十分な結果が得られることはほとんどなく、幾度も議論を重ねて解析を進める必要がある。

6　贅注ではあるが、ここにいう高い堅牢性は、独自のテキストファイルを作成することを意味していない。その研究者が拠って立つテキストの堅牢性を意味している。ただし、既存のテキストファイルを利用する場合でも、数次にわたる校正は必須である。市販されているテキストファイルにも、間違いはいくつも存在している。

7 新井皓士「『人麿歌集』と『ヘンリー六世』の帰属について―多変量解析の計量言語学的応用の試み―」(『一橋論叢』一一九号、一九九八・三)、村田右富実「カイ二乗検定を用いた万葉短歌の声調の分析」(『万葉』二〇二号、二〇〇九・四)、村田右富実・川野秀一「多変量解析を用いた万葉短歌の声調外在化について」(『美夫君志』八八号、二〇一四・三)、村田右富実・川野秀一「多変量解析を用いた万葉歌の筆録者同定の可能性」(『上代文学』一一七号、二〇一六・一一)

8 村田が多変量解析に触れた最初は、遠藤健治『例題からわかる心理統計学』(培風館、二〇〇二)、内藤統也監修/秋川卓也著『文系のための SPSS 超入門』(プレデアス出版、二〇〇七)である。参考のために記しておく。

9 クラスター分析の詳細については中村永友・金明哲『多次元データ解析法(Rで学ぶデータサイエンス2)』(共立出版、二〇〇九)を参照されたい。

10 以下、クラスター分析には、最も安定した結果が得られるとされている Ward 法を用いる。

11 これを4例以下とすると486例の切り捨てになる。1割を目安にしたが、どこで線引きをすればよいか、汎用性の高い基準が存在するか否かについては今後の課題としたい。

12 最下部に★を付した巻はウタを含まない巻であることを示す。以下同。

13 紙数の関係で省略するが、データを特定のグループに分類するクラスター分析である k-means 法を用いての解析も行ったが、結果は同じであった。

14 「ぞ(甲類)」が存在しないため87種類となる。

15 勿論、複数の書記者の可能性を排除するものではない。

16 村田右富実「『万葉集』巻五の前半部の性質について」(『万葉集研究』第三四集、二〇一三・一〇)、注4の最後の掲げた拙稿、他。

17 注4の最後の掲げた拙稿。

18 本文中にも記したが、データの堅牢性が全ての基本であることはいうまでもない。

Ⅷ

ことばと文字のはざまでヨム

書記論・音韻論

近年、書記研究の進展にしたがい、書かれたものとことばとの関係が見直されている。古代語の音韻についても例外ではない。その具体例として、上代特殊仮名遣いと字余り研究をとりあげてみよう。前者については、音韻の問題かどうかの疑問が呈されているし、後者についても、従来、音節構造の問題として議論されてきたものが、唱詠法の問題としてとらえられるようになってきた。書かれたものから何が読み取れるのかという基本に立ち返って万葉集を読むことを提唱する。

日本語の音韻と書記に関わる諸問題

鈴木　喬

ここでは「上代特殊仮名遣」と「字余り」の研究史[1]を追うことによって、音韻の諸問題について言及する。上代特殊仮名遣は上代文献の特徴の一つであり、音韻だけでなく、文法、訓詁、偽書か否かといった文献学の面にも関わる。字余りは、日本語の音節構造に関わる問題である。また『万葉集』における短歌の定型において、字余りが『万葉集』の歌句の訓詁に密接に関わる大きな問題でもある。両者の問題は、日本語の語形を一字一音の音仮名で記されなければ、観察されることのなかった事象である。つまり「音韻」や日本語の音節構造に関わる大きな問題であるが、一方で「書記」に関わる問題なのである。

1 上代特殊仮名遣

■「上代特殊仮名遣」とは

上代特殊仮名遣は、『古事記』『日本書紀』『万葉集』等に見られる、語に対する万葉仮名（音仮名）の使い分けである。たとえば【君】や【秋】のキの音節に対して「伎」「吉」等の万葉仮名が用いられ、【霧】や【月】のキの音節には「紀」「奇」等が用いられる。両者は混用されることがない。書き分けが認められる音節はキ・ヒ・ミ・ケ・ヘ・メ・コ・ソ・ト・ノ・ヨ・ロ（モ）とその濁音のギ・ビ・ゲ・ベ・ゴ・ゾ・ドである（尚、『古事記』については、「ホ」の仮名にも使い分けがあるという指摘もある）(2)。この音節の違いが、語の違いを明確に区別する。たとえば、「ヒ」の音節であれば「日」は甲類、「火」は乙類、「ト」の音節であれば「門・外」は甲類、助詞「と」は乙類であり、語源的(3)にも別語であると考えられている。

上代文献において上代特殊仮名遣の違いが、語の違いを示している以上、これを無視して読む（訓む）ことはできない。また上代特殊仮名遣が反映されていない上代資料はありえないという前提から、「神代文字」が否定され、「古事記の偽書説」の否定的材料として用いられた。また違例が極端に多い『万葉集』巻十八の一部は、上代特殊仮名遣を持たない平安時代に補修されたという指摘(4)につながる。

■上代特殊仮名遣の研究史

万葉仮名の書き分けについて、はじめて言及したのは本居宣長（『古事記伝』一之巻「仮字の事」、一七九〇年）である。刊行された『古事記伝』では、語における書き分けのみの言及だが、自筆原稿（一七六七年）では、「古へおのづから音の別れたる」と音韻乃至音声についても言及している。宣長の門弟である石塚龍麿がこれを継承し、その書き分けの用例を広く収集整理した『仮名遣奥山路』（一七九八年頃）を著した。しかし、当時注目されることなく、その後の橋本進吉(5)の再発見を待つことになる。橋本は万葉仮名の書き分けが、用いられる漢字音の傾向から音韻の別であると明言している。橋本の上代特殊仮名遣の言説は、山田孝雄など否定的な立場もあったが、多くの研究者によって承認され、現在に至る。単に音韻史だけでなく、文法・語彙、そして記紀万葉の訓詁に大きな影響を与え、その後、音韻のみならず語法、語彙など各研究の進展をみせた。

なお万葉仮名は、最も近い音を持つ漢字で日本語の音節を写したものである。万葉仮名に用いられる漢字の音にも中国における時代や地域の違いがあり、古音（古韓音）系、『古事記』や『万葉集』に多くみられる呉音系、『日本書紀』に多くみられる漢音系がある。万葉仮名研究における漢字音は、『韻鏡』や『廣韻』に基づいて考察している。一方で、中国においても出土文字資料などから上古音や中古音の見直しがなされ、また朝鮮半島からも出土物から漢字音などがわかりつつある。万葉仮名に用いられる字音研究においてこの分野の更新が必要である。

■「モ」の書き分け

モの書き分けについて本居宣長は認めていたものの、石塚龍麿は言及せず、橋本進吉も認めていない。その後、有坂秀世[6]、池上禎造[7]によって再確認されることになる。このモの区別は『古事記』に見え、『日本書紀』に見えないことから、作品成立の先後関係の言及において利用された。しかし、有坂が「古事記と同じ時代に於て、すべての人が毛と母とを書き分け、発音し分けてゐたとは思はれない」と指摘しているように、資料の性格や書記者の問題が介在していると考えられている。『古事記』以外にも『万葉集』の山上憶良の歌に「モ」の書き分けが指摘されている。これについては「高齢者」「衒学的趣味的な性質」など、書記者である憶良個人のレベルで言及されている。

モの書き分けは、甲類「毛」、乙類「母」によってなされるが、それぞれの漢字音はオ甲類に近い。つまり、漢字音によって区別していないことになる。池上は次のように述べ、

> 當時よく用ゐた毛・母の字を借りてそれぞれ甲類的・乙類的の母音を表はすといふ約束の下で、安萬侶が使用したと考へられないか。

漢字音に依拠しない書き分けを想定している。漢字音に依拠しない書き分けは、他にも字音では同音である「奴」（ヌ）と「努・怒」（ノ甲）の書き分けにみられる。

■上代特殊仮名遣と音節構造

上代特殊仮名遣で注目されるのは、母音の排他的関係である。一つの形態素（最小の意味単位）の中で、オ甲類はア列・オ甲・ウ列の音節と共起する、この三母音とオ乙類とは共起しにくい傾向がある。これらは有坂秀世と池上禎造によって発見されたものであり、「有坂・池上法則」とも呼ばれる。

第一則、甲類のオ列音と乙類のオ列音とは、同一語根内に共存することが無い。

第二則　乙類のオ列音はウ列音と同一語根内に共存することが少い。

第三則　乙類のオ列音はア列乙と同一語根内に共存することが少い。

この排他関係は、母音が二つのグループ（後舌母音か前舌母音か）に分かれるように見えるため、アルタイ語系諸語（トルコ語や中期朝鮮語など）に共通する「母音調和」と指摘されてきた。母音調和とは、母音がいくつかのグループにわかれ、それぞれのグループ内の母音で語を形成する現象をいう。日本語の系統的な位置づけに対し、大きな影響を与えたが、現在では日本語と母韻調和を主として議論されることはない。仮に母音調和があったとしても、上代語においては既に失われていたと考えられている。

橋本進吉も指摘するように、上代特殊仮名遣における万葉仮名の使い分けは、一定の文字群から排他的に使用され、複数の文献によって行われている。これは現代の我々が用いる仮名遣いのような学習と記憶の結果ではなく、音韻または何らかの音声的相違によって書記者が書き分けていることが想定される。音声的相違か音韻的相違かによって説が分かれ、上代語における母音の数において説がわかれている。

橋本進吉は、イ列・エ列・オ列の甲類は通常の母音、乙類は中舌母音と考え、八つの母音があったと解釈した。また他に松本克己[8]の「五母音説」や、それに対立した服部四郎[9]の「六母音説」がある。尚、服部は、イ列とエ列の甲・乙類の違いは、子音の口蓋化の有無によるものと解釈した。さらに森博達[10]は、『日本書紀』の万葉仮名の考察からエ段乙類は二重母音とし、「七母音説」を唱えている。このように上代日本語の母音体系は、五母音から八母音と説がわかれており、根本的な母音体系においても定説をみていないのである。

■形態論

上代特殊仮名遣は、活用の形態にも関与する。動詞の活用形における上代特殊仮名遣の研究は木田章義[11]に詳細な論考がある。

	未然	連用	終止	連体	已然	命令
四段活用（書く）	か	き甲	く	く	け乙	け甲
上二段活用（起く）	き乙	き乙	く	くる	くれ	き乙（よ乙）
下二段活用（掛く）	け乙	け乙	く	くる	くれ	け乙（よ乙）
上一段活用（着る）	き甲	き甲	き甲る	き甲る	き甲れ	き甲（よ乙）
カ変（来）	こ乙	き甲	く	くる	くれ	こ乙（よ乙）
形容詞（赤し）	け甲	く	し	き甲	け甲	○

動詞・形容詞の活用は右の通り。また助動詞は、その活用の型が動詞型か形容詞型かにわかれ、それぞれの活用の

形と同じようになる。上二・下二段動詞が常に乙類であることから、連用形が甲類か乙類かで、四段動詞か上二段動詞かが判断できる。また平安時代以降、四段動詞連用形が「書きて」が「書いて」のように音便を起こすのに対し、二段動詞の連用形は音便化しない（「起きて」が「起いて」にならない）ことから、この活用形にみられる形態の違いは、平安時代にも残っていたと考えられる。この活用形に見られる甲乙の弁別的特徴を音価の問題ととるならば、母音に関わるものと推測できる。さらに四段活用にオ列音が関与していないことも注目すべき点である。なぜならア列音に次いで多いオ列音が、動詞の機能の弁別に関与していないからである。一方で、助詞の多くがオ列乙類音を持っていることから、音価と文法との間に何らかの関係があることが考えられる。書き分けが見られる音節と書き分けない音節との違いが、活用に関わる音節と関係しているように見えるのは興味深い問題といえる。これら文法的機能と書き分けによる形態の問題は、有坂池上法則とも関わり、活用の起源（四段活用・二段活用いずれを古形とするか）、自動詞・他動詞の成立、造語法などの問題に関連する。

■上代特殊仮名遣の崩壊過程

上代特殊仮名遣は、段階的に崩壊したと考えられてきた。『日本書紀』『万葉集』においては、『古事記』に見られる「モ」の区別が見られず、『万葉集』の奈良時代末期の歌においては、違例が多くなる。さらに「コ」の書きわけ（甲類「古」と乙類「己」）が弘仁十一年（八二〇）頃の『西大寺本金光明最勝王経古点』や昌泰三年（九〇〇）頃の『新撰字鏡』を最後に見られなくなる（これらの資料の書き分けを書き手の音韻上の区別ととらえるか、慣習によったものととるか問題が残る）。これらの事実から上代特殊仮名遣は段階的に崩壊していったと考えられ、その崩壊過程を特定の音節や子音ごとに、通時的にかつ具体的に論じられてきた。特に馬渕和夫は[12]、具体的な崩壊の順序を推定している。さらに馬渕は[13]、『万葉集』内部の時代区分と、その時代の音韻について言及している。『万葉集』第二期（天武

―文武）は、『古事記』の言語に相当するとし、「ホ」・「モ」の二種の使い分けがあったとする。馬渕は、柿本人麻呂にモ甲乙の二つの書き分けが見られないのは、「人麻呂歌集」が他撰、少なくとも筆記者が他人ではないかとも言及している。第三期（元明―聖武）は、「モの混同の時代」とし、憶良の書き分けがみられるのは、原本をそのまま収載したからだとする。また旅人に見られないのは、個人差や位相差の問題を想定している。第四期（聖武―淳仁）は、上代甲乙二種の音韻の混同の時代とする。

『万葉集』というテキスト内部からこのような歴史性を見ることは、現在の万葉集研究では否定されている。また後説するように木簡などの一次資料の増加により、古い時代ほど上代特殊仮名遣が厳密であるという仮説の有効性について問題が残る。少なくとも七世紀の出土物に「モ」の使い分けは見られない。なお上代特殊仮名遣の崩壊の背景として阪倉篤義(14)は、複音節語が増加し、同音衝突の問題が無くなったからとする。同じように釘貫亨(15)は「機能負担量」の観点から「文法的単位の統語機能の減退と音声実現の必要度の減少」と指摘している。

一方で、『古事記』や憶良に「モ」の甲乙の書き分けが見られることや記紀万葉にみられる上代特殊仮名遣の違例について説明が必要である。たとえば『古事記』において「とふ」の「ト」が甲類、乙類両形が見られる。甲・乙が異なることを積極的にとらえ、意味や機能が異なり、「と《甲》ふ」は質問の意であり「と《乙》ふ」は訪問及び言語の意と意味的に差異を認める説(16)もある。これは上代特殊仮名遣に違例を認めないという立場によるものであるが、「いと《甲》」（否定表現）「いと《乙》」（肯定表現）、「と《甲》る」（普通形）「と《乙》る」（強調形）と微細な差異を甲・乙類で区別していたか疑問と言わざるをえない。仮に微細なニュアンスの違いを表現していたのならば、音韻レベルではなく過剰な書き分けと言えよう。

上代特殊仮名遣の違例は、漢字の訓を借りて和語を記す借訓に多いことや、掛詞的用法や語義未詳の枕詞にみられることから、池上禎造(17)はテキスト内部の内的要因（表意的意図や解釈など）として説明づけている。音韻レベルを超えた表意意図が関与していることは十分考えられることである。また池上は「例外のあることこそ、当代人の言語、また用字法の生々した姿を示すものである。上に見たように例外のあり方に種々相がある――ある場合に多く、ある仮名に多くというように――ことこそ人間の生きた姿である。」と指摘する。一方で東歌・防人歌を実際の方言のあらわれではないという説がある。そうであるならば、東歌・防人歌における上代特殊仮名遣の違例は、意図したものと捉えなくてはならない。

■書記の位相

上代特殊仮名遣が消える上代から中古にかけて、日本語は八母音から五母音へと母音体系が大きな転換をおこしたとするのが現在有力な説である。音韻の大きな転換期と平仮名漢字交じりの散文資料が増加するという、日本語の書記システムの確立を果たした時期と重なるという事実は、音韻変化の問題に限定されたものとは考えにくくさせる。

木簡に記された韻文において、上代特殊仮名遣の違例が散見する。また正倉院文書にみられる人名や風土記の地名語源説など固有名詞においても違例が多く存する。これらは奈良時代末期及び平安時代にかけて段階的に崩壊したとみることを困難にさせる。段階的に崩壊したのではなく、むしろ上代特殊仮名遣を厳密に守る資料と、厳密に書記されない資料が共時的にあったと考える立場がある。「日常ふだん」の木簡と「精錬」された書記の実現の結果である「はれ」の記紀万葉とでは、書記者や資料の位相差があるとして理解するのである。これを牽引したのは犬飼隆であり、犬飼は、(18)『日本書紀』にみられる精密性と木簡にみられる非精密性から、そもそも上代特殊仮名遣は、音韻体系によるものではなく、学習の結果や書記の問題と指摘している。

資料や文字の位相性という点では、『日本書紀』の一部の歌謡に用いられている音仮名からアクセントを復元できるということが指摘[19]されている。漢文体において歌句や語句を明示するという面で『日本書紀』は音声的面で実現を果たそうとした志向性ともいえる。「モ」の甲・乙の使い分けが『古事記』や『万葉集』巻五にみえるのも、実現の結果は違えども、そのような志向性による過剰な書き分けの結果とも考えられる。上代特殊仮名遣は多分に資料的、位相的違いに左右されているのである。

2 字余り

■「字余り」とは

字余りは、定型句である五音句、七音句が六音句、八音句になっているものをさす。現代のそれと異なり、『万葉集』は「字余り」句を多く持ち、ほとんどが句中に単独母音を含む。

橋本進吉[20]は古代日本語の母音音節の特異性について、「子音と結合するか又は音結合体の最初に立たない限り、十分の独立性ある音節を構成しにくいといふ性質」があり「母音の単独の音節は語頭以外にあらわれないのを原則」とし、母音が連続する場合は、「一つの音節として十分の重みをもってゐなかった」と述べている。つまり、『万葉集』などにみられる単独母音を含む字余りは、見かけの上では字余り句になっていても、その句を発音する際には、他の定型句と変わらないものとされる。表現内容によって定型の音数律を逸脱する近代の字余りと異なり、あくまでも「字余り」であって、「音余り」になっていないのである。

■「字余り」の研究史

字余りについて最初に言及したのは、本居宣長（『おを所属辨』『字音仮字用格』一七七六年）である。宣長は字余りとなる句は、その句中に［あいうお］の単独母音を含むこと、その字余りの法則において『古今集』から『詞花集』までは例外がみられず、『千載集』『新古今』から乱れだしていると言及した。佐竹昭広[21]は、単独母音を含まない字余りがあることから、『万葉集』の短歌の字余りにおいて、以下の法則をあげる。

第一則　句中に単独母音音節（エを除く）を含有する時はその字余りは差支えない。而してこの時代には五音を七音に、七音を九音にした字余りがあるが、此の場合単独母音音節は、最低二つを必要とする。

第二則　句頭に単独の母音音節、

①「イ」音があり、その次にくる音節の頭が（j）であるか、又は次の音節にそれと同じ母音（i）を尾母音として含むとき、

②「ウ」音があり、その次にくる音節の頭音が（w）（m）のとき、

その字余りに差支えない。

第三則　句中に、

①ヤ行があり、その上にくる音節の尾母音が（i）（e）である、即ちヤ行子音（j）がその上の音節の尾母音（i）（e）と相接する時、

②ワ行音があり、その上にくる音節の尾母音が（u）、（o）である、即ちワ行子音（w）がその上の音節の尾母音（u）、（o）と相接する時、

その字余りは差支えない。

『万葉集』中、字余りが生じるのは、その大部分が句中に単独母音を含む場合であり、次に字余りになりやすいのは半母音［j][w］を含む場合であるとする。第二則以下、用例が減少する。これは、実際にある例外をどのように説

明するかで、条件則が肥大したものだからと考えられる。現在は、単独母音を含まない字余りは、その歌句の訓読の再考がなされている。なお村田右富実(22)によって第一則以外の有効性は否定されている。

■「字余り」の課題

問題は、同じ単独母音を含みながら、字余りになる句とならない句（「準不足音句」）があることの理解といえる。毛利正守(23)は、単独母音について服部四郎の有声喉音音素「ʼ」を用い、句内の「単語結合」「単語連続」の概念を導入する。形態素の切れ目において、音声的な切れ目があること（例えば、赤々［akaaka］／ʼakaʼaka／）から「句中に母音を含む単語または文節がその前に位置する音節と音の切れ目のない一続きの状態にあるとき、即ち結合度の高い〝単語結合体〟の状態にあるとき、その母音は　子音音素／ʼ／を持たない／a・i・u・o／となり、その句は字余りを生じる」と説明する。一方、単独母音を含みながらも字余りをおこさないものは「単語連続」の状態であり、切れ目があるとするのである。毛利は単に母音連続において音声的な「切れ目」があるか、ないかの問題ではなく、「有声喉音音素」（ゼロ子音）が介入していることをとく。これは服部四郎における作業仮説の一つであり、「構造の原則」によって理論的に導かれた仮定上のものである。それは「〝母音で始まる〟モーラだけがVという例外的な構造を有する様に見える。そこで、これらのモーラも、語頭にあるものはCVという構造を有するのではないか」というものである（「c」は子音、「v」は母音をあらわす）。この「有声喉音音素」仮説には、研究者によって賛否わかれるところである。

現代日本語において「赤々」も速い発話では、同じ母音の連続による連母音の部分が長母音のように［aka：ka］と発音される場合がある。また途中でピッチの上昇（アクセントもだが分節単位の上がり）がみとめられる「カエル」「買う」「顔」などは、二重母音（一音節）になりにくいものの、「あのカエル」「これ買う」のように「カエ」「買う」

の中にピッチ上昇が認められないときは二重母音になりやすいとされる。また意識されうる形態素の切れ目の有無も二重母音的にふるまうかどうかに関わるとされ、現代日本語の音声的ふるまいからも、字余りにおける毛利の「単語連続」「単語結合」の考え方に一定の説得力を持たせる。

上代日本語において、語中語尾に単独で母音がくることはない。その音節構造上の特徴から「字余り」が許容される。しかし次のような例外的に単独母音を含む語がある。

・「木乃闗守伊」　キノせきもりい　4・五四五　四句目
・「賀伊乃散鴨」　かい（櫂）のちりかも　10・二〇五二　五句目
・「伎美我久伊弖伊布」　くい（悔い）　18・四〇五七　第二句

といった「悔い」「老い」「臥い」「植う」、助詞「い」などである。これらをどのように理解するのかが問題としてある。服部四郎(24)はゼロ子音を想定し、次のように言及をしている。

①ji、wu は常に／'i／／'u／として保たれ／i／、／u／となることのない音節であって、／ji／／wu／ではなかった。

②もし単語の第二音節以下に／'i／と／ji／、／'u／と／wu／の音韻的対立があったのだけれど文字（すなわち仮名）では書き表されなかったに過ぎないのだということであれば、仮名遣には区別がないけれども語頭にも同じ音韻的対立があったはずだ。

つまり、ヤ行のイとア行のイ、ワ行のウとア行のウにおいて、音韻及び文字上では対立をなさないものにおいて、対立を認めるのである。なお上代語においてこれらの音韻的対立を認めるか、否かが解決できていない。

■ウタの唱詠と解釈

かつて字余りは、歌人の表現の一つとして恣意的に解釈されていた。たとえば柿本人麻呂の二六六番歌における結句の「いにしへおもほゆ」は、字余りであり、島木赤彦[25]は「人麿の感動が常に荘重に働く」と評し、また青木生子[26]は、「重量感をいっそうに添え、一首全体無限の哀愁を響き渡らせる」と評した。字余りが表現の一つの手法として看取されたのである。しかし、字余り研究の発展とともに、表現技巧的な理解や解釈はされなくなった。

橋本、佐竹において字余りは「音韻現象」「音節構造」（音声）の問題であった。一方で近年「唱詠」という問題点で論じられることが多い。毛利正守[27]の詳細な一連の研究によって『万葉集』における句中に母音音節を含む字余り句（aグループ）と、母音音節を含んでも字余りではない句（bグループ）とが、対照的な分布をなすことが知られ、長歌、旋頭歌、短歌などの歌体を超えて現象事実として観察されている。短歌形式では次のようにあらわれる。

aグループ…第一句、第三句、第五句
bグループ…第二句、第四句

さらに毛利は、句中の母音の位置に着目し、句内部にA群とB群との二群を示している。

A群…短歌第一・三・五句、及び短歌第二・四句の「五音節目の第二母音」以下の箇所（字余り一四六五例・非字余りは一〇三例）
B群…短歌第二・四句の五音節目の第二母音より以前
（字余りは二五二例、非字余りは一一七一例）

第1句	第2句	第3句	第4句	第5句
A群	B群・A群	A群	B群・A群	A群

この二群を句中の母音音節と字余り句、非字余り句との相関関係として捉えた場合、その母音音節が積極的に字余

り句の生起に関与するA群と、関与しないB群という二種類の句内属性を有していたとされる。毛利および山口佳紀[28]は、A群は一続きで唱詠され、B群は二分して唱詠されることを想定している。字余りに見られる句内属性による偏在が「唱詠」によるものだとするならば、字余りは日本語の音節構造の問題ではないことになる。なお山口は第五句を一続きに詠じたことについて「重みをつけ、終末感を演出しているのではないか」と言及している。「重み」「演出」といった表現技巧に近い言説が再びなされたことになる。なお柳田征司[29]は「短句である第一・第三句の母音連続が一続きに唱詠されたと捉えるべきではなく、五音の短句には六文字の内容を盛り込むことが多くなり、自然五文字の例が少なくなっていると捉えるべき」といった唱詠とは異なる指摘もある。

■句内属性と書記

字余りが歌の書記に関与するのか否かという問題が残る。佐野宏[30]は、脱落想定表記（「亦打山マツチヤマ」「片垸カタモヒ」など）がA群に著しく偏在していることを指摘し、「字余り句表記は、和歌の句表記が韻律単位であることと、語分節単位であることとの両方を志向する中での一つの適応」とする。表記上の語形と借音上の語形とが二重構造として成り立つ脱落想定表記が、句内属性の枠組み（A群）を背景にし成り立っているとするのである。和歌の書記の問題において句内属性が関与する可能性を指摘している。

また柳田征司[31]は、文構造において字余りのなりやすさに差があることを指摘している。字余りになりやすい文構造は、「〜の海」「〜の音」「〜の上」「〜の浦」などのような「名詞＋の＋名詞」であり、一方で、非字余りになっている文構造において「感動詞＋母音」（「いざうちゆかな」（17・三九五四））には大きな切れ目が認められ、また並列する補充成文（「夢にも妹が」（5・二七三五））と結合度が低いものは字余りになりにくいとする。「単語連続」を構造レベルで言及したものだが、句内属性が構文を規定するのか、構文が句内属性があるように見せているのか問題といえる。また同じ七音句においてもａグループとｂグループに分かれる。つまり短歌型式の結句の性格をどう解釈するのかも問題といえる。

・うるはしと　さ寝しさ寝てば　かりこもの　乱れば乱れ　さ寝しさ寝てば　（古事記・下　允恭歌謡・七九）

・あさもよし　紀人ともしも　真土山　行き来と見らむ　紀人ともしも　（1・五五）

・我はもや　安見児得たり　皆人の　得かてにすといふ　安見児得たり　（2・九五）

右のように結句が第二句の繰り返しになる場合がみられる。字余りは五音・七音といった定型をもとに成り立つ事象である。定型がなければ字余り・字足らずといったものは問題にならない。初期万葉に二区切れがみられること、及び定型の成立とともに考えなくてはならない問題であろう。さらに句内属性が文字だけでなく単語レベル、つまり語形にも影響をおよぼさないか問題になる例がある。

・童ども　草はな刈りそ　八穂蓼を　穂積の朝臣（穂積乃阿曽）が　腋草を刈れ　（16・三八四二）

・いづくにそ　ま朱掘る岡　薦畳　平群の朝臣（平群乃阿曽）が　鼻の上を掘れ　（16・三八四三）

「あそみ」という語形が「あそ」で用いられている。原文が「阿曽」と仮名書されることによって字余りでないことがわかる。訓字「朝臣」で表示されると例外的な字余りとされる。「あそ」という語形を音数律または句内属性によって語形が規定されたとみるべきか、略語など別の原因を求めるべきか問題がある。そもそも我々が規定する「上代語」の語彙体系が『万葉集』を中心とした韻文資料によっていることは注意しなくてはならない。

3　上代日本語の音韻と書記

日本語の音節構造を含めた音韻が言及されるのは奈良時代からである。それは記紀万葉において万葉仮名で語形が記され、音韻体系がわかるためである。つまり、日本語音韻史は書記史に沿って言及されるのである。まとまった資料群の中心は記紀万葉であり、韻文資料に偏っている。「日本語」としつつも、偏った位相を観察していることに留意が必要である。漢字で一字一音で記されているものから、まるで音声や音韻が忠実に保存されているかのように議論することは不可能である。またその一字一音であっても、資料において一字一音で記すことの志向性も関与してくる。

音韻の諸問題においても、外国語の文字である漢字を用い、漢字のフィルターを通し我々は書かれた結果を観察している。つまり、書記の問題とは不可分なのである。このことに我々は自覚的でなくてはならない。

【注】

1 上代特殊仮名遣、字余りの論は多く、以下、引用・参考文献は紙幅の関係上、代表的なものに留める。

2 馬渕和夫「「古事記」のシ、オ、ホのかな」(『国語学』三一号、一九五八)、犬飼隆「上代特殊仮名遣の崩壊過程と古事記のオ、シ、ホのかな」(『国語国文』四七巻九号、一九七八)。

3 「神」の語源について論争があったからである。「神」は人間の住む世界よりも「上」に存在するから「カミ」だとし、「神」と「上」とは同源の語だという考えがあった。「上」のミは甲類「神」のミは乙類であることから、両者は別の語源の語とするのが大勢である。上代特殊仮名遣が判明された後も、「上」と「神」が同源とする説も存在する。阪倉篤義(「「神」の語源を中心に」『講座日本語の語彙』(第一巻語彙原論)明治書院、一九八二)は、「かむ」【神】や「こむ」【隠】「くま」【隈】と関連し、共通する語根的な「kam」「kum」を想定している。また『風土記』などの地名語源に関わる説話において上代特殊仮名遣の違例が多くみられる。上代特殊仮名遣の違いが、万葉びとの語源の認識の違いを反映しているとは限らないことを留意しなくてはならない。

4 大野晋「萬葉集巻第十八の本文に就いて」(『国語と国文学』第二二巻第三号、一九五〇)。

5　橋本進吉「国語仮名遣研究史の一発見―石塚龍麿の仮名遣奥山路について―」(『帝国文学』二三巻一一号、一九一七、再録『文字及び仮名遣いの研究』岩波書店、一九四六)。
6　有坂秀世「古事記に於けるモの仮名の用法について」(『国語と国文学』九巻一一号、一九三二、『国語音韻史の研究』三省堂、一九四四〈増補新版、一九五七〉所収)。
7　池上禎造「古事記に於ける仮名「毛」・「母」に就いて」(『国語国文』二巻九号、一九三二)。
8　松本克己「古代日本語母音組織考―内的再建の試み」(『金沢大学法文学部論集・文学編』二九号、一九七五、『古代日本語母音論―上代特殊仮名遣の再解釈』ひつじ書房、一九九五、所収)。
9　服部四郎「上代日本語の母音体系と母音調和」(『月刊言語』五巻八号、一九七六)。
10　森博達「漢字音より観た上代日本語の母音組織」(『国語学』一二六号、一九八一、『古代の音韻と日本書紀の成立』大修館書店、一九九一)。
11　木田章義「活用形式の成立と上代特殊仮名遣」(『国語国文』五七巻一号、一九八八)。
12　馬渕和夫『上代のことば』(至文堂、一九六八)。
13　馬渕和夫「万葉時代の音韻」(『万葉集必携』〈別冊国文学〉、一九七九)。
14　阪倉篤義『日本語表現の流れ』(岩波書店、一九九三)。
15　釘貫亨「古代日本語動詞の歴史的同行から推測される先史日本語」(『日本語の起源と古代日本語』臨川書店、二〇一五)。
16　有坂秀世『上代音韻攷』(三省堂、一九五五)、大野透『万葉仮名の研究』(明治書院、一九六二)。
17　池上禎造「上代特殊仮名遣の万葉集への適用と解釈」(『国文学　解釈と鑑賞』二一巻一〇号、一九五六)。
18　犬飼隆「白村江敗戦前後の日本の文字文化」(『いくさの歴史と文字文化』三弥井書店、二〇一〇)。
19　高山倫明「原音声調から観た日本書紀音仮名表記試論」(『語文研究』五一号、一九八一)。
20　橋本進吉『国語音韻の研究』(岩波書店、一九六八)。
21　佐竹昭広「萬葉集短歌字余考」(『文学』一四巻五号、一九四六)。
22　村田右富実「万葉集研究におけるコンピュータ利用の一側面―万葉短歌の字余りを中心に」(『文学・語学』一七一号、二〇〇一)。

23 毛利正守「萬葉集に於ける単語連続と単語結合体」(『萬葉』一〇〇号、一九七九)。

24 服部四郎「毛利正守氏の「萬葉集ヤ・ワ行の音声—イ・ウの場合—」について」(『言語』一一巻八号、一九八二)。

25 島木赤彦『万葉集の鑑賞及び其の批評』(講談社、一九七八)。

26 青木生子「作品鑑賞」(『万葉集必携』学燈社、一九六七)。

27 毛利正守「古代の音韻現象—字余りと母音脱落を中心に」(『日本語史研究の課題』武蔵野書院、二〇〇一)。

28 山口佳紀『万葉集字余りの研究』(塙書房、二〇〇八)。

29 柳田征司『日本語の歴史5上　音便の千年紀』(武蔵野書院、二〇一四)。

30 佐野宏「萬葉集の字余りと脱落想定表記—定型に対する共通理解の観点から—」(『萬葉』一九三号、二〇〇五)。

31 前掲、注29

字余り研究の課題と表記研究

乾　善彦

1 字余り研究の射程

万葉集の字余りについては、本居宣長がおよそ万葉集から詞花集くらいまでの字余り句には「あいうお」の母音音節を含むことを指摘したのを嚆矢として、佐竹昭広「万葉集短歌字余考」（『文学』第一四巻五号、一九四六）と、毛利正守「萬葉集に於ける単語連続と単語結合体」（『萬葉』一〇〇号、一九七九）およびその続稿、さらに、山口佳紀『萬葉集字余りの研究』（塙書房、二〇〇八）は万葉集の字余りを前面に押し立てた著書であるが、これらによって、ほぼその実態が明らかになってきた。

しかしながら、そのよってたつ基本的な問題については、まだ成案をみないといってよかろう。二〇〇五年に日本語学会でおこなわれたシンポジウム「字余り研究の射程」では、とくに唱詠法との関係に焦点が絞られた感があるが、パネラーの三者三様の見方が、それぞれにかみあわないかたちで議論が展開していたようにおもわれた。

パネラーは、毛利正守、山口佳紀に高山倫明を加えた三氏、司会は湯澤幸質。毛利は自身の研究を総括して、氏の提唱するA群（短歌でいえば、五音句と結句、それに第二、第四句の第五音節の第二母音以下）とB群（それ以外の部分）とで、句中に母音を含んでも字余りになる場合とならない場合との差異があり、それが唱詠法の差異によるものであるという。A群は途切れがなく一息にうたわれるような状況であるのに対して、B群は一般の発話に近いような切れ続きを持ったものとする。山口は、毛利と同じく字余りを音節構造や音韻現象に求めるのではなく唱詠法によるものとし、奇数句は一息によまれ、偶数句は自然な形で二分されるとする。高山も韻律の問題としてとらえ、字余りを理解する一つの方法として、韻律論でよく議論される二音一拍四拍子のリズムを一案として提示する。この時の報告が「日本語学会二〇〇五年度春季大会シンポジウム報告　字余り研究の射程」（『日本語の研究』第二巻一号、二〇〇六・一）にあるが、そこでは、三者の報告と湯澤による総括とが記されているだけで、シンポジウムでの議論は割愛されている。

その後、その時の議論を発展させる形で、毛利正守「萬葉集の字余り――音韻現象と唱詠法による現象との間――」（『日本語の研究』第七巻一号、二〇一一・一）が持論を展開し、とくに毛利が明らかにしてきたA群とB群の差異について、「即ち、B群は散文等で脱落をみるもの及びそれに関わりのあるものだけが字余りを生じている、と言える。」として、唱詠法とは別の次元で、音節構造の面でも字余りに関わる要素のあることを主張し、高山倫明「音韻史と字余り」（『国語と国文学』第八十八巻八号、二〇一一・八）はこれに対して、あくまでも唱詠法によって議論がおさまることを述べ、さらに毛利正守「萬葉集字余りの在りよう――A群・B群の把握に向けて――」（『国語と国文学』第八十九巻四号、二〇一二・四）が、その反論として、A群B群の解釈を展開した。

両者の違いについては、佐野宏が「これは、個々の歌詞に対して独立して存在する旋律（唱詠法）とみるか、個々の歌詞にあわせて休拍を調整するリズム（律読）とみるかである。いずれも汎用性があるが、歌経標式の言説や琴歌譜の譜詞、古代和歌の類型性と作歌法に照らして、唱詠法が歌詞に対して独立しているとみるほうが、他の状況との整合性は高いように思われる。」（「2012年・2013年における日本語学界の展望　文字・表記（史的研究）」『日本語の研究』

第一〇巻三号、二〇一四・七）と評している。

佐野は、「萬葉集の字余りと脱落想定表記――定型に対する共通理解の観点から――」（『萬葉』第一九三号、二〇〇五・七）、「萬葉集の字余りに関する覚え書き――句内属性と定型の枠組み――」（『萬葉語文研究』第二集、和泉書院、二〇〇六）、「萬葉集の唱詠と定型の枠組み――「定型」の変遷について――」（『萬葉集研究』第三十一集、塙書房、二〇一〇）において、研究史、とくに毛利説をまとめたうえで、その有効性を説き、その上に立って、表記の問題として字余り研究を位置づける（後述）。以上が、最近の字余り研究の概要であるが、これらをふまえて、本稿においては、特に佐野の諸論考を受けて、あらためて、字余りを文字とことばとの関係から考えてみようとするものである。

2 唱詠と音節構造

本居宣長にはじまる、「字余り句中には、あいうおの母音音節が含まれる」という指摘は、橋本進吉「国語の音節構造と母音の特性」（『国語と国文学』第十九巻二号、一九四二・二、のち『国語音韻の研究』（一九五〇、岩波書店）所収）、佐竹昭広「万葉集短歌字余考」（『文学』第一四巻五号、一九四六・五）などによって、日本語の母音の特性に関係づけて考えられてきた。つまり、ラ行音、濁音は語頭に立たないという、有坂秀世の頭韻法則（『国語音韻史の研究　増補新版』（三省堂、一九五七、初版は明世堂書店、一九四四））のひとつとして、母音音節は語頭にしかたたないという事実がある。これは、単語が結合する際に、母音の連続をきらうという性質の裏返しでもある。そこで、母音特性による音節構造と字余りとが結びつけて考えられるようになった。これはちょうど、その時に盛んに議論された、日本語がシラビーム言語かモーラ言語かといった議論との関係で考えることにつながった。現在では、さきに述べたように、字余りを唱詠との関係でとらえる方向にあるので、方向は異なるが、しかしながら、字余りの現象が、句中の母音のふるまいに関係しているように見える点で、日本語の母音特性にかかわるであろうことは動かないように思われる。

そもそも音数律による定型自体が、日本語の音節構造にかかわることからすると、音節構造と字余り現象とが、密接にかかわることは疑いない。ただそれを、音韻面でとらえるか、音声現象と書記との面でとらえるかによって、字余り現象自体の性格がかわってくる。その点で、佐竹先掲論文で示された字余り法則、および、毛利正守「萬葉集に於ける単語連続と単語結合体」(『萬葉』一〇〇号、一九七九・四)で示された、母音音節を含まない「字余り法則」について、考えておく必要がある。

毛利論文では、

第一則　句中に単独母音(ア・イ・ウ・オ)を含む時、

第二則　(1)句頭に「イ」があり、その次に来る音節の、頭音が(j)か(m)、または尾母音が(i)の時、

(2)句頭に「ウ」があり、その次に来る音節の、頭音が(w)、(m)の時、

第三則　(1)句中のヤ行子音(j)が、その上の音節の尾母音(i)、(e)と接する時、

(2)句中のワ行子音(w)が、その上の音節の尾母音(u)、(o)と接する時、

第四則　句中に推量・意思を表す助動詞「ム」を含む時、

第五則　(1)句中に、同一の子音に挟まれた狭母音を含む時、

(2)句中に、無声子音に挟まれた狭母音を含む時、

に字余りを生じることがあるとするものである。

たしかに、第二則以下の、いわゆる非母音性字余りの場合は、句中に単独母音を含む場合とよく似た音声環境に

あるといえるが、村田右富実「万葉集研究におけるコンピュータ利用の一側面――万葉短歌の字余りを中心に――」（『文学・語学』一七一号、二〇〇一・一二）が試算したように、その法則によって字余りを生じるのは、生じない場合と比べて微々たるものであり、法則といえるようなものではない。山口佳紀『萬葉集字余りの研究』（塙書房、二〇〇八）も、この適用には慎重な態度を示す。だとすると、これは音節構造や音韻規則によるものではなく、あくまでも唱詠の時の音声環境によって許容されることもあるというふうにいわなければならないだろう。しかし、「音声環境」ということでは、あるいはこのような場合には例外が認められたということも、まだ、可能性としては残しておきたい。

木下正俊「準不足音句考」（『萬葉』二六号、一九五八・一）は、句中に母音音節があることによって字余りが生じるとすると、句中に母音音節があるにもかかわらず字余りにならないものは、かえって字足らずになるのではないかということで、改訓することによって、積極的に字足らずを解消しようとしたものである。木下は短歌第二句第四句にはその例外の多いことを指摘して、第一・三・五句において積極的に字余り解消への改訓を考えたが、重要なのは、字余りを許容するか否かは、母音の、歌の中での位置によることを指摘した点である。この違いを服部四郎の理論を援用して、句中での母音連続の様相を単語結合と単語連続とに求めたのが、先掲毛利論文である。その後、毛利は、字余り部分の偏在を、（a）グループと（b）グループとに分けていたものを修正して、A群とB群との差異に注目し、両者の相違を唱詠の差異に求めることになる。これによって、従来、字余りを音節構造によって説明しようとしていたのが、唱詠によるものと理解されるようになる。前節に示したように、毛利はA群は一気に歌われることによって、日常のことば遣いとは異なる状況で母音連続が単語結合状態におかれ、字余りが許容されるのに対して、B群は日常のことば遣いに近い形の母音連続の状態であることによって、句中に母音連続があっても字余りを生じないと説明する。そこに唱詠法の異なりを想定するのである。

その唱詠法の異なりを、山口佳紀先掲書は、短歌偶数句では途中に途切れがあることで説明する。つまり、奇数句は一気にうたわれるのに対して、偶数句では自然な意味の区切りで、途中に途切れを想定することで、偶数句においては途中に母音音節が含まれても字余りを生じないとするのである。そこでは毛利が言うような、唱詠法の違いは考慮されないように思われる。先のシンポジウムにおいても毛利の唱詠法の差については、その具体性が問題視されたように記憶する。

その後、山口の偶数句二分説については、毛利正守「萬葉集の字余り——音韻現象と唱詠法による現象との間——」(『日本語の研究』第七巻一号、二〇一一・一)に疑問が呈せられている。また、佐野宏「萬葉集の唱詠と定型の枠組み——「定型」の変遷について——」(『萬葉集研究』第三十一集、塙書房、二〇一〇)が、両者の見解の相違について、

山口氏説では複数の唱詠パタン——偶数番句の二分節パタン——を歌詞の統語条件に応じて変化する点で、歌詞に即した唱詠法といえるが、毛利氏説では山口氏説の偶数番句は「B群A群」のブロックパタンで固定的であるから、唱詠パタンが歌詞に対して独立している。記憶の利便性と汎用性からいえば単純な後者のモデルが有効だが、歌の個性と定型のあり方からすれば前者が有効である。(中略)しかし、脱落想定表記の分布傾向から推せば、偶数番句は二分節唱詠というよりは異なる二つの句内属性があるとみたほうが説明しやすいところがある。(一五三頁)

と評している。三・四、もしくは四・三の自然な意味による分割というのは、日本語の音節構造からは、自然な区切りはだいたいがこのふたつにかたまるのであり、例外は例外として認めても、問題はないのであるが、やはり唱詠の問題であれば、あえて「意味的に自然な分割」にこだわる必要もないようにおもわれる。「句割れ」「句跨ぎ」など、定型が「意味的に自然な分割」に優先するような事例が認められるからである。

3 母音脱落想定表記と字余り

佐野宏「萬葉集の字余りと脱落想定表記――定型に対する共通理解の観点から――」（『萬葉』一九三号、二〇〇五・七）は、A群とB群における字余りの偏在に関係して、吉井健「萬葉集における母音脱落を想定した表記」（『萬葉』一五二号、一九九四・一二）のいう「母音脱落想定表記」が、A群に偏ることを指摘する。ここから、字余りは表記の問題としてもとらえられるようになる。このことについて、次に考えることになる。

吉井は、「亦打山（まつちやま）」（1・五五）、「朝入為流」（あさりする）」（7・一一八六）、「益卜雄（ますらを）」（2・一一七）のようなある種「訓の同定について迂遠な表記」について、それが歌意の理解にある程度、影響を及ぼす表現性を持つこと、それが母音脱落現象に齟齬を生じないかぎりにおいて、比較的訓の同定が容易であったことを指摘した。佐野はこれを字余り研究における定型の問題と関連させたとき、脱落想定表記はA群に偏ることが有意であることを指摘したのである。

脱落想定表記は、A群に強い偏りをもって分布し、字余り句と重なる分布を示す。従って、A群とB群との属性の影響下にあるといえる。但し、母音脱落に関与する用字別にみれば、B群での脱落想定表記例の多くはA群でもその用例が確認でき、脱落形を伴う場合の字余り句にも近い質を併せもっている。

結論部分のこの指摘は、脱落想定表記が「いわば潜在的な字余り」（三六頁）であることを示していることを述べたものである。

ところで、母音脱落想定表記とは、ある種、義訓的な表記であり、歌意にかかわるかかわらないにかかわらず、字義を多分に意識したものである。そこに、字余りの傾向と並行した関係がみとめられるということは、歌作あるいは歌を表記する段階で、歌の「定型性」と「ヨミへの還元」が意識されていたことを示す。つまり、唱詠と表記との間には密接な関係があると、意識されていたことをうかがわせる。

字余りに関して、表記として脱落形がみとめられる語構造の字余りは、A群B群に共通してみとめられるが、脱落形の認められない字余りがA群には偏在することが指摘されている。逆にいえば、脱落形のみとめられる字足らずはB群に限定されるということである。

脱落想定表記とは、本来、縮約でない形の想定できない語が、とある表現意図や語源解釈などによって、分析的に非脱落形として表記されるものである。たとえば、先の「亦打山」は「まつちやま」であって、「またうちやま」では決してない。「益卜雄」も「ますらを」をなのであって、「ますうらを」ではない。「ますらを」には「益荒夫」(9・一八〇〇)の例もあって、これだと「ますあらを」となり、別語ということになってしまう。また、枕詞の表記には、この種のものが多く、「千磐破」(2・一〇一)、「玉垣入」(11・二三九四)などは、語源解釈や表現意図が強く感じられるものである。

これらが、母音音節があれば字余り句を要求するA群に偏在することは、逆にいえば、これらの部分において、母音連続は縮約するかたちで理解されえたということをものがたる。「亦打山」が「またうちやま」でないことが、書記者にも読者にも自明のことでなければ、成立しないからである。

春之在者　妻乎求等　鶯之　木末乎伝　鳴乍本名（10・一八二六）

（はるされば　つまをもとむと　うぐひすの　こぬれをつたひ　なきつつもとな）

「はるされば」を「はる・し・あれば」と理解する説がないわけではないが、これは分析的な表記とみたほうがよい。これも脱落想定表記に含められる。しかし、これが正確によまれるためには、母音を含む第一句の字余りは、従来からいわれてきたように、五音相当としてよまれた、あるいは理解されたと考える必要があるのである。

④ 字余り句の縮約表記と非縮約表記

以前に指摘したことだが（拙著『漢字による日本語書記の史的研究』（塙書房、二〇〇三、第二章補説2）、および拙稿「書評　山口佳紀著『万葉集字余りの研究』」（『萬葉』二〇四号、二〇〇九・四））、新撰万葉集には、次のような「こそありけれ」「ぞありける」「もあるかな」の例がある（浅見徹『新撰万葉集　校本編』により、異同の略号も該本による）。

脱蝉之　侘敷物者　夏草之　露丹懸礼留　身許曽阿里芸礼（上三四）
　曽阿―佐（羅・無）
　　佐［曽阿イ］（類・講・京・市・天・藤）
秋風丹　音緒帆丹挙手　来船者　天之外亘　雁丹曽阿里芸留（上五九）
　阿里―有（永・久）
秋之夜緒　明芝侘沼砥　云芸留曽　物思人之　為丹佐里介留（下一七三）
　曽阿―佐（羅・無・永・久）
白波丹　秋之木葉之　浮倍留者　海之流勢留　舟丹佐里介留（下一七四）
毎秋丹　折行良咩砥　女倍芝　当日緒待乃　名丹許曽佐里介礼（下二六〇）
　曽―ナシ（類・講・京・市・天・羅・無・藤）
雪而已曽　柯丹降敷　花裳葉裳　伊丹兼方裳　不知麻留鉇（下二一二）

白雪之　降手凍礼留　冬成者　心真丹　不解麻留鉇（下二〇七）

十巻本歌合では、上三四の歌は「みにこそありけれ」となっているが、上五九は「雁にさりける」となっており、また、古今集でも関戸本に「かりにさりける」とある。古今集全体をみても、結句にある「ぞありける」「こそありけれ」は、伝本によっては「さりける」「こさりけれ」とするものがある。その時には、これを、ヨミ（音声化）を優先させた結果のものと考えた。現在では、日本語を書きあらわすための文字である「かな」の表記上の特性によるものと考えている。

このことから、結句において「あり」が係助詞「も」「ぞ」「こそ」に下接するとき、「に・あり→なり」「て・あり→たり」同様（実際に音声化されたかどうかは別として）、母音脱落をおこし縮約形でよまれたことが考えられる。このことは、母音音節を含む結句の七音句は、母音音節を縮約するかたちで七音句としてとらえられていたということであり、いわゆる音声現象として、定型を保っていたということの内実としてとらえられよう。

それが新撰万葉集上巻のように「曽阿」と縮約しない形で表記されるのは、ひとつに形態素の明示、つまり、語分節を明確にするような表記であるからだと評価できよう。つまり、万葉集において「ぞ・あり〜」「こそ・あり〜」を「ざ・さ」で表記する例がないことは、音声形態の表示よりも、形態素表示が優先される書記法だったということなのであり、それは、まさに脱落想定表記とは表裏一体のものだったのである。（ちなみに、新撰万葉集の上巻と下巻とでは成立の問題があり、下巻は比較的成立が遅れるようにみえるが、結句の縮約表記は、万葉集のような漢字の用法としての仮名書きと、「かな」成立以降のかな書きとの差異があらわれているようにみえる。）

⑤ まとめにかえて

歌の唱詠法について、たとえば琴歌譜にのこされた譜から考えると、ひとつひとつの音は比較的長く唱詠されたことがしられる。字余り句についていえば、延引の間に字余りが唱詠の中で捨象されていることがわかる。したがって、字余りが唱詠の問題、あるいは母音のふるまいの問題であることは言をまたない。おそらく、非母音形の字余りは、唱詠上の何らかの理由で（音節構造や音韻の問題ではなく）、許容されることがあったのであろう。琴歌譜の歌詞と歌譜との関係をみると、語形重視（形態素表示に重点を置いた）か唱詠上の注記かで、二様に歌が示されていることがわかる。そこから、「唱詠」を根本に据えて字余りを考えることもできよう。しかし、それはまた、書き様の問題であることも示している。

人麻呂歌集歌の略体・非略体歌の書記法について、略体→非略体→仮名書という変遷が、日本語書記史にのっとった形で語られたことがあった。それが、仮名書きされた七世紀木簡の出現でそれが否定されるや、「声の歌から文字の歌へ」とシフトされた。しかし、字余りの様相は、作歌にあたって常に意識されたのは五七五七七という定型であったことを示しており、その定型は、字余りの様相から、つねに唱詠時の音声的な側面によって支えられていたという事実がある。そこに示された「声」が、何をどう示すためのタームか、本稿で考える余裕はない。しかし、ウタはヨム歌ではなく、詠む歌であり続けてきたのである。

字余りが唱詠の問題であるかぎり、声の問題である。そこに、文字が覆いかぶさったことによって、字余りの本質を見にくくしてしまったといえよう。そこには、ことばと文字の対応の、どうしようもないあやうさが横たわっている。

万葉集における字余り現象については、冒頭に述べたように、ほぼその実態は明らかになったと思われる。しかして、その内実に迫ろうとすると、万葉集の表記という壁が高くたちはだかる。文字はあくまでも声をそのままあらわしえない。字余りが声の現象であるかぎり、最終的には、文字の背後にある声をきかねばならない。そのためには個々の表記システムの解明が必要である。そのカギは文字としての「かな」（ひらがな・カタカナ）の表記システムとの差異をあきらかにすることであろう。なぜならば、われわれはまだ「かな」が、万葉集の仮名書きとどのように異なるかについて、明確な知見をえていないからである。前節にあげた事例の適確な理解が求められている。

このことからも、万葉集字余り研究は、表記の課題であるといえよう。宣長が詞花集ごろまでとみなしたように、万葉集を越えたところに万葉集の字余り研究の課題がある。

【参考文献】

有坂秀世『国語音韻史の研究　増補新版』（三省堂、一九五七、初版は明世堂書店、一九四四）

乾善彦『漢字による日本語書記の史的研究』（塙書房、二〇〇三）

乾善彦「書評　山口佳紀著『万葉集余りの研究』」（『萬葉』二〇四号、二〇〇九・四）

木下正俊「準不足音句考」（『萬葉』二六号、一九五八・一）

佐竹昭広「万葉集短歌字余考」（『文学』第一四巻五号、一九四六・五）

佐野宏「萬葉集の字余りと脱落想定表記―定型に対する共通理解の観点から―」（『萬葉』一九三号、二〇〇五・七）

佐野宏「萬葉集の字余りに関する覚え書き―句内属性と定型の枠組み―」（『萬葉語文研究』第二集、和泉書院、二〇〇六）

佐野宏「ウタの文字化がもたらしたもの―句構造の形成について―」（『福岡大学研究部論集　A　人文科学編』一〇―七、二〇一〇・一二）

佐野宏「萬葉集の唱詠と定型の枠組み――「定型」の変遷について――」『萬葉集研究』第三十一集、塙書房、二〇一〇）
佐野宏「2012年・2013年における日本語学界の展望　文字・表記（史的研究）」（『日本語の研究』第一〇巻三号、二〇一四・七）
高山倫明「音韻史と字余り」（『国語と国文学』第八十八巻八号、二〇一一・八）
橋本進吉「国語の音節構造と母音の特性」（『国語と国文学』第十九巻二号、一九四二・二、のち『国語音韻の研究』（岩波書店、一九五〇）所収）
宮沢俊雅「字余りの変遷―平成十五年春季上代文学会公開講演・概要並びに配布資料―」（『上代文学』九一号、二〇〇三・一一）
宮沢俊雅「「音節」・「モーラ」と『字余り』」（『国文論叢』四三、二〇一〇・一二）
村田右富実「万葉集研究におけるコンピュータ利用の一側面―万葉短歌の字余りを中心に―」（『文学・語学』一七一号、二〇〇一・一二）
毛利正守「萬葉集字余りの在りよう―A群・B群の把握に向けて―」（『国語と国文学』第八十九巻四号、二〇一二・四）
毛利正守「萬葉集に於ける単語連続と単語結合体」（『萬葉』一〇〇号、一九七九・四）
毛利正守「萬葉集の字余り―音韻現象と唱詠法による現象との間―」（『日本語の研究』第七巻一号、二〇一一・一）
山口佳紀『萬葉集字余りの研究』（塙書房、二〇〇八）
湯沢質幸ほか「日本語学会二〇〇五年度春季大会シンポジウム報告　字余り研究の射程」（『日本語の研究』第二巻一号、二〇〇六・一）
吉井健「萬葉集における母音脱落を想定した表記」（『萬葉』一五二号、一九九四・一二）

あとがき

つくづく思うことがある。それは、われわれは平和な時代に『万葉集』の研究をしているということだ。いわゆる学徒出陣世代の人びとは、戦争によって、一度は研究を断念した人びとである。戦後、幸いにして生き残った人びとは、まるで十年待った春を歓ぶかのように論文を書いた。書きまくった。自由の春に。もちろん、多作の人、寡作の人はいるが、概ね多作で、本質に迫る議論をする。一九四〇年代後半から五〇年代に学問をはじめた人は、論文を書くという行為そのものが政治的立場を表明することになったから、方法論やイデオロギーを大切にした。一九六〇年代から七〇年代に学問をはじめた人も同じだったが、方法論の異なる他者に大層攻撃的であった、と思う。また、一九七〇年代から一九八〇年代にかけて、画期的な名論文を書き、将来を嘱望されつつも、政治闘争によって、論文一本で学界を去った人もじつに多い。

では、平和な時代に学問をしているわれわれに苦労がないかといえば、そうでもない。研究職を得ることは厳しく、得たとしても研究を行なうために必要な大らかな学問環境が失われつつあるからだ。が、しかし。死ぬよりましだ。

とめどなく細分化する万葉研究、実証性を高めてきた万葉研究のなかで、もう一度、方法論について論じてみようというのが、本書の試みである。方法論なんかより、一首の読みの方が大切だ、といわれるかもしれないが、方法論の大切さについては、序文において大浦誠士が述べた通りである。じつは、人はさまざまな方法で何かを読んでいるのだから、方法論がないということなど、あり得ない。それを意識するか、しないかの違いがあるだけである。この二十年というもの、万葉学徒はなるべく方法論を意識しないようにしてきたのではないか、と思う。その旗じるしは、読めもしないのに方法論なんて無意味だという言説によって代表されるだろう。

本書の試みは、もう一度、その方法論を意識化してみたら、どう読めるのかという点を問うところにある。あえて、自家撞着的に本書の美点を述べれば、方法論の違いを認め合い、互いに敬意を払う点にあるように思う。かつてのように、年少の研究者に踏絵を踏ませるようなことは、絶対にしたくないのである。それは、どちらの方法論の陣営に入るかをめぐって、踏絵を踏むことを迫られたいたたまれない記憶が、多少なりとも編者たちの脳裏に共有されていたからである。

一方、方法論を対立的にとらえない本書には、欠点もある。融和的なのはよいが、凌ぎ合いの緊張感のようなものがないのである。上梓の前から「てぇ、ことは、何でもありなんかい――」というお叱りの言葉が聞こえてきそうである。そういわれたら、私はこう答えようと思う。「各執筆者の今後の論文を読んで下さい」と。

末筆となったが、出版を引き受けて下さった笠間書院の皆様には、篤く御礼を申し上げます。ありがとうございました。

上野　誠

二〇一八年立夏

小松（小川）靖彦（こまつ（おがわ）・やすひこ）青山学院大学文学部教授。
著書『萬葉学史の研究』（おうふう・2008〈2刷〉）、論文「大伴氏の言立て『海行かば』の成立と戦争下における受容—その表現および戦争短歌を通じて〈戦争と萬葉集〉—」（『国語と国文学』95巻7号・2018）など。

新沢典子（しんざわ・のりこ）鶴見大学文学部教授。
著書『万葉歌に映る古代和歌史　大伴家持・表現と編纂の交点』（笠間書院・2017）、論文「駅路の敷設と説話の形成—「詠勝鹿真間娘子歌」（万葉集巻九・一八〇七～〇八）をめぐって」（『国文鶴見』第52号・2018）など。

鈴木　喬（すずき・たかし）九州共立大学共通教育センター講師。
論文「戸籍・計帳を日本語資料としてよむ」」（『古代の文字文化』共著・竹林舎・2017）、論文「「あさなぎ木簡」における「也」字」（『美夫君志』第82号・2011）など。

仲谷健太郎（なかたに・けんたろう）清泉女子大学文学部専任講師。
論文「巻七雑歌部の『詠倭琴』歌について」（『上代文学』116号・2016）、「万葉集の『に』と『そほ』」（『萬葉』224号・2017）など。

廣川晶輝（ひろかわ・あきてる）甲南大学文学部教授。
著書『万葉歌人大伴家持　作品とその方法』（北海道大学図書刊行会・2003）、『山上憶良と大伴旅人の表現方法　和歌と漢文の一体化』（和泉書院・2015）など。

村田右富実（むらた・みぎふみ）**編者**　関西大学文学部教授。
著書『柿本人麻呂と和歌史』（和泉書院・2004）、論文（川野秀一との共著）「多変量解析から見る万葉短歌の一般性と特殊性—巻を単位として—」（『全国大学文学・語学』第220号・2017）など。

山崎健太（やまざき・けんた）山梨学院大学・白百合女子大学非常勤講師。
論文「笹葉に　打つやあられの—歌謡の担う叙事に関して—」（『国語と国文学』90巻5号・2013）、「髪長比売—方法論としての歌謡分析」（『古代歌謡とは何か』共著・笠間書院・2015）など。

執筆者一覧（五十音順）

乾　善彦（いぬい・よしひこ）関西大学文学部教授。
著書『日本語書記用文体の成立基盤』（塙書房・2017）、『漢字による日本語書記の史的研究』（塙書房・2003）など。

井上　幸（いのうえ・みゆき）東大阪大学こども学部准教授。
論文「木簡と文字－データベース、木簡の文字」（『〈歴史の証人〉木簡を究める』共著・クバプロ・2014）、「一次資料としての出土漢字」（『古代の文字文化』（古代文学と隣接諸学4・共著・竹林舎・2017））など。

上野　誠（うえの・まこと）**編者**　奈良大学文学部教授。
著書『万葉文化論』（ミネルヴァ書房・2019）、論文「讃酒歌十三首の示す死生観―『荘子』『列子』と分命論―」（『萬葉集研究』第36集・塙書房・2016）など。

大浦誠士（おおうら・せいじ）**編者**　専修大学文学部教授。
著書『万葉集の様式と表現　伝達可能な造型としての〈心〉』（笠間書院・2008）、論文「万葉集『旋頭歌』の本義―人麻呂歌集旋頭歌を中心に―」（『万葉集研究』第35集・塙書房・2014）など。

太田真理（おおた・まり）フェリス女学院大学・清泉女子大学非常勤講師。
論文「三四〇一番歌の地名表記をめぐって―万葉集東歌にみる地域性―」（『古代文学』55号・2016）、「こひ―「忘れ貝」・「恋忘れ貝」の表現性―」（『ことばの呪力―古代語から古代文学を読む―』共著・おうふう・2018）など。

小田芳寿（おだ・よしひさ）大阪府立大学客員研究員・花園大学非常勤講師。
論文「好去好来歌の神―長歌を中心に―」（『文学・語学』上代文学小特集、第220号、2017）、「笠金村の神亀二年難波行幸歌―『旅にはあれども』を手がかりに」（『萬葉』第220号、2015）など。

影山尚之（かげやま・ひさゆき）武庫川女子大学文学部教授
著書『萬葉和歌の表現空間』（塙書房・2009）、『歌のおこない 萬葉集と古代の韻文』（和泉書院・2017）など。

川野秀一（かわの・しゅういち）電気通信大学大学院情報理工学研究科准教授。
著書『スパース推定法による統計モデリング』（共著・共立出版・2018）、論文（村田右富実との共著）「多変量解析を用いた万葉歌の筆録者同定の可能性試論」（『上代文学』第117号・2016）など。

万葉をヨム

方法論の今とこれから

編者

上野誠

大浦誠士

村田右富実

監修

上代文学会

令和元（2019）年5月1日　初版第1刷発行

ISBN978-4-305-70871-7　C0092

装幀

池田久直

発行者

池田圭子

発行所

〒101-0064　東京都千代田区神田猿楽町2-2-3

笠間書院

電話 03-3295-1331　Fax 03-3294-0996

http://kasamashoin.jp/　mail:info@kasamashoin.co.jp

組版　ステラ／印刷・製本　モリモト印刷